全方位英文標點符號指南

THE BEST PUNCTUATION BOOK, PERIOD:

A Comprehensive Guide for Every Writer,
Editor, Student, and Businessperson

June Casagrande｜著

丁宥榆｜譯

目次

前言：標點符號很簡單，也不簡單 ……………………… 4

如何使用本書 …………………………………………… 11

Part I. 標點符號用法 ………………………………… 15

❶ 撇號　Apostrophe ………………………………… 16

❷ 逗號　Comma …………………………………… 37

❸ 句號　Period …………………………………… 81

❹ 冒號　Colon …………………………………… 92

❺ 分號　Semicolon ……………………………… 101

❻ 引號　Quotation Mark ………………………… 105

❼ 單引號　Single Quotation Mark ……………… 117

❽ 問號　Question Mark ………………………… 120

❾ 驚嘆號　Exclamation Point …………………… 125

❿ 省略號　Ellipsis ……………………………… 128

⓫ 連字號　Hyphen ……………………………… 132

⓬ 長破折號　Em Dash ………………………… 173

⓭ 短破折號　En Dash ………………………… 177

⓮ 括號　Parenthesis …………………………… 179

⓯ 方括號 Bracket ································· 189

⓰ 斜線 Slash、反斜線 Backslash ············· 191

⓱ 列舉 Lists ································· 193

⓲ 數字和地址 Numbers and Addresses ········· 198

Part II. 標點符號 A to Z ················· 215

易混淆單字和用語的標點用法表格統整 ················· 217

附錄 A

認識文法單位：片語、子句、句子及句子片段 ················· 329

附錄 B

辨識詞性以正確使用標點符號 ················· 333

關於作者與標點符號專家小組 ················· 342

標點符號很簡單，也不簡單

請替這段文字加上標點符號：

> In general the writer who did well in college earning As and Bs knows that a young aspiring middle grade novelist has an equally good reason to join the writers group because what it is is a line up of super creative people who for conscience sake treat it like a sub group of their audience to gauge the readers sensibilities and practice copy editing something they started in the 1960s and 70s because it was in the founders words far out

你在 In general 的後面加了逗號嗎？你在 writer、college、Bs、group 的後面也加了逗號嗎？你在 A's、B's、writers'、conscience's、readers'、'70s 和 founders' 當中加了撇號嗎？你在 middle-grade、super-creative 和 sub-group 中間加了連字號嗎？你在 something 前面加了破折號嗎？你是否在 far out 的前後加上引號，並在 out 和右引號之間插入了句號呢？

假如上述提及都有做到的話，這段文字看起來會是這樣：

> In general, the writer, who did well in college, earning A's and B's, knows that a young aspiring middle-grade novelist has an

equally good reason to join the writers' group, because what it is is a line up of super-creative people who for conscience' sake treat it like a sub-group of their audience to gauge the readers' sensibilities and practice copy editing—something they started in the 1960s and '70s because it was, in the founder's words, "far out."

經過你的潤飾並仔細加上標點符號,你大概心想這段文字已經完美無缺。但你可能錯了。

《洛杉磯時報》(*Los Angeles Times*)會不同意你給 A's 和 B's 雙雙加了撇號,他們認為要寫為 A's 和 Bs。《芝加哥格式手冊》(*The Chicago Manual of Style*)有不同的看法,他們認為 As 和 Bs 才是正確的。任何書籍編輯會迅速將你的 copy editing 改為 copyediting。而你的 "far out." 也有問題,除了美國之外,大部分國家的編輯會把你的句號和右引號交換位置。

更糟糕的是,你現在使用的標點符號會誤導事實。the writer, who did well in college(這位作家在大學時表現良好)的意思和 the writer who did well in college(大學時表現良好的作家)完全不同。逗號改變了主詞的身分,甚至改變了指涉的人數,the writer who did well in college 可以指每一位大學時期表現良好的作家。

你確定以 far out 形容此事的 founder 只有一位嗎?有沒有可能是

founders' 才對？你怎麼確定文中講的是 the readers' sensibilities 而非 the reader's sensibilities？你確定 line up 是兩個字，不需要加連字號？你有信心最後一句用破折號來引出比用括號或冒號更適合？你選擇不在 what it is is 當中插入逗號，原因是什麼？你並沒有在 young aspiring middle-grade novelist 這幾個字中間加入任何逗號。要是你在一份備受尊崇的刊物中讀到一模一樣的詞語，唯獨他們在 young 的後面加了逗號，你會怎麼想？

標點符號表面上看起來很簡單：這是一套清楚詳實、有明文可查的規則系統，我們在學校都學過了。然而一旦當你坐下來要寫一篇文章、故事，或一封商業書信、部落格文章時，突然間又沒那麼容易了。不但狀況百出，而且你以為已經熟悉的基本規則竟都派不上用場。你開始查詢正確用法，結果卻更加迷惑了。其中一本備受尊崇、深具影響力的標點格式手冊告訴你 red, white and blue 中間只需要一個逗號。但當你把這條規則奉為圭臬後，發現幾乎每本書都在 and 前面也加了逗號，寫成 red, white, and blue 時，便會感到茫然不知所措。

而當你開始留意專業編輯人士如何使用連字號時，更是只能祈求老天保佑你不要更加迷失。事實上，標點符號有時是很困難的。職業作家也並不全然知悉，即使是專業編輯也需要查閱資料、和同事爭論不休，有時還只能用猜的。

沒有人能完全掌握所有標點符號的用法，也並不需要這樣。那麼，無論是業餘或職業作家都要問了：我到底必須知道哪些用法呢？假如我在這裡加了逗號或在那裡加了撇號，會不會看起來很蠢？說不定專業編輯人士也和我有一樣困惑吧？

很多人認為標點符號的問題必然有一個標準答案，某處就該加逗號或者就不該加逗號。James 的所有格要不就是加撇號和 s，要不就是只加撇號，沒有兩種寫法並存這回事。

這裡要告訴你一個好消息，但也可以說是壞消息：正確答案通常不只一個。標點符號的使用可以依據個人選擇而有所不同——端看你是想要強調句子意義、想要押韻，或者讓文字閱讀更流暢。但有時是格式問題，例如我們都須遵循出版界其中一本官方手冊所規定的大寫 S 用法。還有的時候確實只有一種標準用法，一旦用錯，很可能無意間改變了句子的意義。

本書的目的在於讓你可以信心十足地為每個句子下對標點符號。即使有些句子落在標點規則的模糊地帶，或各種格式手冊有不同的規定，都無須擔心。

何謂格式？

在編輯界，格式（style）指的是由權威機構所制定的指南，這些權威包含《美聯社格式手冊》（*The Associated Press Stylebook*）、《芝加哥格式手冊》（*The Chicago Manual of Style*）、美國現代語言學會（*Modern Language Association*）、美國心理學會（*American*

Psychological Association），還有特定出版品和出版社內部所制定的各種規則。舉例來說，大型報社如《紐約時報》（*New York Times*）和《洛杉磯時報》（*Los Angeles Times*）有自己內部遵循的格式準則，內容涵蓋文法、單字用法和大寫等廣泛問題，其中也包含標點符號用法，而且各大指南通常存在歧異。《紐約時報》長久以來都將年代加上撇號，如：1970's、1980's，其他出版品則明確規定不加撇號，如：1970s、1980s。《洛杉磯時報》對於 African-American（非裔美國人）的寫法自成一格，既不遵循美聯社格式手冊，甚至不同於該報社所參考的字典，規定自家記者必須寫為不帶連字號的 African American。

圖書出版社通常也有內部規範的體例，內容會比報社的格式規範更具體。書籍的編輯多半遵循《芝加哥格式手冊》的規定，也有可能為特定的一本書設計專用的體例表。當涉及非常具體的拼寫、用字甚至標點問題——可能在字典或格式手冊中都未有的規範——這些體例表就是編輯的選擇依據，以確保全書體例一致。舉例來說，編輯必須決定像 green farming procedures（綠色農業程序）這樣的複合詞是否需要用連字號連接，並記錄在體例表中，隨時參考，確保全書統一。喬治‧R. R.‧馬丁（George R. R. Martin）的系列小說《冰與火之歌》（*A Song of Ice and Fire*）可能會在體例表中註明一律使用 grey 的拼寫方式，而不使用美式拼寫 gray（灰色），並使用 ser 和 pease 取代 sir（爵士）和 peas（豌豆）。

字典又更加複雜了，在很多問題上都存在分歧，尤其是

underway 和 face-lift 這類詞彙到底要不要加連字號、該寫成一個字還是兩個字的這種老掉牙問題。很多人不知道各大格式手冊通常有指定參考的字典，《芝加哥格式手冊》建議使用者遇到手冊中查不到的問題一律參考《韋氏大學辭典》（*Merriam-Webster's Collegiate Dictionary*），美聯社格式手冊請使用者參考《韋氏新世界大學辭典》（*Webster's New World College Dictionary*）。結果呢？出書的作者用了 health care policy（醫療政策），報社的記者用了 healthcare policy——除非內部的體例表或格式指南另有規定。

這些差異加總起來對寫作的人會產生極大的困擾。同一天之中，你可能在一份出版品中看到 green-farming procedures，卻在另一份出版品中看到沒有連字號的拼寫。除非你知道標點符號的使用本來就有格式上的差異，且標點本身是一門精妙的藝術，否則你一定會認定其中之一寫錯了。但你又不知道是哪一份寫錯，也不知道自己到底該怎麼寫。

本書將每一種標點符號風格整理在四個主要格式的規範中，以期能為讀者提供答案。四大格式分別為：

書籍格式：依據《芝加哥格式手冊》及其指定參考字典《韋氏大學辭典》
新聞格式：依據《美聯社格式手冊》及其指定參考字典《韋氏新世界大學辭典》
科學格式：依據美國心理學會及其指定參考字典《韋氏大學辭

典》

學術格式：依據美國現代語言學會，無指定參考字典

商務寫作通常依據新聞寫作格式，尤其是新聞稿的撰寫。因此我們建議商務寫作人士可以參考新聞寫作格式。

當我們遇到含糊不清的標點問題，無法從格式指南或字典中找到明確答案時，就會請教「標點符號專家小組」的意見。標點符號專家小組是由任職於新聞媒體和出版社的專業編輯組成，我們會拿特定的詞語或句子去詢問他們的做法。在本書中，專家小組的意見會以＋號標示。我們會詢問如果由他們來編輯該段文字，他們會如何處理。你會發現有時專家小組的意見一致，多數選擇了同一種用法，有時則意見分歧，因此專業編輯必須仰賴自己的決斷。本書所提供的標點符號專家小組意見僅供參考，不代表我們建議這樣做。你可以參考這些專業人士的作法後，再決定你要怎麼做。

本書目的為提供各種正確的可能做法，讓你在寫作時能有信心做出最好的決定。

如何使用本書

本書旨在提供寫作者一份全面的標點符號參考資料。每章討論一個標點符號，說明基本使用規則。四大編輯格式若規則一致就不會加上任何標示，規則不同則標示下列符號，方便不同類型的寫作者找到正確的選擇。

Ⓑ 書籍編輯格式，適合文學類、非文學類以及為各大雜誌撰文的寫作者參考使用。此類標點符號的建議主要依據《芝加哥格式手冊》（*The Chicago Manual of Style*）及其指定之參考字典，如《韋氏大學辭典》（*Merriam-Webster's Collegiate Dictionary*）。

Ⓝ 新聞媒體及商務寫作格式，主要依據《美聯社格式手冊》（*The Associated Press Stylebook*）及《韋氏新世界大學辭典》（*Webster's New World College Dictionary*）。

Ⓢ 科學寫作格式，主要依據《美國心理學會出版手冊》（*Publication Manual of the American Psychological Association*）及《韋氏大學辭典》（*Merriam-Webster's Collegiate Dictionary*）。

Ⓐ 學術寫作格式，適合大學論文和學術文章之寫作參考，依據《MLA 論文寫作手冊》（*MLA Handbook for Writers of Research Papers*）。

舉例來說，系列逗號（serial comma）的用法會出現如下說明：

ⒷⓈⒶ 當一連串單字或片語的最後一個項目前面有對等連接詞（尤其是 and）時，必須在連接詞前加上逗號。

They play football, basketball, and soccer.
他們打美式足球、籃球和踢足球。

Ⓝ 當一連串單字或片語的最後一個項目前面有對等連接詞（尤其是 and）時，連接詞前不加逗號。

They play football, basketball and soccer.
他們打美式足球、籃球和踢足球。

在〈標點符號 A to Z〉的單元中也會出現這些標示，例如：

half dollar 半美元　**ⒷⓃ**
half-dollar 半美元　**Ⓢ**

若格式手冊並未針對一項目的用法提供說明，則不會標示出來，例如上述 half-dollar 就沒有標示學術格式的符號。若格式手冊雖未直接提供規範，卻仍能看出其偏好用法（例如手冊本身的編輯方式），便會予以標示。

標點符號專家小組的偏好做法以**✚**號標示。

本書所提供的標點符號用法以美式為主，與英式用法有所差異，最明顯的例子是美式的逗號或句號永遠放在引號之內。

Part II 的〈標點符號 A to Z〉列出易混淆單字和用語的標點用法，以及標點符號相關詞條，提供一目了然的參考資料表。

Part I

標點符號用法

❶
撇號（Apostrophe）

撇號有兩個主要功能：表示擁有，以及表示省略字母或數字。
有的格式手冊允許使用撇號構成複數形，以避免造成混淆。例
如書籍編輯格式使用撇號構成小寫字母的複數形：mind your p's
and q's（注意你的言行舉止）。以下將說明撇號使用的基本規
則，接著會列出特定格式的例外情況。

1-1 撇號表示所有格

大部分的單數名詞

非 s 結尾的單數名詞，包含專有名稱，在字尾加上撇號和 s 構
成所有格。字尾是 x、z、ce、ch、sh 的字也採用這條規則。

the cat's tail 貓的尾巴　　　　　*Emily's grades* 艾蜜麗的成績

the ax's blade 斧頭的刀刃　　　　*mace's properties* 荳蔻香料的特性

the hatch's handle 艙蓋的把手　　*the quiz's questions* 測驗的問題

以 s 結尾的單數普通名詞

以 s 結尾的單數普通名詞，在字尾加上撇號和 s 構成所有格。

the boss's house 老闆家

the hostess's job 女服務員的工作

Ⓝ 例外：如果連接的下一個單字為 s 開頭則只加撇號。

the boss' sister 老闆的妹妹

the hostess' station 女服務員的接待櫃檯

以 s 結尾的單數專有名詞

以 s 結尾的單數專有名詞（名稱），構成所有格的方式如下：

ⒷⓈⒶ 加撇號和 s。

James's house 詹姆斯家

Serena Williams's victory 賽瑞娜威廉斯的勝利

Ⓝ 只加撇號。

James' house 詹姆斯家

Serena Williams' victory 賽瑞娜威廉斯的勝利

以 s 結尾的複數名詞

以 s 結尾的複數名詞，只加撇號構成所有格。（請參見後面的例外情況）

the cats' tails 貓的尾巴 　　　　*my grandparents' house* 我祖父母家

the girls' grades 女孩們的成績　*the Smiths' yard* 史密斯家的院子

非 s 結尾的複數名詞

非 s 結尾的不規則複數名詞，在字尾加上撇號和 s 構成所有格。

the children's nap time 孩子們的午睡時間

the geese's migration 鵝的遷徙

the women's restroom 女廁

the data's implications 數據的含意

複數姓氏

複數的姓氏有一點需要注意：雖然姓氏也採用上述同樣的規則構成所有格，在撇號的使用卻錯誤百出。常見的錯誤有：Happy holidays from the Smith's（史密斯家敬祝佳節愉快）、We'll see you at the Miceli's house（米切利家見）、Have you met the Norris's daughter?（你見過諾里斯夫婦的女兒嗎？）。

要寫對沒有什麼祕訣，一樣套用名詞單複數規則和所有格規則。之所以寫錯多半來自於觀念混淆，因此要避免寫錯唯有小心謹慎。首先要確定名詞指的是一人還是多人，也就是先確定是單數或複數名詞。

Mr. Smith plus Mrs. Smith equals two Smiths.
史密斯先生加上史密斯太太就是兩個史密斯。

Bob Wilson plus Sue Wilson together are the Wilsons.
鮑伯威爾森加上蘇威爾森就是威爾森夫婦。

以 s 和類似發音結尾的姓氏也是一樣，但這些字通常加 es 構成
複數（同多數的普通名詞，如：one boss 一個老闆、two bosses
兩個老闆；one latch 一個門閂、two latches 兩個門閂）。

one Norris 一個諾里斯　　　　*two Norrises* 兩個諾里斯

one Walsh 一個沃爾許　　　　*two Walshes* 兩個沃爾許

Bob Thomas and Sue Thomas are the Thomases
鮑伯湯瑪斯和蘇湯瑪斯就是湯瑪斯夫婦。

Venus Williams and Serena Williams are Williamses.
維納斯威廉斯和賽瑞娜威廉斯就是威廉斯姊妹。

一旦弄清楚你要處理的是單數名詞 Smith 和 Williams，還是複
數名詞 Smiths 和 Williamses，就只需要套用所有格的基本規則：
單數名詞加撇號和 s，複數名詞只加撇號。

The Smiths live in the Smiths' house.
史密斯夫婦住在史密斯家。

I will visit Mr. Smith's house.
我將要去史密斯先生家拜訪。

Bob and Sue Thomas live in the Thomases' house.
鮑伯和蘇湯瑪斯住在湯瑪斯家。

Bob Thomas's house is on the corner.
鮑伯湯瑪斯家位於街角。

We're visiting the home of the Walshes, so we'll see you at the Walshes' house.
我們要去沃爾許夫婦的家中拜訪，那就沃爾許家見。

We'll see you at Ms. Walsh's house.
我們沃爾許小姐家見。

Two Williamses are together researching the Williamses' ancestry.
兩位威廉斯正一同研究威廉斯家族的世系祖譜。

專有名稱的撇號用法		
	非 s 結尾的名字	**s 結尾的名字**
單數所有格	Brian's *That is Brian's hat.* 那是布萊恩的帽子。	**🅑🅢🅐** James's *That is James's car.* 那是詹姆斯的車。
	Smith's *That is Mr. Smith's car.* 那是史密斯先生的車。	**🅝** James' *That is James' car.* 那是詹姆斯的車。
	Chavez's *That is Mr. Chavez's car.* 那是查維茲先生的車。	**🅑🅢🅐** Jones's *That is Mr. Jones's car.* 那是瓊斯先生的車。
	Miceli's *That is Mr. Miceli's car.* 那是米切利先生的車。	**🅝** Jones' *That is Mr. Jones' car.* 那是瓊斯先生的車。

複數	Brians *There are two Brians in my class.* 我班上有兩個人叫布萊恩。	Jameses *There are two Jameses in my class.* 我班上有兩個人叫詹姆斯。
	Smiths *There are two Smiths in my class.* 我班上有兩個人叫史密斯。	Joneses *There are two Joneses in my class.* 我班上有兩個人叫瓊斯。
	Chavezes *There are two Chavezes in my class.* 我班上有兩個人叫查維茲。	
	Micelis *There are two Micelis in my class.* 我班上有兩個人叫米切利。	
複數所有格	Brians' *Both Brians' test scores were high.* 兩個布萊恩的考試分數都很高。	Jameses' *Both Jameses' test scores were high.* 兩個詹姆斯的考試分數都很高。
	Smiths' *We visited the Smiths' house.* 我們拜訪了史密斯家。	Joneses' *We visited the Joneses' house.* 我們拜訪了瓊斯家。
	Chavezes' *Both Chavezes' test scores were high.* 兩個查維茲的考試分數都很高。	
	Micelis' *We visited the Micelis' house.* 我們拜訪了米切利家。	

所有格 its 不加撇號

最常見的標點符號錯誤大概就是 it's 和 its 不分了。由於其他的所有格都是加撇號和 s，例如：the dog's tail（狗尾巴）、the house's roof（屋頂）、the book's cover（書封），我們很容易就認為 it's 是所有格。但 its 才是所有格，沒有撇號。就如同所有格 hers、his、ours、theirs 都不加撇號，its 也是一樣，例如：the dog wagged its tail（狗狗搖尾巴）。

所有格 his、hers、yours、theirs、ours 不加撇號

這些所有格一律不加撇號。

> *The job is hers.*
> 這份工作是她的。

> *Instead of my car, we will take yours or theirs.*
> 我們不坐我的車，而是坐你的或他們的車。

所有格基本構成規則的例外情況

🅑 如果名詞以 s 結尾且單複數同形，如：politics（政治），無論單複數，所有格都只加撇號：politics' repercussions（政治影響）、economics' failings（經濟衰退）、this species' peculiar traits（這個物種獨有的特徵）、those species' peculiar traits（那些物種獨有的特徵）。

🅑 地點、機構或出版品的名稱中，如果最後一個字是 s 結尾的複數名詞，所有格只加撇號：United States' boundaries（美國的邊界）、Chino Hills' location（奇諾崗的位置）、*Better Homes and Gardens'* illustrations（《美好居家與園藝》的插畫）。

🅑 片語 for . . . sake 中間若是以 s 結尾的單數名詞，如：goodness（老天），可以只加撇號：for goodness' sake（看在

老天的分上）、for righteousness' sake（以公義之故）。（注意：以 ce、x 或其他發 s 音的字母結尾的單字，則要依照正常的標點符號規則加撇號和 s：expedience's sake 一時之便、appearance's sake 做做樣子。）

Ⓝ 片語 for . . . sake 中間若是以 ce 結尾的單數名詞，如：convenience（方便），只加撇號：for conscience' sake（出於良心）、for appearance' sake（做做樣子）。

Ⓢ 如果單數名詞的字尾 s 不發音，只加撇號：Descartes' methods（笛卡兒的方法）、Blanche Dubois' journey（白蘭琪杜布瓦的旅程）、Arkansas' policies（阿肯色州的政策）。（如果字尾 s 發音就要加撇號和 s：Jesus's teachings 耶穌的教導）

Ⓑ 當採用書籍編輯格式時，所有以 s 結尾的單數名詞也可以選擇只加撇號：James' house（詹姆斯家）、Serena Williams' victory（賽瑞娜威廉斯的勝利）。

共同所有格 vs. 個別所有格

當兩個以上的名詞共同擁有一樣東西時，只需要在最後一個名詞後面加上撇號和 s。

Bob and Jane's house 鮑伯和珍的家

Bob and Jane's friends 鮑伯和珍的朋友（雙方共同的朋友）

當每個名詞各自擁有一樣東西，每個名詞都要加撇號和 s。

Bob's and Jane's jobs 鮑伯和珍的工作（雙方各自的工作）

Bob's and Jane's friends 鮑伯和珍的朋友（雙方各自的朋友）

準所有格

準所有格（quasi possessive）是像 a week's vacation（一週的假期）、two days' notice（兩天前的通知）、a dollar's worth（一美元的價值）、your money's worth（你金錢的價值）這類的用語，它們的標點方式比照所有格，要加撇號。

複合詞的所有格

由多字組成的詞語單位，如：anyone else（其他人）、everyone else（其他所有人）、teacher's aide（教師助理）、attorney general（檢察總長）、brother-in-law（小舅子／小叔）、queen mother（王太后）、major general（少將）、student driver（駕駛學員），只在最後一個字加所有格。

anyone else's family 其他人的家庭

everyone else's experience 其他所有人的經驗

the attorney general's case 檢察總長的案件

my brother-in-law's attitude 我小叔的態度

the teacher's aide's schedule 教師助理的時程

the queen mother's duties 王太后的職責

the major general's quarters 少將的宿舍

the student driver's experience 駕駛學員的經驗

複合詞若為複數，規則不變：無論詞語中哪一個字是複數，都只在最後一個字加所有格。

the major generals' quarters 少將們的宿舍（宿舍屬於兩名以上少將）

the student drivers' experience 駕駛學員們的經驗（兩名以上駕駛學員的經驗）

the attorneys general's responsibilities 檢察總長們的責任（兩名以上檢察總長的責任）

my brothers-in-law's attitudes 我小叔們的態度（兩個以上小叔的態度）

the teacher's aides' schedules 教師助理們的時程（替同一位教師做事，兩名以上助理的時程）

the teachers' aides' schedules 教師們的助理們的時程（替兩位以上教師做事，兩名以上助理的時程）

需要注意的是，attorney general、brother-in-law 和類似詞語如 passerby（路人）是將詞語的第一部分加 s 構成複數，例如：one attorney general（一位檢察總長）、two attorneys general（兩位檢察總長）、one passerby（一位路人）、two passersby（兩位路人）。但不影響構成所有格的方法。無論詞語中的哪一部分是複數，所有格符號都放在整組複合詞的最後：attorneys general's、passersby's。

所有格 vs. 形容詞

如果你曾看過一些不加撇號的用語，例如：teachers union（教師工會）、homeowners policy（房屋保險單）、couples massage（雙人按摩）、farmers market（農夫市集）等，你也許認為這些是錯誤用法，但很有可能是特意這樣寫的。尤其在新聞格式中，往往將 teachers、farmers 等字視為形容詞（定語）而非所有人。這麼做除了邏輯因素還有美觀考量：有些編輯認為撇號會使版面雜亂，干擾視覺流暢。

就邏輯上而言，farmers' market 和 farmers market 的差別在於撇號暗示了市集為農夫所有，沒有撇號則暗示了市集和農夫有關。通常在這種情況下，寫作者可以自由選擇其中一種解讀。但是某些用語，包括 farmers market、workers' compensation（勞工保險）、teachers college（師範學院），在格式手冊中有特殊規定，請參見〈標點符號 A to Z〉中的個別條目說明。

注意：只有以 s 結尾的複數名詞有這種選擇，不規則複數名詞如 men（男人）、women（女人）、children（兒童）、sheep（羊）、deer（鹿）等字在此類結構中必須加撇號和 s。

對：*A children's hospital* 一間兒童醫院

錯：*A childrens hospital*

錯：*A children hospital*

對：*The men's department* 男裝部

錯：*The mens department*

錯：*The men department*

複數名詞前面如果出現不定冠詞 a 或 an，通常不用所有格形式。

  對：*a Cubs game* 一場芝加哥小熊隊的比賽

  錯：*a Cubs' game*

這是由於不定冠詞通常和所有格修飾同一個字，若寫成 a Cubs' game 會產生如同 a Dave's car（「一個戴夫」的車）或 a Jane's house（「一個珍」的家）的邏輯問題。

定冠詞 the 則可以有兩種選擇。the Cubs game 指的是這場比賽，Cubs 是形容詞修飾 game。the Cubs' game 則暗示這場比賽是屬於 Cubs 的，兩種用法都可以。

✚標點符號專家小組對於使用單數所有格、複數所有格或定語形式的偏好，視個別詞語而有所不同。以下專家小組的選擇用法，可以用來參考。

Check your homeowner's policy.
檢查一下你的房屋保險單。

Consult the owner's manual.
參考使用者手冊。

They had a girls' night out.
她們度過了一個女生之夜。

Ask about the chocolate lover's package.（多數專家偏好）
詢問巧克力愛好者的組合包。

Welcome to fashion lovers' paradise.（多數專家偏好）
歡迎來到時尚愛好者們的天堂。

They got new logos for the boys' team.（多數專家偏好）
他們為男生隊設計了新隊徽。

They formed a teachers' union.（書籍格式專家偏好）

They formed a teachers union.（新聞格式專家偏好）
他們成立了一個教師工會。

He joined a taxpayers' association.（書籍格式專家偏好）

He joined a taxpayers association.（新聞格式專家偏好）
他加入了一個納稅人協會。

We go to the weekly farmers' market.（書籍格式專家偏好）

We go to the weekly farmers market.（新聞格式專家偏好）
我們去了每週舉辦的農夫市集。

所有格加動名詞

此句到底該使用加撇號和 s 的形式：I appreciated Bob's visiting（我很感謝鮑伯來訪），或者該寫為 I appreciated Bob visiting，有時候很難決定。加撇號和 s 的形式又稱為所有格加動名詞（possessive with gerund），不加撇號和 s 的形式稱為融合分詞（fused participle）。

寫作專家向來偏好加撇號和 s 的形式，他們認為不加撇號是錯誤的寫法。主要的格式手冊並沒有特別規定該使用哪一種形式，不過書籍格式明確表示了正統上會選擇使用所有格加動名詞。有個簡單又保險的指導原則可以避免寫作遭受批評，你可以考慮採用這個策略：盡可能使用所有格形式。

I enjoyed Bob's visiting.
我很高興鮑伯來訪。

I appreciate your taking the time to meet with me.
感謝你撥冗與我會面。

I appreciate his helping me with my homework.
感謝他幫我完成功課。

Jane's ascending to the CEO position will be good for the company.
珍升任執行長將對公司有利。

Our getting along is important.
我們好好相處很重要。

The teacher's shouting got their attention.
老師的喊叫聲引起了他們的注意。

雙重所有格

像 a friend of Bob's（鮑伯的一個朋友）這樣的結構稱為雙重所有格（double possessives 或 double genitives）。之所以稱為「雙重」是因為 of 和撇號加 s 的功能相同，都表示擁有。the friend of Sue（蘇的朋友）的意思就等同於 Sue's friend。正因為如此，有些人便認為 of 和撇號加 s 並用肯定是錯誤用法──因為重複了。不過在某些情況下編輯格式是允許使用這種格式的。

Ⓑ 在書籍格式中，只要帶有「數個中的其中一個」之意涵，就可以在 of 後面接所有格。因此書籍格式接受 a friend of Sue's（蘇的一個朋友）和 a friend of hers（她的一個朋友）這些寫法。

Ⓝ 若符合以下兩個條件，新聞格式允許使用雙重所有格：（1）of 後面所接的字必須是有生命的東西，例如人。（2）of 前面的

字只能是該生命體擁有物的其中一部分，而非全部。當你表達的是蘇的其中一些朋友時，才可以使用 friends of Sue's attended（蘇的一些朋友參加了）。如果她的朋友全都參加了，新聞格式規定必須寫為 friends of Sue attended。

1-2 撇號用於縮寫，表示省略字元

撇號可以構成縮寫，表示省略字母或數字。例如 don't 是 do not 的縮寫，撇號用來取代省略的字母 o。it's 中的撇號代表 it is 省略的字母 i。walkin' 中的撇號代表省略的字母 g，這種省略可能有發音上的暗示，尤其當寫作者想要傳達說話者的口音時。

在表達十年為單位的年代時，撇號用來表示省略的數字，例如：the music of the '80s（八〇年代的音樂）、The family emigrated in the '50s.（全家在五〇年代時移民國外）。在這兩個範例中，撇號代表省略的數字 1 和 9。又如 Bob drove an '07 Camry.（鮑伯開著 07 年的 Camry），撇號代表 2007 年中省略的數字 2 和 0。撇號不能用來構成年代的複數形，在書籍、新聞、科學和學術格式中，年代的複數正確寫法都是 1980s，不能寫為 1980's。

有些常見的縮寫屬於不規則形式，例如 won't 代表 will not，ain't 代表 am not 或 is not。至於一些特定用語的寫法，包含較不常見的詞語如 dos and don'ts（注意事項）和 rock 'n' roll（搖滾樂），請參見〈標點符號 A to Z〉單元的列表。

主要編輯格式中的縮寫構成規則是一致的：一律加撇號。不同寫作格式唯有針對縮寫的使用時機有不同的看法。

ⓈⒶ 學術和科學寫作較為正式，應避免使用縮寫。例如應寫為 Smith did not attend（史密斯沒有參加）而非 Smith didn't attend。

ⒷⓃ 新聞和書籍格式較能接受縮寫，也較常使用縮寫。是否使用縮寫通常取決於刊物的基調及寫作者的語氣。

縮寫「's」vs. 所有格「's」

注意「's」有兩種意思，可表示擁有，如：We took Bob's car.（我們搭鮑伯的車），也可表示 is 或 has 的縮寫。Bob's here. 等於 Bob is here.（鮑伯在這裡），Bob's been late twice this week. 等於 Bob has been late twice this week.（鮑伯這週已遲到兩次）。

1-3 撇號的方向

當撇號出現在字首時，很多文書處理軟體會以為寫作者想要打的是左單引號，於是產生了開口朝右、長得像字母 C 的錯誤符號，而不是開口朝左、長得像逗號的正確撇號。並非所有字形的撇號都是彎曲形狀，不過當採用的是彎曲的撇號時，開口必須朝左。

The band was popular in the '80s.
這個樂團在八〇年代很紅。

如果所選的字形並不採用彎曲的撇號或單引號，就沒有這個問題。但在使用大多數的字形時，寫作者必須留意字首的撇號不能被不小心轉為左單引號。

1-4 以撇號起始的句子，第一個字母要大寫

一個句子若以撇號起始，例如起始字是 'Twas 或 'Tis，則這個字的第一個字母要大寫：'Tis the season to be jolly.（這是個歡樂的季節）。

1-5 使用撇號構成複數形以避免混淆

使用撇號構成複數形一般來說是錯誤用法，例如將 eat your carrots（吃你的胡蘿蔔）寫成 eat your carrot's 就是錯誤。

但是，主要格式手冊也承認，有時使用撇號構成複數形是最好的做法，特別是個別字母的複數。

字母複數的撇號用法

當把小寫字母獨立當作一個單字書寫時，例如：Mind your p's

and q's（注意你的言行舉止），使用撇號構成複數可以避免混淆，無論在書籍、新聞、科學或學術寫作格式中都被允許。但對於大寫字母的複數構成，各大格式有不同規定。

Ⓑ 在書籍格式中，大寫字母的複數不加撇號：Rs、Ss、Ts。

Ⓝ 在新聞格式中，單一大寫字母的複數要加撇號：A's、B's，多個大寫字母的複數不加撇號：ABCs、IOUs、TVs、VIPs。

ⓈⒶ 科學和學術格式並未對字母的複數形式有所規定，僅指出縮寫字的複數不應加撇號：TVs、PhDs、IQs。

數字的複數不加撇號

數字的複數不加撇號，例如：His SAT score was in the 1500s.（他的 SAT 測驗分數落在 1500 多分）、The company was founded in the 1980s.（這家公司成立於 1980 年代）。寫成英文的數字其複數也不加撇號：There are some fours and fives in his phone number.（他的電話號碼中有幾個 4 和 5）。

1-6 含有所有格撇號的專有名稱

有些商業名稱以所有格的形式書寫，例如：Macy's（梅西百貨）、Chili's（奇利斯美式餐廳）、McDonald's（麥當勞）、Denny's（丹尼餐廳）、Friendly's（友善連鎖餐廳）。這些名稱若要構成複數、單數所有格或複數所有格，標點符號專家小組一致同意不改變形式。

複數

這些專有名稱若要表達複數，維持使用單數形式。

+ *There are two Macy's in this county.*
  這個郡有兩家梅西百貨。

+ *He worked at five different Denny's.*
  他在五間不同的丹尼餐廳工作過。

單數所有格

這些專有名稱的所有格維持非所有格形式。

+ *Macy's location is perfect.*
  梅西百貨的位置很理想。

+ *Denny's menu changes often.*
  丹尼餐廳經常換菜單。

複數所有格

這些專有名稱若要構成複數所有格，標點符號專家小組一致偏好維持單數的非所有格形式。

+ *The three Macy's staffs trained together.*
  這三家梅西百貨一起進行員工訓練。

+ *The seven Denny's locations are equally convenient.*
  這七間丹尼餐廳的位置一樣便利。

1-7 當動詞用的縮寫詞

當 OK 這類的縮寫詞當動詞用時，要用撇號構成過去式和進行式：OK'd、OK'ing。無論縮寫詞的格式要求是否有句點，都要加撇號：O.K.'d、O.K.'ing。當縮寫詞作動詞用於第三人稱單數現在式時，新聞格式省略撇號：I hope the boss OKs my raise.（希望老闆同意讓我加薪）。

1-8 撇號與其他標點符號的搭配

當撇號出現在其他標點符號旁邊時，很容易造成混淆。

"The suspects told me they were just 'walkin' and talkin'," the *detective recalled.*
「嫌犯告訴我他們當時只是在『邊走路邊聊天』而已。」警探回憶道。

注意到這裡的 talkin' 以撇號結尾，並放在單引號內，又位於一個更長的引文的最後。像這樣的句子在下標點符號時，要將撇號視為該單字或數字的一部分，就好像它是 talking 中的字母 g 一樣。接著遵循引號和逗號的使用規則，先將單字 talkin' 加上單引號，再插入一個逗號將引文與 the detective recalled 分開，最後在整個引文前後加上雙引號。按照這個步驟，talking' 後面依序會是一個逗號、一個右單引號、一個右雙引號（talkin',"）。

表示所有格的撇號也是相同的做法：應視為單字的一部分，不可和單字分開。

The phone number he called was the Wilsons'.
他所撥打的電話是威爾森家的。

句號應位於撇號之後。切勿將撇號與右單引號混淆，右單引號必須位於句號之後，例如：'the Wilsons.'。

逗號（Comma）

逗號是分隔符號（separator），通常表示停頓。但如果以為逗號的唯一用法是在任何需要停頓之處插入逗號，那可就錯了。舉例來說，請比較下列兩個句子：

I talked to my brother Steve.
我和我弟弟史帝夫談過。（我有不只一個兄弟）

I talked to my husband, Stan.
我和我丈夫史丹談過。（我只有一個丈夫）

上面兩個句子都是正確的。這裡的逗號作用是分隔非限定成分，即非必要資訊（請參見 p.49〈逗號用於分隔非限定性或補充性的文字、片語或子句〉）。在這樣的句子當中，如果認為逗號的作用只是表達停頓就錯了。

雖然逗號的用法有部分須遵循嚴格規定，但也有部分可取決於寫作者的判斷和美觀考量。

2-1 格式規定大致相同

不同於連字號，各大格式手冊對於逗號的用法少有歧異。唯一意見分歧的是系列逗號（serial comma）的用法—— 在一連串文字如 red, white, and blue 當中，連接詞 and 前面到底要不要加逗號。除了新聞格式外的其他主要格式都要加逗號，新聞格式則不加逗號，寫為 red, white and blue。除了系列逗號的例外情況，各類型寫作者都可以遵循本章所羅列的所有規則，把它們當作正確指南來參考。

2-2 逗號用於分隔一連串項目

一連串三個以上的單字、片語或子句可以用逗號分隔。（見後面的例外情況）

ⒷⓈⒶ 當一連串單字或片語的最後一個項目前面有對等連接詞（尤其是 and）時，必須在連接詞前加上逗號。

> *They play football, basketball, and soccer.*
> 他們打美式足球、籃球和踢足球。

Ⓝ 當一連串單字或片語的最後一個項目前面有對等連接詞（尤其是 and）時，連接詞前不加逗號。

> *They play football, basketball and soccer.*
> 他們打美式足球、籃球和踢足球。

以下為逗號分隔片語的範例：

ⒷⓈⒶ *Ours is a government of the people, by the people, and for the people.*
我們的政府是民有、民治、民享之政府。

Ⓝ *Ours is a government of the people, by the people and for the people.*
我們的政府是民有、民治、民享之政府。

ⒷⓃⓈⒶ 當一連串子句的最後一個項目前面有對等連接詞（尤其是 and）時，所有格式都提倡在連接詞前加逗號。

In the 1980s, music was loud, hair was big, and clubs were hopping along Sunset Boulevard.
1980 年代流行嘈雜的音樂和蓬鬆的大波浪頭，日落大道沿路夜總會林立。

Ⓝ 當一連串項目的最後一個或倒數第二個項目本身含有連接詞時，要加系列逗號。

Sandwiches on the menu include tuna, turkey, and peanut butter and jelly.
菜單上有鮪魚、火雞肉和花生醬果醬三明治。

Sandwiches on the menu include tuna, peanut butter and jelly, and turkey.
菜單上有鮪魚、花生醬果醬和火雞肉三明治。

例外：名詞前的非對等形容詞

一個名詞前面如果有多個形容詞，形容詞之間可能加逗號也可能不加，要看形容詞和名詞的關係。對等形容詞（coordinate adjective）各自獨立修飾名詞，須用逗號分開，例如：He wants to meet a kind, gentle, sweet girl.（他想找個善良、溫柔又可愛的女孩）。非對等形容詞（noncoordinate adjective）和名詞的關係則與前面提到的不同，通常不加逗號。例如在 He wore bright red wingtip shoes.（他穿著鮮紅色的翼紋雕花鞋）中，相較於其他形容詞，wingtip 和名詞更偏向一個整體，而 bright 修飾的並非名詞 shoes，而是緊跟其後的形容詞 red。因此在 bright red wingtip shoes 中的形容詞並非對等關係，不可用逗號分開。

對等形容詞和非對等形容詞之間的差別可能很細微，有時純粹要看寫作意圖。下面的測試可以幫助判斷形容詞是否為對等關係，從而決定是否應以逗號分隔。

1. 形容詞之間如果用 and 連接意思也通，就是對等形容詞，例如：He wants to meet a kind and gentle and sweet girl.。事實上，對等形容詞的名稱就是這麼來的──形容詞之間可以用對等連接詞（and）連接。可以想像用逗號取代 and。非對等形容詞之間如果用 and 連接，意思會不通，例如：He wore bright and red and wingtip shoes.（他穿著鮮豔和紅色和翼紋雕花的鞋子）。

2. 對等形容詞的順序可以任意調換：He wants to meet a sweet, kind, gentle girl. 等同於 He wants to meet a gentle, kind, sweet girl.。非對等形容詞的順序不可變更，一旦變更勢必改變原

先的意義或強調的重點：He wore red wingtip bright shoes.（他穿著紅色翼紋雕花的鮮豔鞋子）不同於 He wore bright wingtip red shoes.（他穿著鮮豔翼紋雕花的紅鞋）。

不過，這些規則還是有寫作者可以自行取捨的空間。

> 對：*A young single person* 一位年輕的單身人士
>
> 對：*A young, single person*

如果寫作者想要表達的是一個單身人士也正好很年輕，則不應加逗號。如果寫作者心裡想的是一個既單身又年輕的人——意即單身和年輕同等重要——則可以加逗號。

例外：內含逗號的系列項目及冗長的列舉項目

如果系列項目中含有自己的逗號，有時最好以分號區隔。

> *We visited Tucson, Arizona; Boise, Idaho; Savannah, Georgia; and Fargo, North Dakota.*
> 我們去了亞利桑那州的土桑、愛達荷州的樹城、喬治亞州的薩凡納和北達科他州的法哥。

> *Decisions were handed down on January 1, 2015; September 1, 2014; February 15, 2013; and April 4, 2012.*
> 法院於 2015 年 1 月 1 日、2014 年 9 月 1 日、2013 年 2 月 15 日和 2012 年 4 月 4 日做出判決。

同樣地，當列舉的項目太過冗長時，可以考慮使用分號區隔。

Sandwiches on the menu include albacore tuna salad with pesto mayonnaise on toasted brioche; pan-roasted turkey breast and smoked gouda on sourdough; and organic crunchy peanut butter and grape jelly on white bread.
菜單上的三明治口味有長鰭鮪魚沙拉佐青醬美乃滋烤布里歐麵包、煎烤火雞胸肉佐煙燻高達起司酸麵包、有機香脆花生醬與葡萄果醬白麵包。

分號的其他用法請見第五章。

以 & 符號取代 and 列舉項目中的逗號

& 符號前面絕不加逗號。

Special Today: Corned Beef, Cabbage & Potatoes
今日特餐：鹹牛肉佐高麗菜和馬鈴薯

逗號用於分隔多個或重複的副詞

多個副詞或重複副詞修飾一個動詞、形容詞或其他副詞時，規則與形容詞相同，通常以逗號分開。

He happily, passionately, and energetically followed the instructions.
他開心熱情又積極地遵循指示。

He was an extremely, fully, and thoroughly dedicated public servant.
他是個極度、完全、徹底奉獻的公務員。

He was a very, very, very wise man.
他是個非常、非常、非常睿智的人。

He sang utterly, absolutely, completely beautifully.
他歌唱得十分、極其、非常好聽。

2-3 引導詞或引導性片語後面的逗號用法

引導詞或引導性片語（introductory word or phrase）後面可加逗號也可不加，由寫作者或編輯自行做出最佳判斷。

> 對：*On Tuesday there was a small earthquake.*
> 對：*On Tuesday, there was a small earthquake.*
> 週二發生了一起小地震。

判斷引導詞或引導性片語後面加不加逗號的要點是語意清晰和好閱讀。一般而言，引導性片語愈長，加逗號就愈有可能幫助理解。

需加逗號：On the second Tuesday of every month that has thirty days or fewer, Joe cleans the coffee maker.
每逢三十天或少於三十天之月分的第二個星期二，喬都會清洗咖啡機。

如果是短的介系詞片語，是否使用逗號主要取決於寫作者的偏好和文章的韻律感。

> 對：*Without him, I'd be lost.*
> 對：*Without him I'd be lost.*
> 沒有他，我會迷失。

分詞或分詞片語作為引導詞通常要加逗號。

> *Seething, she turned to face him.*
> 她轉身面對他，滿肚子火。

Seething with contempt, she turned to face him.
她轉身面對他，既憤怒又一臉鄙夷。

尤其是為了停頓時，一些引導性副詞慣用逗號。

Frankly, I don't like him.
老實說，我不喜歡他。

其他副詞則較不常加逗號。

Recently I discovered sushi.
我最近發現了壽司這種食物。

當引導詞或引導性片語後面不加逗號可能導致理解錯誤時，則需加逗號。

On the ground below, the belt from the car's radiator fan lay melted and smoking.
車子散熱風扇的皮帶在地面的底下融化並冒著煙。

2-4 逗號用於分隔子句

使用逗號分隔子句的規則，依據子句的長度以及子句是獨立子句還是從屬子句而有不同。

獨立子句

由連接詞連接的獨立子句通常要以逗號分開。獨立子句（independent clause）是含有一個主詞和一個動詞的單位，是可以獨立存在的完整句子。

I know that you're going skiing without me on Tuesday, and I found out who you're bringing instead.
我知道你週二要去滑雪沒找我，我還知道你要跟誰去。

I know that you're going skiing without me on Tuesday, but I don't care.
我知道你週二要去滑雪沒找我，但我才不在乎。

I know that you're going skiing without me on Tuesday, so I'm going without you on Wednesday.
我知道你週二要去滑雪沒找我，所以我週三要去滑雪也不找你。

但是請注意下面這個句子：

I know that you're going skiing without me on Tuesday, so leave.
我知道你週二要去滑雪沒找我，你走。

祈使句（imperative）——如 leave 這樣的命令句——表面上沒有主詞，因此容易造成混淆。但是祈使句依然是獨立子句，因為它的隱含主詞是 you：(You) Leave.（你走）、(You) Eat.（你快吃）、(You) Look!（你看），因此 leave 算是一個獨立子句。

當由 and 連接的獨立子句很簡短，意思很明確時，寫作者可以選擇不加逗號。

Jane likes pizza and she also likes pasta.
珍愛吃披薩也愛吃義大利麵。

You could stay or you could go.
你可以留下來也可以離開。

I walked there but I ran home.
我走路去但是跑回家。

Vegetables are packed with vitamins and that's important.
蔬菜富含維他命,這點很重要。

Pack your things and go.
你收拾東西離開吧。

複合述語、複合主詞及類似詞語

由連接詞連接的單位若非獨立子句,不要用逗號分開。

兩個動詞共用一個主詞的句子

I know that you're going skiing without me on Tuesday and don't care.
我知道你週二要去滑雪沒找我而我不在乎。

They brought wine but forgot the corkscrew.
他們帶了酒卻忘了帶開瓶器。

Houses in this area require flood insurance and have other disadvantages.
這一帶的房屋需要保水災險而且還有其他缺點。

He was admired in the business community but was admired most for his work with children.
他在商界備受推崇,但最為人稱道的是他在兒童工作上的付出。

兩個主詞共用一個動詞的句子

A palm tree that appeared to be dying and some parched-looking scrub brush came into view.
一棵垂死的棕櫚樹和一些乾枯的灌木叢映入眼簾。

兩個受詞共用一個動詞的句子

He prepared a brief presentation on the new product line and a handout for all the attendees.
他準備了一份介紹新產品系列的簡報，也給所有與會者各準備了一份資料。

接續於同一源頭的任兩個句子成分

The city is cracking down on parking scofflaws by adding supplemental fines for late payment and by putting boot locks on the tires of vehicles with excessive unpaid tickets.
該市正嚴加取締違規停車，逾期繳納將增加額外的罰款，累積過多未繳罰單將鎖輪胎。

由於這些主詞、動詞、受詞或句子成分都不是獨立子句，用於連接它們的連接詞前不能加逗號。

位於主要子句前的從屬子句

從屬子句（dependent clause）內含一個主詞和動詞，卻不能獨立作為一個句子存在，通常是因為它們開頭有一個從屬連接詞，例如：if、although、because、before、when、until、unless。從屬子句若位於主要子句之前，通常要加逗號。

If the mall is open, we will go shopping.
假如購物中心有營業，我們會去購物。

When the levee breaks, things will go from bad to worse.
一旦潰堤，情況會愈來愈糟。

Until I hear from you, I will continue to worry.
在沒有聽到你的消息以前，我會一直擔心。

Because Mary's computer is broken, she didn't get any work done.
因為瑪麗的電腦壞了，她什麼工作都沒有完成。

Unless you're looking for trouble, you should keep quiet.
除非你想自找麻煩，否則最好保持緘默。

然而如果從屬子句很簡短，而且不加逗號句子意思也很清楚的話，寫作者可以選擇省略逗號。

If you want me I'll be in my room.
你需要我的話，我就在我的房間。

位於主要子句後的從屬子句

從屬子句若位於主要子句之後，通常不需要加逗號。

We will go shopping if the mall is open.
假如購物中心有營業，我們會去買東西。

Things will go from bad to worse when the levee breaks.
一旦潰堤，情況會愈來愈糟。

I will continue to worry until I hear from you.
在沒有聽到你的消息以前，我會一直擔心。

Mary didn't get any work done because her computer is broken.
瑪麗什麼工作都沒有完成，因為她的電腦壞了。

You should keep quiet unless you're looking for trouble.
你最好保持緘默，除非你想自找麻煩。

但若從屬子句與主要子句無密切關聯，可用逗號產生停頓。

I donate to children's charities every year, because that's the kind of

guy I am.
我每年都捐款給兒童慈善機構，因為我就是那種人。

Please complete these forms, if you would.
煩請填妥這些表格。

He'll be there, whether he wants to or not.
他會去的，不管他想不想。

2-5 逗號用於分隔非限定性或補充性的文字、片語或子句

用來提供額外說明的單字、片語或子句，以及句中插入的想法，常用逗號加以區隔，包含非限定關係子句、同位語、名詞後的形容詞、句子副詞和句子副詞片語，以及如 by the way（順道一提）和 it should be noted（需要注意）等的插入片語。這些詞語屬於補充性質，是額外補充的資訊，並非核心句子意義的必要成分，也不會縮小名詞指涉的範圍。

比較下列各組句子：

The woman, who works hardest, will get the promotion.

The woman who works hardest will get the promotion.
工作最認真的那個女人會獲得升遷。

The man, with great courage, went off to battle.

The man with great courage went off to battle.
那個有著無比勇氣的男人前去戰鬥了。

The store, where I got these shoes, is on the corner.

The store where I got these shoes is on the corner.
我買這雙鞋的那家店位於街角。

The proverb, known to all, influenced the decision.

The proverb known to all influenced the decision.
眾所周知的那句格言影響了這個決定。

My brother, Lou, has a nice house.

My brother Lou has a nice house.
我弟弟路有一間好房子。

Karen, happily, joined the army.

Karen happily joined the army.
凱倫開心地從軍去了。

逗號表示該資訊是補充性的，是一個額外資訊，從句中刪除也不影響語意或確切性。沒有逗號的句子則表示這些資訊對核心句子的意義具有重要性。以下將分別說明。

逗號用於分隔非限定關係子句

關係子句由關係代名詞 that、which、who（及其相關形式 whom、whose）開頭，修飾其前面的名詞。

Spiders, which have eight legs, live in every region of the United States.
蜘蛛有八隻腳，棲息在美國各個地區。

The racket that I prefer is lighter.
我喜歡的那支球拍比較輕。

Barbara, who is my favorite stylist, is off on Mondays.
芭芭拉是我最喜歡的設計師，她休週一。

The candidate, whom I considered perfect for the job, withdrew his application.
我覺得是工作最佳人選的應徵者，取消了他的求職申請。

用逗號分隔一個關係子句，代表這個子句的資訊對於句子意義並非至關重要，也不用來縮小名詞指涉的範圍或指定此名詞。這些子句被稱為非限定（nonrestrictive）或非必要、非定義性的子句，即使從句中刪除也不影響句子意義或名詞確切性。

相反地，限定子句（restrictive clause）又稱必要或定義性子句，與這個名詞或這個句子的意義有密不可分的關係，如果從句中刪除，句子的意義就會改變。限定關係子句不可以用逗號分開。有些時候讀者只能從逗號判斷一項資訊在關係子句中的作用。以 The woman who works hardest will get the promotion. 這個句子為例，由於 who 的子句前後沒有逗號，表示這項資訊是為了明確指出寫作者談論的是哪一個女人——確切來說，是比其他人工作更認真的那個女人。

但是在 The woman, who works hardest, will get the promotion. 這個句子中，逗號表示 who 的子句只是補充資訊。the woman 是誰不需要多做解釋，暗示著讀者已經知道「那個」女人是誰了。以 that 引導的關係子句絕對是限定子句，永遠不加逗號：The car that he was driving was red.（他駕駛的那輛車是紅色的）、The racket that I prefer is lighter.（我喜歡的那支球拍比較輕）。以 which 引導的關係子句通常是非限定子句，一般來說要加逗號：The menu, which includes a wide selection of pastas, changes daily.（每天更換菜色的菜單上有多種義大利麵可供選擇）。以 who 或 whom 引導的關係子句可能是限定性也可能是非限定性，要看寫作者的意圖。

逗號用於分隔同位語

同位語是任何一個名詞片語，放在另一個名詞片語旁邊解釋該名詞片語。（注意：名詞片語可以不只一個字，例如：a great man 一個很棒的人）

The CEO, a great man, will speak.
執行長是一個很棒的人，他將發表演說。

The car, a maroon Honda, sped from the scene of the crime.
那輛深紅色的本田，從犯罪現場加速逃逸了。

You'll get to work with the best in the business, a team that has won more awards than I can count, my sales staff.
你將與業界最優秀的人才共事，他們就是我的銷售員工，一個榮獲無數獎項的團隊。

The cab driver, a gregarious Armenian, dropped us off out front.
一個喜歡交際的亞美尼亞計程車司機，在門口放我們下車。

She was a great person, the kind of woman you could confide in, a wonderful mother and a true friend.
她是很好的人，是那種你可以和她講心事的女人，也是一個好媽媽和真朋友。

Lawson's book, Voyage to Tomorrow, came out earlier this year.
勞森的書，《航向未來》，今年年初出版了。

I talked to my brother, Steve.

我和我弟弟史帝夫談過了。

The carpenter, Charlie Carson, designed the set.
名為查理卡爾森的木匠，，設計了這套裝置。

同位語要用逗號分開，不過從上面的最後三個句子可以看出逗號的使用有時很難判定。並列排放的名詞有時候作用不同，比較下列句子：

The carpenter, Charlie Carson, designed the set.

The carpenter Charlie Carson designed the set.
名為查理卡爾森的木匠，設計了這套裝置。

第一句的主詞是 the carpenter，Charlie Carson 僅是對 the carpenter 的重述，因此是同位語。第二句的主詞是 Charlie Carson，the carpenter 則是修飾語，不加逗號表示它們不是同位關係。兩種寫法都正確，端看寫作者想要強調的是什麼。

當名詞片語以這種方式擺放在一起時，寫作者必須留意哪一個是中心詞（head noun），因為這會影響到是否要加逗號，並且可能產生非寫作者本意的其他含意。

舉例來說，在 I talked to my brother, Steve. 這個句子中，逗號表示 Steve 是同位語，暗示讀者這是一個非限定性的資訊，絲毫不縮減 my brother 的範圍。因此作者想要表達他只有一個弟弟，順便提一下他弟弟叫 Steve。

但是在 I talked to my brother Steve. 這個句子中，沒有逗號則表示 Steve 不是同位語，而是名詞片語 my brother Steve 的中心詞。

這就告訴了讀者這個名字對於理解 my brother 指的是誰至關重要。Steve 把 my brother 的範圍縮減至一個特定的人，因此沒有逗號表示寫作者有不只一位兄弟。

同樣的道理，Lawson's book *Voyage to Tomorrow* came out earlier this year. 這個句子暗示了勞森寫過不只一本書。如果加了逗號就表示勞森只寫過一本書：Lawson's book, *Voyage to Tomorrow*, came out earlier this year.。

當同位語很長或很複雜時，寫作上要格外注意不要漏了後面的逗號，讀者才會清楚哪一個名詞是句子中動詞的主詞。

> 對：*Maracas, the world's best Venezuelan restaurant, is located in Phoenix.*
> 馬拉卡斯位於鳳凰城，是全世界最好的委內瑞拉餐廳。

> 錯：*Maracas, the world's best Venezuelan restaurant is located in Phoenix.*
> 馬拉卡斯，全世界最好的委內瑞拉餐廳位於鳳凰城。

注意下面的用法：

> *A durable fabric, cotton is still widely used today.*
> 棉花是一種耐用的布料，至今仍被廣泛運用。

> *A popular tourist destination, Hawaii is warm year-round.*
> 夏威夷全年溫暖，是熱門的觀光勝地。

在上面的例句中，很明顯第二個名詞是句子的主詞，而非第一個。在這樣的句型中，第二個名詞後面不可加逗號。

逗號用於分隔形容詞、副詞以及其他插入的描述語

描述性的單字或片語常用逗號分開,包括:

插入其修飾名詞之後的形容詞

The roses, fragrant and beautiful, overwhelmed our senses.
這芬芳又美麗的玫瑰為我們帶來豐富的感官饗宴。

插入其修飾動詞之前或後的副詞

The deer bolted, quickly and noiselessly, from the clearing.

The deer, quickly and noiselessly, bolted from the clearing.
那隻鹿悄然無聲地快速逃離林間空地。

插入其修飾動詞之前或之後的介系詞片語

The patient, with great difficulty, learned to walk again.

The patient learned, with great difficulty, to walk again.
這位病人費盡千辛萬苦才學會重新走路。

請注意在很多情況下,如果寫作者不想要那麼多分隔,也可以省略逗號。

The deer bolted quickly and noiselessly from the clearing.

The patient learned with great difficulty to walk again.

逗號用於分隔插入的想法和意見

許多用語可以當作插入語插入句子當中,例如:for example(舉

例來說）、as a result（結果）、to say the least（至少可以說）、it is true（的確）、in spite of (something)（儘管）、you should note（你應當注意）、indeed（確實）、as we will see（我們將會看到）、for instance（舉例來說）、therefore（因此）、if not (something,) then (something)（即使不是……也是）、it is often said（常言道）、most among them being (something)（其中大多是）等類似片語。這類用語通常要用逗號分開，但有些時候可加逗號也可不加。

> *Walter was fidgeting with the radio and, as a result, missed the freeway exit.*
> 華特正在弄收音機，結果錯過了高速公路的出口。

拉丁縮寫詞 i.e.（即）和 e.g.（例如）基本上會放在括號內並在後面加逗號，如果沒有括號則前後都要加逗號。

> *His prom date (i.e., his cousin) arrived late.*

> *His prom date, i.e., his cousin, arrived late.*
> 他的舞伴，也就是他的表妹，遲到了。

2-6 逗號表示直接稱呼

直接稱呼（direct address）是指一個名字或一個人對另一個人的任何稱呼，例如：Joe（喬）、sir（先生）、Mom（媽）、lady（女士）、dude（老兄）、friend（朋友）、darling（親愛的）、jerk（混蛋）、bub（老弟）、miss（小姐）、professor（教授）、ma'am（女士）、copper（警察）、doctor（醫生）、young man（年輕人）等等。

直接稱呼（包含對另一人的任何稱呼）應該要用逗號分開。

Hello, Joe.
你好，喬。

No, Mom, it wasn't like that.
不，媽，事情不是那樣的。

Tell me, lady, are you this nice to everyone?
告訴我，女士，你對每個人都這麼好嗎？

Dude, that's so wrong.
老兄，那樣就大錯特錯了。

Hello, friend, and welcome.
你好啊，朋友，歡迎歡迎。

Good to see you, darling.
見到你真好，親愛的。

Step off, jerk.
少管閒事，混蛋。

Hey, bub.
嘿，老弟。

Miss, can you tell me if the bus stops here?
小姐，請問這班公車有停靠這裡嗎？

Excuse me, professor.
不好意思，教授。

This way, ma'am, if you will.
女士，這邊請。

Young man, go to your room.
年輕人，回你房間去。

電子郵件或信件開頭的問候語經常犯的逗號錯誤，例如：

Hey Jane,

Hi Pete,

Hello everyone,

Howdy stranger,

這裡的 Jane、Pete、everyone、stranger 都是直接稱呼，應該要用逗號分開。

正確寫法：*Hey, Jane.*

正確寫法：*Hi, Pete.*

正確寫法：*Hello, everyone.*

正確寫法：*Howdy, stranger.*

要注意的是，這些問候語和經典用語 Dear John,（親愛的約翰）、Dear Sirs,（敬啟者）的文法結構是不同的。這些經典用語中的

dear 是形容詞，屬於直接稱呼的一部分（名詞片語的一部分）。dear 和 hey、hello 不一樣，dear 不是一個完整思想，所以在 Dear John 後面使用逗號是合理的，表示它要接續信件正文的第一個句子成為一體。但是 Hey, Jane 和 Hi, Pete 已經是完整句子，後面可以接句號或其他結尾標點符號。

2-7 逗號用於分隔引文

逗號經常用來將引文和句子的其他部分分開，尤其是和引文出處如 Wilson said（威爾森說）、Jane replied（珍回答）等類似片語分開。

> *Wilson said, "Try the ignition."*
> 威爾森說：「試試看點火開關。」

> *"That's not what I meant," Jane replied.*
> 「我不是這個意思。」珍回答。

> *"I think," whispered Allen, "that we're being followed."*
> 「我想，」艾倫低聲說，「我們被跟蹤了。」

本應以句號結尾的引文如果放在引文出處之前，要用逗號取代句號。

> *"Don't go," he said.*
> 「別走。」他說。

放在出處之前的引文若以問號或驚嘆號結尾，不需要使用逗號。

"Are you going?" she asked.
「你要去嗎？」她問。

"Get out!" he screamed.
「快出去！」他尖叫著。

有些句子將引文融合到句子之中，這種情況不加逗號，尤其是句子用了 that 的時候。

Lynne said it's true that "the place is swarming with mosquitoes."
琳恩說確實「那個地方蚊蟲滋生」。

Barry replied that some people "are just cruel."
貝瑞回覆說有些人「就是殘忍」。

有些情況不容易看出引文是否和句子融合在一起、是否該用逗號分開。例如 sang（唱）這類的動詞後面如果接一首歌的歌名，可以看作是動詞的受詞而非引文，這時候歌名前就不加逗號。

He sang "Burning Love."
他唱了〈燃燒的愛〉。

不過要注意，如果動詞接的是一首歌的歌詞或文字作品的內容，標點方式會和歌名或作品名不同。

在 He sang "Burning Love." 這個句子中，歌名不算是引文，而是動詞的受詞，因此 sang 不是引文出處，因此後面不該用逗號分開。但如果是歌詞或作品內容的一行文字就可以視為引文，用逗號來帶出。主要格式手冊都沒有針對這個情況有所規定。

✚標點符號專家小組大多數偏好在 sang 的後面加逗號：

He sang, "I feel my temperature rising."
他唱道：「我感覺體溫上升。」

✚標點符號專家小組一致同意下面用法不加逗號：

We read "The Road."
我們讀了《長路》。

（各格式中的書名編排方式請見 p.109〈作品名稱的引號和斜體用法〉）

✚下面這個句子，專家小組大多數偏好加逗號：

He opened the book and read, "Call me Ishmael."
他打開書並朗讀：「叫我以實瑪利。」

換句話說，書名 The Road 被視為動詞 read 的直接受詞，但是 Call mc Ishmael 比較像是引文，放在 read 這類動詞後面時需用逗號分開。

✚在 titled（名為）這個字的後面，專家小組一致偏好不加逗號：

We enjoyed the skit titled "Star Snores."
我們很喜歡名為《星際鼾聲》的幽默小品。

對於像 read（讀）、sang（唱）、recited（誦）這樣的動詞，寫作時必須運用個人判斷決定引號中的內容是否與句子融合，或者當作一個直接引述來處理。

如果一段文字（包含未明言的想法）和說話者之間並沒有用引號區隔，逗號的使用和引述相同。

Wendy wondered, why is he so cruel?
溫蒂納悶著,他怎麼會這麼殘忍?

Karl said to himself, this is going to be a problem.
卡爾自言自語道,這會是個問題。

例外

N 在新聞格式中,如果引文出處位於引文之前,且引文含有兩個以上句子,則應使用冒號而不用逗號。

> *Wilson said: "Try the ignition. If that doesn't work, pop the hood."*
> 威爾森說:「試試看點火開關,如果不行就打開引擎蓋。」

B 在書籍格式中,如果想要強調一段引文,「也」允許使用冒號而不用逗號。(請見 p.94〈冒號用於引述、對話或節錄〉)

2-8 逗號用於重複句型,表示省略字

在一些句型中,如果省略了文字仍可以從上下文清楚知道意思,就可以用逗號表示省略字,尤其是句子後半段重複前半段句型的情況。

> *Harry ordered a scotch; Bob, a gin and tonic.*
> 哈利點了一杯蘇格蘭威士忌,鮑伯則點了一杯琴通寧。

2-9 重複文字如 is is、in in、that that 之間的逗號用法

有時候一個名詞片語或動詞片語的結尾和後面文字的開頭正好是同一個字。正常來說主詞和動詞之間不可以用逗號分開,但是當一個主詞以 is 結尾,後面又接了一個以 is 開頭的動詞片語時,格式指南認為只要能幫助理解就應該插入逗號。其他重複文字也是一樣,格式指南讓寫作者自行決定要不要插入逗號。

對:*The reality that is is the reality he must accept.*

對:*The reality that is, is the reality he must accept.*
現實就是他必須接受的現實。

對:*I'll check in in the morning.*

對:*I'll check in, in the morning.*
我會在上午登記入住。

對:*He found that that was best.*

對:*He found that, that was best.*
他發現那樣是最好的。

+而在下面的句子中,標點符號專家小組大多數選擇不加逗號。

What it is is a good idea.
這是個好主意。

2-10 地址中的逗號用法

一般來說，街名和城市名若位於同一行，中間要加逗號，城市名和州名也是一樣。但是州名和郵遞區號之間、街名和方位（SE等）之間則不加逗號，例如：43rd Ave. SE（東南 43 大道）。詳細用法請見 p.208 的〈地址〉條目。

2-11 年齡、居住城市、政治黨派的逗號用法

Ⓝ 新聞報導經常在人名之後加上年齡和居住城市，或者在民選官員的名字後面加上政黨和州名。新聞格式規定這些資訊必須以逗號分開。

John Doe, 43, Whittier, was among the attendees.
某甲，四十三歲，惠蒂爾人，是與會者之一。

Sen. Al Franken, D-Minn., chaired the committee.
參議員艾爾弗蘭肯，民主黨明尼蘇達州，擔任此次委員會的主席。

2-12 測量值的逗號用法

一般來說，表示測量值的文字中間不加逗號，包含時間測量值（年、月等）和物理測量值（英尺、英寸等）。

Ⓑ *She is five feet nine. / She is five foot nine.* 她有五英尺九英寸。

Ⓝ *He is 6 feet 2 inches tall.* 他身高六英尺二英寸。

Ⓢ *11 years 3 months* 十一年三個月

Ⓢ *20 min 40s* 二十分四十秒

2-13 特定字詞的逗號用法

too、also、either

too、also、either 等類似詞彙是否應以逗號分開,主要格式手冊都沒有給出明確指示。

+下列句子中是否應該使用逗號,標點符號專家小組的意見不同。

I like it, too. (多數專家偏好)
我也喜歡。

I too saw that movie.

I, too, saw that movie. (專家意見分歧)
我也看過那部電影。

I didn't see that movie, either.

I didn't see that movie either. (專家意見分歧)
我也沒看過那部電影。

He wrote "Love Story," also.

He wrote "Love Story" also. (專家意見分歧)
他還寫過《愛情故事》。

however、therefore、indeed

however、therefore、indeed 等句子副詞可以用逗號分開也可以
不用，要看寫作者認定它們是插入語還是已自然融入句子當中。
如果不確定，請記得現代出版業多半偏好簡約的標點風格，以
促進句子的流暢度，使句子更好閱讀。

對：*The parking garage, however, was almost empty.*

對：*The parking garage however was almost empty.*
然而停車場幾乎是空蕩蕩。

對：*The solution, therefore, is simple.*

對：*The solution therefore is simple.*
因此解決方法很簡單。

對：*Sharon is indeed a lucky girl.*

對：*Sharon is, indeed, a lucky girl.*
雪倫確實是個幸運的女孩。

對：*Joe is therefore the best candidate.*

對：*Joe is, therefore, the best candidate.*
因此喬是最佳候選人。

including、such as 等類似用語

including、such as 等類似詞語前面常加逗號，但是後面絕不加
逗號。

對：*America has many great cities, including New York, Chicago, and
San Francisco.*

對：*America has many great cities including New York, Chicago, and San Francisco.*

錯：*America has many great cities including, New York, Chicago, and San Francisco.*
美國有很多大城市，包括紐約、芝加哥和舊金山。

對：*The store is having a sale on many items, such as clothes, books, and electronics.*

對：*The store is having a sale on items such as clothes, books, and electronics.*

錯：*The store is having a sale on many items such as, clothes, books, and electronics.*
這家店有很多東西在特賣，例如服飾、書和電子產品。

etc.

etc. 是 et cetera 的縮寫，要用逗號分開。

> *Toiletries, linens, etc., can be purchased at your destination.*
> 盥洗用品、床單等等可以到了目的地再買。

et al.、and so forth、and the like 等類似用語

❸ et al.、and so forth、and the like 通常要用逗號分開（前後都要加逗號，若位於句尾則後面不加逗號）。

> *Johnson, Smith, Brown, et al., wrote the definitive article on that topic.*
> 強森、史密斯、布朗等人撰寫了關於該主題的權威性文章。

> *Bedding, linens, and so on, can be purchased upstairs.*
> 寢具、床單等等可以在樓上購買。

Muffins, croissants, and the like, are served in the lobby.
大廳有供應馬芬、可頌等等。

yes 和 no

Ⓝ 新聞格式規定 yes 和 no 要用逗號分開。

Yes, I want some cake.
好，我要一些蛋糕。

ⒷⓈⒶ 在其他格式中，yes 和 no 經常以逗號分隔，但不是絕對。如果加了逗號無助於增加易讀性，寫作者可以選擇省略逗號。

Yes, there is a Santa Claus.
是的，世界上真的有聖誕老公公。

No, coyotes don't come this far north.
不，郊狼不會跑到這麼北邊來。

Yes I want some cake.
好，我要一些蛋糕。

No you don't.
不，你不會。

✚ 在 Yes, thank you. 此句中，標點符號專家小組一致偏好加逗號。

respectively

✚ 標點符號專家小組一致偏好以逗號分隔 respectively（分別）。

Sandy, Colleen, and Mark went to Harvard, Yale, and Tufts, respectively.
珊蒂、可琳和馬克分別就讀於哈佛、耶魯和塔夫茨大學。

oh、um、ah、well

oh、um、ah、well 經常以逗號分隔，但不是絕對。如果加了逗號無助於增加易讀性，寫作者可以選擇省略逗號。

Oh, I see what you're up to.
喔，我知道你想做什麼。

Ah, that's the ticket.
啊，就是這張票。

Well, you're the one who wanted to come here.
呃，是你要來的欸。

Oh you.
你喔。

Inc.、Ltd. 等類似縮寫詞

書籍格式和新聞格式通常省略 Inc.（股份有限公司）、Ltd.（有限公司）等類似的縮寫詞，因為它們所傳達的訊息通常與句子無關。但是如果句中使用了這些字，須遵循以下指南：

B Inc. 和 Ltd. 等類似縮寫詞的前後不要求加逗號，但如果寫作者採用書籍格式並選擇在 Inc. 等縮寫詞前面加逗號，則後面也要加逗號。

對：*He has worked for ABC Inc. for three years.*

對：*He has worked for ABC, Inc., for three years.*

錯：*He has worked for ABC, Inc. for three years.*
他在 ABC 公司已經做了三年。

Ⓝ Inc. 和 Ltd. 等類似縮寫詞前後一律不加逗號。

He has worked for ABC Inc. for three years.
他在 ABC 公司已經做了三年。

PhD、MD、MA、DDS、JD 等學歷縮寫

人名後面應盡量避免出現學歷縮寫，如果無可避免，則縮寫詞的前後都要加逗號。

Ⓑ *Jason Wellsley, PhD, gave a presentation.*

Ⓝ *Jason Wellsley, Ph.D., gave a presentation.*
傑森・威爾斯利博士做了報告。

學歷的縮寫何時需要使用句號，請見 p.85–86〈通用名詞的縮寫〉以及〈標點符號 A to Z〉單元

Jr.、Sr.、II、III 等類似縮寫詞

Ⓑ Jr.（= junior）和 Sr.（= senior）的前後不需要加逗號，且不可與 II（二世）、III（三世）等字連用。

Dr. Martin Luther King Jr. spoke.
小馬丁路德金恩博士發表演說。

Ⓝ Jr.、Sr. 等字不可用逗號分隔。

Dr. Martin Luther King Jr. spoke.

Ⓐ 通常偏好在 Jr.、Sr. 等字前後加逗號。

Dr. Martin Luther King, Jr., spoke.

州名、國名、省名和哥倫比亞特區

城市名後面若提及州名、國名或省名，這些名稱的前後都要加逗號，若出現在句尾則只有前面要加逗號。

> *They stopped in Bangor, Maine, on their way to Massachusetts.*
> 前往麻州的途中他們在緬因州的班哥市停留。

> *Vancouver, B.C., is beautiful this time of year.*
> 英屬哥倫比亞的溫哥華每年這個時候很美。

> *Lyon, France, is a popular tourist destination.*
> 法國里昂是熱門觀光勝地。

🅑 District of Columbia（哥倫比亞特區）的縮寫通常要用逗號分隔，但如果寫作者選擇使用不加句號的縮寫 DC，那麼可以選擇是否要用逗號分隔。至於 DC 何時要使用句號，請見 p.85〈加拿大省名及哥倫比亞特區的縮寫〉。

> 對：*Washington, DC, gets hot in the summer.*

> 對：*Washington DC gets hot in the summer.*

> 對：*Washington, D.C., gets hot in the summer.*
> 華盛頓哥倫比亞特區夏天很熱。

🅝 D.C. 要用逗號分隔。

> *Washington, D.C., gets hot in the summer.*
> 華盛頓哥倫比亞特區夏天很熱。

完整地址中的逗號用法請見第十八章。

日期和年分

星期後面的日期前後都要加逗號，若位於句尾則只有前面要加
逗號。

Monday, Oct. 4, is when the meeting took place.

Monday, October 4, is when the meeting took place.
會議是在 10 月 4 日星期一舉行的。

日期後面的年分前後都要加逗號，若位於句尾則只有前面要加
逗號。

Oct. 4, 2014, is when the meeting took place.
會議是在 2014 年 10 月 4 日舉行的。

但是年分的前面如果只有月分或季節，就不要用逗號分隔。

October 2014 is when the meeting took place.
會議是在 2014 年 10 月舉行的。

Spring 2010 was a memorable time.
2010 年春天是一段令人難忘的時光。

本身含有逗號的機構名稱

機構名稱，尤其是學校名稱，如果本身含有逗號，通常在後面
加逗號是合適的。

University of California, Riverside, has many commuter students.
加州大學河濱分校有很多通勤的學生。

本身含有逗號的作品名稱

書籍、歌曲、戲劇等作品名稱如果本身含有逗號，行文中不應在後面多加逗號。

God Bless You, Mr. Rosewater is one of his favorite books.
《上帝保佑你，羅斯瓦特先生》是他的愛書之一。

not 開頭的片語

句子中為了形成對比而插入以 not 開頭的名詞片語，要以逗號分隔。

The student with the best grades, not the most popular student, will be appointed.
成績最好的學生，而非最受歡迎的學生，將獲得指派。

It was Rick, not Alan, who cleaned the microwave.
清潔微波爐的是瑞克，不是亞倫。

not only . . . but . . . 等類似片語

這類片語中，but 前面一般不需要加逗號。

Not only children on vacation from school but also adults on vacation from work flocked to the theater.
不只是學校放假的孩童，還有不用上班的大人都紛紛湧入戲院。

please

編輯格式均未說明 please 何時需要用逗號分隔。

✚下面這個句子中，標點符號專家小組大多數偏好加逗號：

May I have your attention, please?
各位請注意。

the more . . . the less 和 the more . . . the more 等類似用語

這種句型通常需要使用逗號。

The more I go on blind dates, the more I appreciate my dog.
我愈是去相親，就愈喜愛我的狗。

但這種句型如果句子很短，可以省略逗號。

The more the better.
多多益善。

2-14 逗號與其他標點符號的搭配

引號

逗號永遠放在右引號之前。

He said, "Get out," but I know he didn't mean it.
他說「給我滾出去」，但我知道他不是這個意思。

She peppers her speech with words like "awesome," "neato," and "fantabulous."
她在演說中大量使用了讚、棒棒、太棒了這樣的詞語。

單引號

切勿混淆單引號和撇號。逗號永遠放在右單引號之前。

"Don't call me 'jerk,'" he yelled.
他大吼：「不要叫我『混蛋』。」

"Teenagers of years gone by favored terms like 'neato,' 'far out,' and 'keen,'" he said.
「過去的青少年喜歡用棒棒、太棒了和精彩這樣的詞語。」他說。

撇號

表示省略字母的撇號要放在逗號之前。

"I know you were just talkin'," he said.
「我知道你只是說說而已。」他說。

I've been thinkin', Dad.
爸，我一直在想。

括號

逗號絕不會緊貼著放在右括號的前面，但是可以放在後面。

The siren was loud (the ambulance was close by), so he covered his ears.
警笛很大聲（附近有救護車），於是他摀住耳朵。

省略號

逗號通常不會和省略號一起使用，但如果有助於理解，寫作者可以選擇插入逗號。

> *"To question why, to ponder causes, . . . to try to change outcomes is usually futile," she said.*
> 「去質問為什麼、去思考原因……去試圖改變結果通常都只是枉然。」她說。

連字號和短破折號

✚ 有了連字號或短破折號可以不需要使用逗號。以 The Washington, D.C.–based company（這間總部位於華盛頓哥倫比亞特區的公司）為例，D.C. 後面原本必須有逗號，但在這裡專家小組多數偏好省略逗號。（逗號搭配 D.C. 的用法請見 p.71〈州名、國名、省名和哥倫比亞特區〉）

角分、角秒等度量符號

不要將角分、角秒等度量符號和引號混淆。在極少數這類符號出現在行文中的情況下，逗號會放在這些符號的後面。

> *The javelin went 22', then it fell.*
> 標槍飛了 22 英尺，然後落地。

2-15 逗號使用的模糊地帶

為了提升一個句子的可讀性，編輯經常忽視逗號的使用規則。
而有的時候規則允許不同的選擇，專業編輯人士卻不同意。

為了語意清晰而加逗號

有時候即使規則沒有這麼要求，逗號仍然是將句子成分分開或
分組的最佳方式。在許多情況下，當句子無法改寫的時候，寫
作者可以自行判斷是否使用逗號。

+儘管格式規定以 and 或 or 連接的對等項目不用逗號分開，專
家小組多數仍表示如果連接的項目太長，加逗號有助於理解的
話，他們會忽視這條規則。

*She yelled to the man who took her purse, and grabbed her cellphone
to call the police.*
她對著搶她錢包的男人大吼，並拿起手機報警。

*The dog chased the squirrel that ran through the park, but not fast
enough.*
那隻狗追著從公園中間跑過的松鼠，但是沒追上。

*This Ford packs an I-4 rated up to 32 mpg through a smooth six-speed
automatic transmission, or a supercharged 221-horsepower V-8.*
這款福特搭載 I-4 引擎，透過流暢的六速自排變速箱，燃油效率可達 32
mpg；或可搭載 221 馬力的 V-8 增壓引擎。

+同樣地，這些對等項目中如果其中一項內含對等連接詞，專
家小組對於標點方式也是意見分歧。

The resort offers elegantly appointed rooms, casitas, and villas and four swimming pools, along with other exciting amenities.

這座度假村提供裝潢典雅的客房、小屋和有四座游泳池的別墅及其他精采的設施。（多數專家偏好 villas 後面不加逗號）

以驚嘆號或問號結尾的專有名稱後面的逗號用法

B 行文中原本就該使用逗號的地方，書籍格式要求以驚嘆號或問號結尾的專有名稱一樣也要加逗號。

Shows playing this week include Greg London: Impressions that Rock!, Who's Afraid of Virginia Woolf?, and Jersey Boys.

本週播放節目有：《葛雷格倫敦：超強模仿秀！》、《靈慾春宵》、《紐澤西男孩》。

✚其他格式沒有針對這種情況提出規則。而標點符號專家小組的新聞格式專家對於屬於專有名稱一部分的驚嘆號或問號後面要不要加逗號則意見分歧。

省略逗號以避免過多標點符號

✚在下面這個句子中，若要嚴守標點符號規則就得在 husband 和 dog 後面加逗號，Tim 和 Bruno 後面加分號。但是專家小組大多數表示他們可能會忽視規則，改採下面的標點方式：

She lives with her husband Tim, her dog Bruno, and two cats, Bella and Charlie.

她和她的先生提姆、狗狗布魯諾以及兩隻貓貝拉和查理同住。

✚在下面這個句子中，到底要不要忽視 which 前面通常要加逗號的規則（當句子無法改寫的時候），專家小組意見分歧。

Starting at less than $50,000, the Spider-12 is a classy and capable midsize SUV which, with its 7-seat Comfort Package, becomes a flexible family friend.（半數專家偏好）

Starting at less than $50,000, the Spider-12 is a classy and capable midsize SUV, which, with its 7-seat Comfort Package, becomes a flexible family friend.（半數專家偏好）

Spider-12 起價不到五萬美元，是一款高級且性能優異的中型休旅車，且配備有七人舒適座椅，是可以靈活運用的家庭好友。（半數專家偏好）

✚標點符號專家小組的一些逗號使用規則

有些情況是否要加逗號除了取決於對規則的解讀外，還取決於個人喜好。

大部分的專家同意介系詞 for 和其受詞之間不應加逗號，如下面例句中的受詞 what Jones lacks in age。但由於受詞出現在句首，且文句有點長又抽象，有些人可能將它解讀為引導性子句，而引導性子句經常要用逗號分隔。

What Jones lacks in age she makes up for in energy.（多數專家偏好）

What Jones lacks in age, she makes up for in energy.（少數專家偏好）
瓊斯以無窮的精力彌補了年齡和經歷的不足。

介系詞片語如 at a variety of prices 等前面通常不加逗號。但是在下面的句子中，該片語很可能被誤認為修飾 women 而非店家，如果使用逗號，可以降低誤解句意的可能性。

Centrally located on Main Street, La Jolla Timepieces displays a carefully chosen selection of watches for men and women at a variety of prices.（多數專家偏好）

Centrally located on Main Street, La Jolla Timepieces displays a carefully chosen selection of watches for men and women, at a variety of prices.（少數專家偏好）
拉荷亞鐘錶店位於主要街道中心，店內展示各種價位的精選男女用錶。

一般而言，動詞和受詞間不用逗號分開。但如果受詞很冗長（如下例中的 some of the technology coming in the next few years）且被放在句首，寫作者有時會在受詞後面插入逗號。然而就下面這個句子而言，標點符號專家小組一致同意他們不會插入逗號。

Some of the technology coming in the next few years most people can't even imagine.
未來幾年將出現的一些科技是大多數人無法想像的。

❸

句號（Period）

句號用來結束句子，以及用於一些縮寫詞和首字母縮寫。

3-1 句號用於結束一個句子或句子片段

當使用驚嘆號語氣會過於強烈時，使用句號來結束陳述句（陳述）和祈使句（命令）。

Joe works here. 喬在這裡工作。

Eat. 快吃。

Leave now. 馬上離開。

也可以使用句號構成句子片段（sentence fragment）。句子片段是雖然不足以作為一個完整句子，但又被當作句子使用和標點的文法單位。一個陳述句最少要有主詞和動詞（如：Joe slept 喬睡了）才算完整。祈使句（命令）省略了隱含主詞 you，因此一個字也算完整，例如：Leave、Eat。

句子片段不符合構成句子的最低標準，在正式寫作或學術寫作中很可能被視為不適當，甚至是錯誤的用法。但在日常或文學語境當中，句子片段是標準的用法。

Makes you think. 發人深省。

Another gloomy day. 又是陰沉沉的一天。

Probably. 大概吧。

The reason? A girl. 原因呢？為了一個女生。

3-2 句號後面的空格

🅑🅝 句子之間不可空兩格。結尾句號後面只空一格。

🅢 科學格式並未指定句子之間的空格數，但有提到草稿可在結尾句號後面空兩格，方便編輯和其他讀者閱讀。

🅐 學術格式偏好句子之間只空一格，但如果寫作者偏好空兩格也是允許的。無論採用哪一種都必須全文統一。

3-3 縮寫、首字母縮寫和首字母合成詞的句號用法

人名的首字母縮寫

🅑🅢🅐 在書籍、科學和學術格式中，人名中的首字母縮寫必須加句號，並且要用空格分開：H. L. Mencken、W. E. B. DuBois。代表全名的首字母縮寫如 JFK 和 FDR 則不加句號也不空格。

🅝 在新聞格式中，人名中的首字母縮寫要加句號，但中間不空

格：H.L. Mencken、W.E.B. DuBois。而代表全名的首字母縮寫如 JFK 和 FDR 則不加句號也不空格。

非人類專有名詞的首字母縮寫（不含州名和省名）

🅑🅢🅐 非人類專有名詞的首字母縮寫不加句號：US（美國）、USA（美國）、UK（英國）、AA（戒酒無名會）。

🅝 兩個字母的專有名詞首字母縮寫通常加句號，中間不空格：U.S.（美國）、U.K.（英國）、U.N.（聯合國）、B.C.（英屬哥倫比亞）。三個字母以上的首字母縮寫不加句號也不空格：USA（美國）、FBI（聯邦調查局）、CIA（中央情報局）、GOP（老大黨；共和黨）。

例外

🅑 上下文若使用的是傳統州名縮寫（有別於兩個字母的郵政縮寫），書籍格式允許 U.S. 加句號。

🅝 新聞標題中，省略句號。AA 永遠不加句號。

🅢 在科學格式中，U.S. 當作形容詞使用時要加句號：the U.S. Army（美軍）。

州名、加拿大省名以及哥倫比亞特區

提及州名時，若沒有包含城市或其他地址資訊，通常會完整拼出州名，例如：New Jersey（紐澤西）、Arizona（亞利桑那）、

Georgia（喬治亞）。當州名和城市名一起出現或用於地址時，有時會採用縮寫。請注意州名和城市名一起出現或用於地址時，要用逗號分隔，州名後面也要加逗號，例如：Springfield, Ill., is nearby.（伊利諾州春田市離這裡不遠）、Findlay, Ohio, gets cold.（俄亥俄州芬利市變冷了）。（地址中的州名縮寫請見 p.209–210〈州名縮寫〉）然而 District of Columbia（哥倫比亞特區）若位於 Washington（華盛頓）之後，幾乎一定是採用縮寫 DC 或 D.C.。這些縮寫何時需要句號，以下分兩部分概略說明各格式的規定。

州名的縮寫

🅑 在書籍格式中，州名通常會完整拼寫出來。當使用縮寫時，書籍格式傾向使用沒有句號的郵政縮寫形式：AL（阿拉巴馬）、MD（馬里蘭）、NH（新罕布夏）、SC（南卡羅萊納），但也允許使用新聞的縮寫形式如 Ala.、Md.、N.H.、S.C.。

🅝 在新聞格式中，州名若單獨使用通常會完整拼寫出來，若用於城市名之後或屬於地址的一部分，則通常使用縮寫（州名縮寫請參見 p.208 的〈地址〉條目）。無論是大小寫的縮寫形式，如：Ala.（Alabama）、Md.（Maryland），或者兩個字母的首字母縮寫形式，如：N.H.（New Hampshire）、S.C.（South Carolina），都要加句號。但是在新聞標題中，兩個字母的州名縮寫不加句號。

🅢 很多情況，包含參考文獻的列表，科學格式都要求使用沒有句號的美國郵政縮寫形式：AZ（亞利桑那）、IL（伊利諾）、

NY（紐約）、TN（田納西）。

🅐 在學術格式中，兩個字母的州名縮寫和 DC 都不加句號：NJ（紐澤西）、NY（紐約）、FL（佛羅里達）。

加拿大省名及哥倫比亞特區的縮寫

🅑 書籍格式偏好 DC 和加拿大省名不加句號。但若在上下文中寫作者選擇使用加了句號的其他美國州名縮寫，則 D.C. 也允許加句號。對於加拿大省名，書籍格式偏好兩個字母的郵政縮寫形式：BC（英屬哥倫比亞）、ON（安大略）、QC（魁北克）。

🅝 新聞格式要求 D.C. 加句號。加拿大省名則不應使用縮寫。

🅐 學術格式不在 DC 和加拿大省名的縮寫中加句號。

通用名詞的縮寫

🅑🅢🅐 通用名詞的縮寫若以大寫字母結尾，習慣上不加句號：CPR（心肺復甦術）、CT scan（電腦斷層掃描）、CD（光碟）、DVD（數位多功能光碟）、DVR（數位影像錄影機）、BC（向下相容性）、BB（BB 彈）、DNS（網域名稱系統）、GPA（成績平均績點）、IM（即時通訊）、IQ（智商）、IP address（IP 位址）、GI（升糖指數）。

🅝 在新聞格式中，兩個字母的縮寫通常要加句號：A.D.（西元）、B.C.（西元前）、M.A.（文學碩士）、B.A.（文學學士）、M.S.（理學碩士）。然而一些很常見的兩個字母用語則例外：

CD、CT scan、IM、IQ、IP address（請見〈標點符號 A to Z〉中的特定條目說明）。三個字母以上的縮寫不加句號：CPR、DVD、GPA。

🅑🅝🅢🅐 以小寫字母結尾的縮寫通常要加句號：Dr.（醫生；博士）、Gov.（州長）、Jr.（二世）、e.g.（例如）、i.e.（即）、etc.（等等）、Inc.（股份有限公司）、et al.（等人）、Mr.（先生）、Mrs.（太太）。

例外

🅝 在新聞格式中，aka（又稱為）不加句號。

🅢 在科學格式中，藥物配給和度量單位的縮寫不加句號：iv（靜脈注射）、icv（腦室注射）、im（肌肉注射）、ip（腹腔注射）、cd（艱難梭菌）、cm（公分）、ft（英尺）、lb（磅）、kg（公斤）。唯獨英寸的縮寫 in. 例外，為了不與單字 in 混淆，英寸的縮寫要加句號。

首字母合成詞

首字母合成詞（acronym，由首字母組合而成的新詞，同一般單字發音）如 NAFTA（北美自由貿易協議）、radar（雷達）、GLAAD（同性戀反詆毀聯盟）、laser（雷射）、AIDS（愛滋病）等習慣上不加句號。

3-4 網址後面的句號用法

B 在書籍格式中，位於句尾的網址後面可以緊接著加句號，句號前不需要空格。

> *Visit the company at www.companyname.com.*
>
> 造訪公司網站請至 *www.companyname.com*。

S 在科學格式中，以網址結束的句子不加句號。

> *Visit the company at www.companyname.com*
>
> 造訪公司網站請至 *www.companyname.com*。

然而在科學格式中，為了避免一個句子沒有結尾標點符號而顯得奇怪，建議寫作者將出現在行文中的網址以括號標示，如此一來就可以加句號。

> *Visit the company at its website (www.companyname.com).*
>
> 造訪公司官網請至（*www.companyname.com*）。

3-5 句號與其他標點符號的相關位置

句號可能位於其他標點符號之前或之後，要看是什麼標點符號以及句子的意義。

引號

句號永遠放在右引號之前。

對：*He said, "Get out."*

錯：*He said, "Get out".*
他說：「出去。」

對：*She peppers her speech with words like "fantabulous."*

錯：*She peppers her speech with words like "fantabulous".*
她的演說中充滿了像 fantabulous 這樣的詞語。

單引號

句號永遠放在右單引號之前。

He said, "Don't call me 'jerk.'"
他說：「不要叫我『混蛋』。」

According to Jones, "Teenagers of years gone by favored terms like 'neato.'"
根據瓊斯的說法：「過去的青少年喜歡用 neato 這樣的詞語。」

撇號

不要將撇號和單引號混淆。表示省略字母的撇號要放在句號前面。

He said, "I know you were just talkin'."
他說：「我知道你只是說說而已。」

圓括號或方括號

如果括號補充的內容是一個獨立的完整句子，句號要放在右圓括號或右方括號的前面。

The siren was loud. (The ambulance was close by.)
警笛很大聲。（附近有救護車。）

但如果補充的內容被插入另一個句子當中，則右圓括號或右方
括號前面不加句號。

The siren was loud (the ambulance was close by).
警笛很大聲（附近有救護車）。

(The siren was loud [the ambulance was close by].)
（警笛很大聲〔附近有救護車〕。）

角分、角秒等度量符號

不要將角分、角秒等度量符號和引號混淆。在極少數這類符號
出現在行文中的情況下，句號會放在這些符號的後面。

The javelin went 22'.
標槍飛了 22 英尺。

破折號

破折號的前後永遠不加句號。

There is something you should know—it's something crucial.
有件事你應該要知道——這件事很重要。

省略號

如果省略號位於一個完整句子後面，省略號前會加句號。

"I have a dream. . . . I have a dream today."
「我有一個夢想。……我今天有一個夢想。」

但如果省略號前面的文字不是一個完整句子,不要插入句號。

"This dream . . . still rings true today."
「這個夢想……如今依然存在。」

省略句號以避免雙重標點符號

以句號結尾的縮寫詞或首字母縮寫若位於句尾,不需要再加一個句號來結束句子。

Talk to J.D.
和 J.D. 談談。

They studied biology, chemistry, etc.
他們修讀了生物、化學等等。

I know Hal Adams Sr.
我認識老哈爾亞當斯。

如果句中原本應該使用結尾句號的地方有一個問號或驚嘆號,則省略句號。

Alfred E. Neuman's catch phrase is "What, me worry?"
阿爾弗雷德‧紐曼的口頭禪是「什麼,我會擔心?」。

He read the book What Color Is Your Parachute?
他讀了《你的降落傘是什麼顏色?》一書。

The company bought a thousand shares of Yahoo!
這家公司買了一千股雅虎股票。

當一個正常要以句號結尾的句子被當作引文,且後面接有引文
出處,作為同一句子延伸的一部分時,要以逗號取代句號。

"Pizza is wonderful."
「披薩很不錯。」

"Pizza is wonderful," Joe said.
「披薩很不錯。」喬說。

當一個正常要以句號結尾的句子被當作引文,放在一個以問號
或驚嘆號結尾的更長句子中時,要省略句號。

Do you agree that, as Joe says, "Pizza is wonderful"?
你同意喬所說的「披薩很不錯」嗎?

3-6 反問句

Ⓝ 形式上為疑問句而意義上為陳述句的句子,可以依作者喜好
以句號結尾而不以問號結尾。

How about that. 真是意想不到/太好了。

Well, what do you know. 真想不到。

Really. 這樣啊/真的假的。

Why don't you just go. 你走吧。

4

冒號（Colon）

冒號有幾項功能。

冒號可以用來帶出說明或強調前文的文字內容，可以用來列舉，可以用來帶出引文。冒號可以用於直接稱呼，例如正式信件中的問候語。冒號可以用於一些格式化的數字項目，例如一天中的時間、比例、聖經書目。冒號有時可以分隔主書名和副書名，或於學術引用文獻中分隔某些資訊。

冒號的部分用法和其他標點符號重疊。舉例來說，兩個獨立子句之間可以用冒號表示強調，也可以用句號分寫為兩個句子，還可以使用分號。

I want to tell you something: you're awesome.
我想告訴你一件事：你真的很棒。

I want to tell you something. You're awesome.
我想告訴你一件事。你真的很棒。

I want to tell you something; you're awesome.
我想告訴你一件事；你真的很棒。

不過通常使用冒號最能營造出期待感。主要編輯格式的冒號使用規則差別不大，以下將一一說明。

4-1 冒號用於說明或強調前面的陳述

冒號可以用來引出說明或強調前文的文字。

> *Refrigerator temperature is critical: if it's not cold enough, food will spoil.*
> 冰箱的溫度很重要：如果不夠冷，食物就會壞掉。

🅑🅢 冒號通常必須放在完整的獨立子句之後，如果冒號前面的文字無法單獨作為一個完整句子，就不要使用冒號。

> 對：*The point I want to make is important: never mix acids and bases.*

> 錯：*The point I want to make is: never mix acids and bases.*
> 我想要提出的一點很重要：絕對不可以把酸鹼混合。

4-2 冒號用於列舉

冒號可以用來列舉單字、片語或子句。

> *The pizza came with three toppings: pepperoni, onion, and mushrooms.*
> 這個披薩有三種配料：義式臘腸、洋蔥、蘑菇。

🅑🅢 用於列舉的冒號必須放在完整的獨立子句之後，如果冒號前面的文字無法單獨作為一個完整句子，就不要使用冒號。

> 對：*The pizza came with three toppings: pepperoni, onion, and mushrooms.*

> 錯：*The pizza came with: pepperoni, onion, and mushrooms.*

用於列舉的 including 後面不加冒號

當句子用了 including（包含）來列舉項目時，不要在 including 後面加冒號（即使列舉的每一項都另起一行也不用冒號）。

> 對：*They have many toppings available, including garlic, pepperoni, and onions.*

> 錯：*They have many toppings available, including: garlic, pepperoni, and onions.*
> 他們有多種配料可供選擇，包含大蒜、義式臘腸和洋蔥。

4-3 冒號用於引述、對話或節錄

冒號可以帶出引文。

B 在書籍格式中，如果寫作者想要多加強調，可以用冒號取代逗號來帶出引文。

> *Carlyle got straight to the point: "You're fired," he said.*
> 卡萊爾直接切入重點：「你被開除了。」他說。

N 在新聞格式中，段落之內兩個句子以上的引文要用冒號，一個句子的引文要用逗號。

B **N** 在書籍和新聞格式中，對話和採訪問答要用冒號帶出發言者所說的話語。

Claudia: I see you brought the new girlfriend.

Larry: She's nobody, really.
克勞蒂雅：我看到你帶新女朋友來。

賴瑞：她不是什麼重要的人，真的。

Village Herald: You've been busy this year.

Williams: Yes, I've had a lot on my plate.
鄉村先驅報：您今年相當忙碌。

威廉斯：是的，我事情很多。

4-4 冒號搭配 as follows、the following 等詞語

在正式語境中，as follows（如下）、the following（下列）這類的詞語通常要用冒號。

The schedule is as follows: roll call at 9:00 a.m., calisthenics at 9:15, breakfast at 9:45.
時間表如下：早上 9 點點名，9 點 15 分做早操，9 點 45 分吃早餐。

The following items are not permitted: liquids, matches, and lighters.
禁止攜帶下列物品：液體、火柴、打火機。

4-5 冒號用於信件問候語之後

冒號可用於信件開頭的問候語之後。使用冒號比逗號更正式。

> *Dear Bob,* 親愛的鮑伯，
>
> *Dear Mr. Roberts:* 敬愛的羅伯茲先生：

4-6 冒號表示比例

🅱🆂 在書籍和科學格式中，有時會使用冒號表示比例，冒號前後不空格。

> *2:1* 二比一
>
> （然而新聞格式使用連字號表示比例：2-to-1）

4-7 冒號用於其他數字表達

冒號也用於其他類型的數字表達：

> 時間：*8:30 p.m.*（晚上八點半）
>
> 歷時：*His finish time was 1:58:22*（他的完賽時間是 *1* 小時 *58* 分 *22* 秒）
>
> 聖經書目：*Genesis 22:10*（《創世紀》*22* 章 *10* 節）
>
> 法律資料之援引：*Fayetteville Municipal Code 3:282*（《費耶特維爾市政法》第 *3* 章 *282* 條）

4-8 冒號用於分隔主書名和副書名

🅱🅰 在行文和參考書目中，使用冒號分隔主書名和副書名。

My Last Year: A Memoir of Illness and Recovery
《我的最後一年：疾病與康復回憶錄》

Tough Guys 2: The Final Conflict
《硬漢 2：終極交戰》

4-9 冒號用於引用文獻出處

當註明引用的資料來源，例如一本書或期刊，冒號的用法如下。

🅱 在書籍格式中，引用文獻若含卷數和頁數，中間要用冒號，冒號前後不空格。

Journal of English Language Learning 15:220–29
《英語學習期刊 15》，頁 220–29

🅱🆂 在書籍和新聞格式中，引用文獻裡的出版地和出版者之間要用冒號。

New York, NY: Random House
紐約州紐約市：藍燈書屋

🅱🅽 冒號也用於其他類型的引用文獻，例如聖經書目和法律資料之援引。

Genesis 22:10 《創世紀》*22* 章 *10* 節

Fayetteville Municipal Code 3:282 《費耶特維爾市政法》第 *3* 章 *282* 條

4-10 冒號後的空格

冒號之後不可空兩格。

4-11 冒號後的大小寫

🅑🅝🅢 冒號後面如果不是一個完整句子，應以小寫開頭，除非開頭是專有名詞，或是一個引述句。

The climate is perfect: sunny days, warm nights, little rain.
氣候非常完美：晴朗的天氣，溫暖的夜晚，沒什麼雨。

They had a motto: "All for one and one for all."
他們有句座右銘：「人人為我，我為人人。」

🅑🅝🅢 冒號後面如果是兩個以上的完整句子、對話，或是一個專有名詞，要以大寫開頭。

The climate is perfect: The days are sunny. The precipitation is very low.
氣候非常完美：天氣很晴朗。降雨機率很低。

🅑 冒號後面如果是一個可以獨立存在的完整句子，書籍格式往往依然將其視為和前文屬於同一個句子，是句子的一部分，因此要求開頭小寫。

> *They put it in terms everyone there could understand: just as people*
> *used to write letters, young people today write e-mails.*
> 他們用在場人人都能理解的話來講解：就如同過去人們寫信，現在的年輕人
> 寫的是電子郵件。

Ⓝ 冒號後面如果是一個完整句子，開頭要大寫。

> *They put it in terms everyone there could understand: Just as people*
> *used to write letters, young people today write e-mails.*

4-12 冒號與其他標點符號的搭配

使用冒號通常就不需要使用其他標點符號，因此冒號很少出現
在其他標點符號旁邊，只有以下少數例外。

圓括號

冒號可以出現在右圓括號的後面，但絕不會在其前面。

> *The truth was simple (almost too simple): Dan was guilty.*
> 真相很簡單（簡直是太簡單）：丹有罪。

引號

冒號可以出現在右引號的後面，但絕不會在其前面。

> *The truth, she said, was "simple": Dan was guilty.*
> 她說真相「很簡單」：丹有罪。

屬於專有名稱或書名一部分的驚嘆號或問號

專有名稱或書名若以驚嘆號或問號結尾，後面可以接冒號。

Here's what makes up the costumes in Jubilee!: rhinestones, sequins, and little else.

《Jubilee!》歌舞秀的服裝由下列製成：水鑽、亮片，幾乎沒別的了。

❺

分號（Semicolon）

分號有兩種功能，可用來連接密切相關的獨立子句，還可用來分隔太過龐雜、若以逗號分隔難以理解的列舉項目。

5-1 分號用於連接密切相關的獨立子句

當寫作者想要表達兩個木以連接詞連接的獨立子句，其分隔性不到使用句號的程度，就可以使用分號。

> *He hated vegetables; peas were the worst.*
> 他討厭吃蔬菜；豆子是他最討厭的。

用於 however、therefore、indeed 等連接副詞之前

🅑 當兩個密切相關的獨立子句以however（然而）、therefore（因此）、indeed（確實）、accordingly（於是）、thus（因此）、hence（因此）、besides（此外）等連接副詞連接時，書籍格式要求這些連接副詞前要用分號。

Rebecca had no compunctions about speaking her mind; therefore, John was about to get an earful.
蕾貝卡毫無顧忌地說出自己的想法；因此，約翰將會聽到她大發牢騷。

用於 that is、namely、for example 等類似詞語之前

B that is（亦即）、namely（即）、for example（例如）等類似詞語用來連接密切相關的子句時，前面可以用分號。

John was just being helpful; that is, he was trying to be helpful.
約翰只是在幫忙而已；也就是說，他想要幫得上忙。

用於分隔內含大量標點符號的子句

N 當一個連接詞所連接的獨立子句內含大量標點符號時，新聞格式允許使用分號連接子句，但還是建議拆成兩句。

可：*The man runs on the treadmill, uses the elliptical machine and lifts weights; but, even with all those efforts, plus a low-carb diet consisting mostly of vegetables, he still hasn't lost weight.*
這名男子使用跑步機、滑步機，還有舉重；但即使做了這麼多努力，還有外加以蔬菜為主的低卡飲食，仍然一點都沒有瘦。

佳：*The man runs on the treadmill, uses the elliptical machine and lifts weights. But, even with all those efforts, plus a low-carb diet consisting mostly of vegetables, he still hasn't lost weight.*
這名男子使用跑步機、滑步機，還有舉重。但即使做了這麼多努力，還有外加以蔬菜為主的低卡飲食，仍然一點都沒有瘦。

5-2 分號用於分隔列舉項目

列舉的項目若是太過龐雜，可以用分號分隔，尤其當這些項目本身還含有逗號的時候。

The company has retail locations in Charlottesville, Virginia; Shreveport, Louisiana; and New Haven, Connecticut.
這家公司在維吉尼亞州的夏綠蒂鎮、路易斯安那州的雪薇波特和康乃狄克州的紐哈芬都有零售據點。

The case worker, trying to paint a favorable picture of her client, noted that Johnny had done charity work for a local soup kitchen, a senior center, and animal shelter; had gone to school every day; and had not gotten in trouble with the law for two years.
這名社工試圖美化她的客戶，說強尼有在當地的愛心廚房、老人活動中心和動物之家當義工；每天都去上學念書；而且已經兩年沒犯法了。

然而，用逗號就可以清楚區隔的項目不需要使用分號。

The reading materials in the dentist's office included a copy of Newsweek, which I hate, a two-week-old newspaper, and a pamphlet on gingivitis.
牙醫診所裡的讀物包含一本我很討厭的《新聞週刊》、一份兩週前的報紙，還有一本介紹齒齦炎的小冊子。

索引、內文文獻引用等的分號用法

B 索引條目、內文的文獻引用等類似的列舉項目如果用逗號無法清楚區隔，經常使用分號，特別是（但不限於）書籍格式。

Butter, baking with, 150–155, 162, 188–204; sautéing with, 81–83, 97, 99–102.

奶油， 烘焙，150–155, 162, 188–204；煎炒，81–83, 97, 99–102。

(Carter and Johnstone 2002; Garnick 1986; VanDuren 1980)

（卡特與約翰史東，2002；賈尼克，1986；范杜倫，1980）

⑥

引號（Quotation Mark）

引號永遠成對使用，它們有幾種功能。引號用來表示直接引述
——原封不動呈現說話或寫作的內容，包含小說人物的對白（另
參見 p.175〈長破折號用於對話〉）。引號也用來強調文字、讓
人產生懷疑，例如用來提出質疑、表示反諷，或表示當前提及
的就是這個字本身。引號也用來標示部分作品標題或名稱，例
如新聞格式中的電影名稱，或書籍格式中的文章標題。

大部分的情況下，主要編輯格式的引號規則是一致的。以下提
到的規則除非標有格式符號，否則四大格式均適用。

6-1 引號用於表示直接引述和對話

引號用來表示原封不動引述說話或寫作的內容，引文可以是完
整句子，通常用逗號和句子其他部分分開，也可以是句子片段。

*Senator Jones said, "I will work with both parties to reach an
agreement."*
參議員瓊斯說：「我會與兩黨協商達成協議。」

Senator Jones vowed to "work with both parties to reach an agreement."
參議員瓊斯承諾會「與兩黨協商達成協議」。

延續至後段的引文也可以用引號標示，規則如下：同一則引文當中，每個另起的段落開頭都要加左引號，但是只有在全部引文的最後一個字——而非每段的最後一個字——才以右引號標示結束。

"Years ago, this land was covered with cornfields as far as the eyes could see," Grant recalled. "Directly or indirectly, farming supported everyone in town.

"Today, most of the farms have been replaced with factories. The local economy has completely changed."

「多年以前，這塊地放眼望去全是玉米田。」格蘭特回憶道。「農耕直接或間接養活了鎮上的每一個人。

「如今，大部分農地已被工廠取代。地方經濟已經完全改變了。」

Ⓑ 在書籍格式中，未說出的內心想法可以用引號標示，也可以不用，隨寫作者偏好。（如未使用引號，書籍格式要求該想法的第一個字要小寫，除非句子很長。）

He wondered, "Will it rain?" 他心想：「會下雨嗎？」

He wondered, will it rain? 他心想，會下雨嗎？

引文較長的替代做法

較長的引文或節錄——通常指一百字以上或更多——有時會以獨立引文（block quotation）的編排呈現，又稱為節選片段

（extract）。獨立引文不需要使用引號，一律另起一段，並且整段縮排與前文做出明顯區隔。

如果節選片段之內另外含有引文，就需要以常規的雙引號區隔。

6-2 引號用於表示另有所指或反諷

引號可以表示某個字或片語啟人疑竇，或者非取其一般意義。這種引號又稱為強調引號（scare quotes），可以表示反諷意味。

> *Lucy is a real "winner."*
> 露西是真正的「贏家」。

引號可以表示某個詞語取的是別人用的意義（而非寫作者的本意），或被當作俚語使用。

> *The process, which experts call "spaghettification," affects objects in outer space.*
> 這個過程專家稱為「麵條化」，會影響外太空的天體。

引號還可以表示某個詞語是寫作者或說話者自創的。

> *By watering the plants more often, I'm "juicifying" the fruit they will produce.*
> 藉由更頻繁替植物澆水，我讓未來結出的果實更加「多汁」。

6-3 引號用於標示被當作「字」來討論的字

N 在新聞格式中，引號用來區隔一段文字內被討論的單字或片語。

The word "hip" is becoming less common.
「hip」這個字愈來愈不常用。

The expression he used, "right on," did not win over his listeners.
他用的詞語「right on」並沒有爭取到聽眾的支持。

B S A 然而書籍、科學和學術格式建議以斜體來區隔一段文字內被討論的單字或片語。

The word *hip* is becoming less common.
hip 這個字愈來愈不常用。

B N A 引號也用來表示外語的英文翻譯。

The Spanish expression ay Dios mío means "Oh, my God."
西班牙語 ay Dios mío 的意思是「天啊」。

6-4 so-called 不和引號一起使用

ⒷⓃⒶ 由 so-called 引出的詞語不加引號。

My so-called friend didn't show.
我那所謂的朋友沒來。

The so-called child protection act would actually put children in harm's way.
所謂的兒童保護法實際上會讓兒童陷入險境。

6-5 作品名稱的引號和斜體用法

文字作品、創作作品、表演作品以及藝術作品如繪畫等的名稱
該用引號還是斜體,各大格式手冊的規定不同。新聞格式大部
分都用引號,而書籍、科學和學術格式比較常用斜體。

新聞格式使用引號標示作品名稱

Ⓝ 幾乎所有創作的作品名稱在新聞格式中都用引號標示,包括:
書籍、戲劇、詩詞、電影、電視節目、廣播節目、藝術作品、
電腦遊戲、歌劇、歌曲、專輯,還有講座和演講的題目。

例外:聖經以及一些參考書如字典、手冊、年鑑、百科全書等
不加引號。

科學格式使用斜體標示作品名稱，不用引號

S 科學格式明確規定書籍、期刊、電影、影片和電視節目的名稱要用斜體。

書籍和學術格式標示作品名稱的引號和斜體用法

B **A** 下表列出了在書籍和學術格式中，哪些標題名稱該用引號、哪些該用斜體。沒有提到就表示該格式並未針對此類型作品提出規則。

作品名稱的引號和斜體用法		
……的名稱／標題	書籍格式	學術格式
書籍（聖經、古蘭經、塔木德除外）	斜體	斜體
聖經、古蘭經、塔木德	不加引號也不用斜體	不加引號也不用斜體
叢書	不加引號也不用斜體	
書的章節	引號	引號
電影	斜體	斜體
電視或廣播節目	斜體	斜體
電視或廣播節目的單集	引號	引號
期刊	斜體	斜體
期刊內的文章	引號	引號
戲劇	斜體	斜體
故事	引號	引號

詩	引號	引號
出版成書的長詩	斜體	斜體
歌曲	引號	引號
歌劇或其他時間較長的音樂表演	斜體	斜體
唱片專輯	斜體	斜體
光碟		斜體
小冊子	斜體	斜體
視覺藝術作品如繪畫、雕刻	斜體	斜體
網站	不加引號也不用斜體	斜體
網站上的個別網頁	引號	引號
部落格	斜體	
部落格的單篇文章	引號	
線上資料庫		斜體
報告	斜體	
船隻、飛機、太空飛行器	斜體	斜體
期刊中定期刊登的專欄	不加引號也不用斜體	
論文		引號
講座、演講等未出版作品	引號	引號

6-6 引號與其他標點符號的搭配

很多常見的標點符號錯誤來自於引號和其他標點符號的相關位置錯誤。以下規則適用於所有主要編輯格式。

句號

句號永遠放在右引號之前。

> *Joe hates it when people call him "pal."*
> 喬討厭人家叫他「老兄」。

> *Lincoln's speech began, "Four score and seven years ago."*
> 林肯的演說開始:「八十七年前。」

> *Maria said, "That's not my car."*
> 瑪麗亞說:「那不是我的車。」

逗號

逗號永遠放在右引號之前。

> *When people call him "pal," Joe gets annoyed.*
> 每當有人叫他「老兄」,喬就很生氣。

> *"Four score and seven years ago," the president began.*
> 「八十七年前。」總統開始說道。

> *"That's not my car," Maria said.*
> 「那不是我的車。」瑪麗亞說。

問號

問號可以放在右引號之前或之後，要看問號修飾的是整個句子還是只有引文部分。

Can he pronounce the word "nuclear"?
他會念「nuclear」這個字嗎？

Alfred E. Neuman's catch phrase is "What, me worry?"
阿爾弗雷德・紐曼的口頭禪是「什麼，我會擔心？」。

驚嘆號

驚嘆號可以放在右引號之前或之後，要看驚嘆號修飾的是整個句子還是只有引文部分。

I'm outraged that he can't pronounce "nuclear"!
我太生氣了，他竟然不會念「nuclear」！

Every time you see her, Paula screams, "Hello!"
每次見到寶拉，她都會大喊：「你好啊！」

單引號

單引號用來標示引文中的引文，因此會出現在常規引號（雙引號）之內。

Joe said, "Don't call me 'buddy.'"
喬說：「不要叫我『兄弟』。」

理論上，引文中的引文還可以再有引文。極少數不得不使用這種不自然的套疊結構時，要交替使用雙引號和單引號。

Mark reported, "Joe said, 'Don't call me "buddy."'"
馬克報告說：「喬說『不要叫我「兄弟」。』」

注意每一個左雙引號都必須有右雙引號，左單引號都必須有右單引號，並且都可以緊鄰著彼此擺放，如上句所示。

不要在單引號和雙引號之間插入空格。

冒號

冒號可以出現在右引號的後面，但絕不會在其前面。

The truth, she said, was "simple": Dan was guilty.
她說真相「很簡單」：丹有罪。

分號

分號可以出現在右引號的後面，但絕不會在其前面。

A conviction, she said, was "inevitable"; Dan would go to jail.
她說判決有罪是「必然的」；丹會去坐牢。

省略號

引文的開頭或結尾沒有使用省略號的必要，讀者一般已經知道引述的部分未必是全部說話內容的開頭或結尾。不過省略號倒是經常出現在引文的中間。（請參見 p.128–131〈省略號〉）

❸ 在極少數引文，以省略號結束的情況下，書籍格式建議在省略號之後加上逗號，帶出引文出處。

"Um … um … ," said Charles.
「唔⋯⋯唔⋯⋯」查爾斯說。

6-7 引號文字的複數形

❷ 引號標示的文字如果要構成複數，代表複數的 s 要加在引號之內，不需要使用撇號。（注意：書籍格式是唯一對此有明確規定的格式）

The act drew a lot of "wows."
此舉引發了好多聲「哇」。

How many "happy birthdays" were uttered that day?
那天大家到底說了多少句「生日快樂」啊？

Is it possible that the Beatles wrote two different "All You Need Is Loves"?
披頭四有可能寫了兩首不同的《你需要的只是愛》嗎？

6-8 引號文字的所有格

✚ 主要格式手冊並沒有規定如何將引號內的標示文字構成所有格。以下面的例子來說，當電影名稱以引號標示（即新聞格式之用法），如果需要使用所有格，撇號和 s 到底該放在引號內或外，標點符號專家小組的意見分歧。

"Casablanca's" best scene

"Casablanca"'s best scene
《北非諜影》的最佳一幕

6-9 引號的方向

大部分的字型採用彎曲的引號，又稱為「智慧引號」（smart quotation mark）或「蜷曲引號」（curly quotation mark），可以讓左引號和右引號在外型上有所區別。

左引號開口朝右彎曲，長得像字母 C，標示著引文的開始。右引號開口朝左彎曲，標示著引文的結束。

"This is fabulous," she said.
「這太棒了。」她說。

6-10 引號有別於角秒符號

引號不可以跟角秒符號（double prime）混淆。

引號與其他標點符號的相關位置規定不適用於角秒符號。舉例來說，句號和逗號會放在右引號之前，但要放在角秒符號之後。

The ruler is 12".
這把尺是十二英寸。

單引號（Single Quotation Mark）

單引號通常用來標示引文中的引文。

7-1 引文中的引文

單引號通常用來標示引文中的引文，或引文中被當作「字」而提及的字，因此單引號會出現在常規引號（雙引號）之內。

> *Joe said, "Don't call me 'buddy.'"*
> 喬說：「不要叫我『兄弟』。」

理論上，引文中的引文還可以再有引文。極少數不得不使用這種不自然的套疊結構時，要交替使用雙引號和單引號。

> *Mark reported, "Joe said, 'Don't call me "buddy."'"*
> 馬克報告說：「喬說『不要叫我「兄弟」。』」

要注意單引號必須成對使用，因此每一個左單引號都必須有右單引號。單引號可以緊鄰著雙引號，不應在單引號和雙引號之間插入空格，儘管排版和文書處理軟體可能會這麼做。

7-2 單引號不用於標示被當作「字」來討論的字

一個很常見的錯誤是把單引號想成是語氣溫和版的常規引號（雙引號），可以替代使用，尤其是誤把它們用來標示討論中或介紹中的文字。

> 錯：*Often called 'superbugs,' these germs resist antibiotics.*

> 對：*Often called "superbugs," these germs resist antibiotics.*
> 這些病菌對抗生素有抗藥性，常被稱為「超級病菌」。

7-3 文章標題的單引號用法

許多報章雜誌會在新聞標題中使用單引號取代雙引號。這種格式規範會針對每份出版品特別制定，通常也會記錄在出版社內部的格式指南中。

7-4 單引號與其他標點符號的搭配

單引號與其他標點符號搭配時的注意事項與雙引號相同，請參見 p.112〈引號與其他標點符號的搭配〉之說明。

7-5 左單引號有別於撇號

許多字形採用開口朝右彎曲、長得像字母 C 的左單引號，和開口朝左彎曲的撇號恰恰相反。文書處理軟體通常會預設出現在字首的撇號應該轉換為左單引號，寫作時必須注意改正文書處理軟體造成的錯誤。

然而右單引號和撇號則沒有區別，不會出現如左單引號所造成的問題。

7-6 單引號有別於角分符號

單引號不可跟角分符號（prime）混淆。

單引號與其他標點符號的相關位置規定不適用於角分符號。舉例來說，句號和逗號會放在右單引號之前，但要放在角分符號之後。

> *The room's length is 12'.*
> 這個房間長十二英尺。

⑧

問號（**Question Mark**）

問號用來表示問句。

> *Does the bus come by here?*
> 那班公車有經過這裡嗎？

> *Why?*
> 為什麼？

> *How many times did you call?*
> 你打了多少通電話？

> *What does the chef recommend?*
> 主廚推薦什麼？

8-1 問號後面的空格

問號後面不可空兩格。

8-2 問號可以取代逗號

以問號結尾的引文不能再加逗號。

> 對：*"Are the sandwiches good here?" he asked.*

> 錯：*"Are the sandwiches good here?," he asked.*
> 「這裡的三明治好吃嗎？」他問。

B 但如果問號是專有名稱的一部分，就可以加逗號。

> *"Why Can't We Be Friends?," her favorite song, was on the radio.*
> 電臺播放著她最愛的一首歌〈我們為何不能當朋友？〉。

8-3 問號可以取代句號

句尾有了問號就不能再使用句號，無論問號位於引號之內、不在引號之內或是專有名稱的一部分。

> *The officer asked, "Do you know how fast you were going?"*
> 警察問：「你知道你開多快嗎？」

> *You should read Which Way to My Bright Future?*
> 你該讀一讀《哪條是通往光明未來之路？》。

> *You should read "Which Way to My Bright Future?"*
> 你該讀一讀《哪條是通往光明未來之路？》。

(書名格式請見 p.110〈作品名稱的引號和斜體用法〉)

唯一一個句號可以出現在問號旁邊的情況，是當句子的最後一個字是縮寫或首字母縮寫。

> *Do you think he'll mind if I call him J.D.?*
> 你覺得我叫他 J.D. 他會介意嗎？

8-4 問號可以和驚嘆號一起使用

當兩種標點符號對於句子的意義都不可或缺時，問號可以緊鄰著出現在驚嘆號之前或之後。

> *Why did you scream charge!?*
> 你為何大喊衝啊！？

8-5 問號不能和另一個問號一起使用

當一個問句以一個內部問號結束，例如標題名稱內含的問號，該內部問號可以當作結尾標點符號。

> *Do you know the song "Why Can't We Be Friends?"*
> 你知道〈我們為何不能當朋友？〉這首歌嗎？

為了效果而使用多重問號或驚嘆號（甚至兩者一起）在日常通信中極為常見，但在專業出版書籍中不鼓勵這種用法。

> 對：*Are you crazy?* 你瘋了嗎？
>
> 不建議：*Are you crazy???* 你瘋了嗎？？？
>
> 不建議：*Are you crazy?!?!* 你瘋了嗎？！？！

8-6 句子中間的問號

當一個未以引號標示的問句出現在句子中間時，雖然不是整個句子的結束點，仍可以在問句後面加問號。

Has there ever been a better time to try? he wondered.
還有比現在更好的嘗試時機嗎？他心想。

+標點符號專家小組偏好使用這種內部問號。

The question Why? comes up a lot.
「為什麼？」這個問題經常出現。

8-7 陳述句後面使用問號

一個文法結構為陳述句的句子，如果寫作者要把它當作一個問句來處理，可以接問號。

You're 23 years old?
你二十三歲？

The cost of living is high where you're from?
你那裡的生活費很高？

He prefers coffee?
他喜歡喝咖啡？

8-8 反問句省略問號的用法

形式上為疑問句而意義上為陳述句的句子，可以依寫作者喜好以句號結尾而不以問號結尾。

How about that. 真是意想不到／真是驚人。

Well, what do you know. 真想不到。

Really. 這樣啊／真的假的。

Why don't you just get out of here. 給我出去。

8-9 guess what 傾向於不加問號

標點符號專家小組大多數偏好將 guess what（你猜怎麼樣）視為陳述句而非問句。

✚ 偏好：*Guess what.*

✚ 較少用：*Guess what?*

⑨

驚嘆號（Exclamation Point）

驚嘆號表達的是強烈的情緒，如同高喊命令或發出感嘆的時候。

No! he yelled.
不行！他大喊。

You've gone completely mad!
你完全瘋了！

Careful!
小心！

9-1 驚嘆號後面的空格

驚嘆號後面不可空兩格。

9-2 驚嘆號可以取代逗號

以驚嘆號結尾的引文不能再加逗號。

對：*"This sandwich is fantastic!" he said.*

錯：*"This sandwich is fantastic!," he said.*
「這個三明治太好吃了！」他說。

但如果驚嘆號是專有名稱的一部分，就不能排除逗號。

"Mamma Mia!," her favorite play, was on Broadway.
她最愛的戲劇《媽媽咪呀！》在百老匯上演。

Yahoo!, headquartered in Silicon Valley, is an international company.
總部位於矽谷的雅虎是一家國際性公司。

9-3 驚嘆號可以取代句號

句尾有了驚嘆號就不能再使用句號，無論驚嘆號位於引號之內、不在引號之內或是專有名稱的一部分。

The troops' battle cry was "Remember Jimmy!"
這支部隊的作戰口號是「永懷吉米！」。

唯一一個句號可以出現在驚嘆號旁邊的情況，是當句子的最後一個字是縮寫或首字母縮寫的時候。

But he said I could call him J.D.!
但是他說我可以叫他 J.D. ！

9-4 驚嘆號和問號一起使用

當兩種標點符號對於句子的意義都不可或缺時，驚嘆號可以緊貼在問號之前或之後。

Why did you scream charge!?
你為何大喊衝啊！？

9-5 驚嘆號不能和另一個驚嘆號一起使用

當一個感嘆句以一個內部驚嘆號結束，例如標題名稱內的驚嘆號，該內部驚嘆號就可以當作結尾標點符號。

I really hated "Jubilee!"
我真的很不喜歡《Jubilee!》歌舞秀。

為了加強情緒而使用多重驚嘆號或將多個驚嘆號與問號並用，在專業出版中並不鼓勵此用法。

對：*You're crazy!* 你瘋了！

不建議：*You're crazy!!!* 你瘋了！！！

不建議：*Are you crazy?!?!* 你瘋了嗎？！？！

⑩

省略號（Ellipsis）

ellipsis 可以指省略的文字，也可以指用於文字省略之處或話語中斷之處的三點標點符號。ellipsis 的複數形為 ellipses。有些格式會稱這種標點符號為 ellipsis points，有些格式則進一步區分為 ellipsis points 和 suspension points，後者表示語句漸漸終止或說話者結巴的語句（見 p.131）。

省略號主要用於引文之中，表示寫作者略過了部分說話者所講的話。

10-1 點跟點之間的空格

🅑🅢🅐 在書籍、科學和學術格式中，省略號是輸入三個句點，點跟點之間各空一格。

> *"I consider myself lucky . . . to still be alive."*
> 「我覺得自己很幸運⋯⋯還活著。」

🅝 在新聞格式中，點跟點之間不空格。

"I consider myself lucky ... to still be alive."

+ 點跟點之間有沒有必要空格,標點符號專家小組的意見分歧。有些專家認為要求空格已經是舊式的用法,他們不會在第一個點和第二個點後面加空格。

10-2 省略號前後的空格

主要格式手冊均指出省略號的第一個點前面要空一格,最後一個點後面要空一格。

10-3 省略號和換行

寫作者要注意省略號的三個點都要在同一行。

10-4 引文的開頭和結尾不需要使用省略號

讀者都知道在引文開始之前,說話者可能已經開始說話,也知道在引文結束之後,說話者可能還繼續在說,因此幾乎沒必要以省略號作為引文的開頭或結尾。然而在極少數的情況下,寫作者認為在引文的開頭或結尾使用省略號有助於傳達文句意思時,可以使用省略號。

對：*"Our fathers brought forth on this continent a new nation."*
「先人在這塊大陸上建立了一個新國家。」

不建議：*". . . our fathers brought forth on this continent a new nation . . ."*
「……先人在這塊大陸上建立了一個新國家……」

10-5 完整句子後面的省略號

省略號前面的文字如果在文法上是一個完整句子，要保留正常結束句子的句號、問號或驚嘆號。若使用新聞格式，在結尾標點符號之後及省略號之前應各空一格；若使用書籍、科學或學術格式則不需要額外多加空格。

ⒷⓈⒶ *"They rode into town in a Sherman tank. . . . It was the most beautiful sight I had ever seen."*

Ⓝ *"They rode into town in a Sherman tank. . . . It was the most beautiful sight I had ever seen."*
「他們乘著一輛雪曼戰車進城。……那是我所見過最美麗的景象。」

ⒷⓈⒶ *"Did you know that Jenny is on her way? . . . This will be interesting."*

Ⓝ *"Did you know that Jenny is on her way? . . . This will be interesting."*
「你知道珍妮已經在路上了嗎？……這下可有趣了。」

要注意的是，當省略號接在一個完整句子後面時，省略號後面的文字必須以大寫開頭，各格式皆是如此。

10-6 省略號與其他標點符號的搭配

使用了省略號通常就不需要使用逗號、冒號、分號或破折號。不過在極少數的情況下，如果額外的標點符號有助於文意理解，寫作者也可以選擇使用。

10-7 省略號用於表示說話中斷或結巴

省略號也可用來表示語句漸漸終止或結結巴巴，這種點號在英文中有時被另稱為 suspension points。

> *It's not that he finds her unattractive, it's just, well . . .*
> 倒不是說他覺得她不漂亮，只是……

> *You . . . you . . . you monster!*
> 你……你……你這個怪物！

✦ 標點符號專家小組大部分認為這種用法和說話被別人打斷是不一樣的。大部分專家表示他們傾向於使用長破折號而不是省略號，來表達說話時被別人打斷而非自己中斷的情況。

> *Martin was livid: "If I've told you once I've—"*
>
> *"Stop right there," Pete yelled.*
> 馬丁勃然大怒：「如果我還要再說一次，我──」
>
> 「別說了。」彼特喊道。

⑪

連字號（Hyphen）

連字算不上一門精確的學問，不僅規則複雜、因格式而異，同時經常留有很大空間讓寫作者依據個人喜好和判斷自行發揮。一個詞語要不要用連字號，有時可以完全由寫作者或編輯自己決定，有時卻必須遵循明確的規定，不可更改。

本章將提供詳細的連字規則，另外在〈標點符號 A to Z〉單元中也羅列了許多特定詞語的連字用法。若希望盡可能符合專業標準，就要嚴格遵守這些規則；若只需要一個簡單的原則，不需要做到「完美」的話，可參考以下三個原則：

1. 一個複合詞如果不使用連字號會造成語意混淆的話，就應該使用連字號，例如：small-business loans（小企業貸款）。（要注意的是，以 ly 結尾的副詞明顯為修飾其後的單字，因此含有 ly 副詞的複合詞不需要使用連字號：a happily married couple 一對婚姻美滿的夫婦）。
2. 字首（prefix）和字尾（suffix）不需以連字號連接，除非該字沒有連字號看起來很奇怪：antiviral（抗病毒）、anti-American（反美）。
3. 名詞和動詞請查字典。

連字要做得明確，就必須先問：這個複合詞是什麼詞性？

名詞或動詞：如果這個複合詞是名詞或動詞，通常必須按照字典規定來連字。舉例來說，根據出版業使用的幾個主要字典，water-ski（滑水）作動詞的正式拼寫要加連字號，但是名詞 water ski 不加連字號。這些習慣用法不能藉由套用規則或公式來決定，一定得查字典。寫作者也可以自創字典裡沒有的複合名詞或複合動詞，這種叫做臨時複合詞（temporary compound）。本章將討論這些臨時複合名詞和動詞的連字規則（複合名詞請見 p.156，複合動詞見 p.161）。

形容詞或副詞：形容詞和副詞（這些稱為修飾語）如果在字典中帶有連字號，放在其修飾的詞彙之前也要帶著連字號。但是在書籍格式中，複合形容詞若位於名詞之後，即使字典加了連字號，寫作者或編輯可以自行斟酌不加連字號。字典中沒有的複合形容詞或副詞，寫作者可以根據基本的連字規則來組字。這些規則通常很寬鬆，有時會交由寫作者自己決定連字號是否有助於閱讀理解。

字首或字尾：字首和字尾有另外的連字規則。必須注意以下三種情況是有所區別的：一是字典認可的單字，例如：worldwide（全世界）；二是字典並未收錄、藉由加上字首字尾（如 -wide）所創的新字，例如：communitywide（全社區）；三是獨立的一個字，既不是字首也不是字尾，例如：park-adjacent（緊鄰公園）中的 adjacent。（請見 p.161〈字首〉和 p.168〈字尾〉的詳細說明）

無論是哪一種編輯格式，現代出版業都避免使用過多連字號。

欲走專業出版路線的寫作者應少用連字號，以讀者好閱讀易理解為出發點。

11-1 複合修飾語

複合修飾語由二個或二個以上的單字組成，共同修飾另一詞語。複合修飾語通常是形容詞，例如 Eat a vitamin-rich diet.（吃富含維他命的飲食）句中的 vitamin-rich。複合修飾語也可以是修飾動詞的副詞，例如 She works full time.（她做全職工作）句中的 full time。複合修飾語還可以是修飾形容詞的副詞，例如 That is a jaw-droppingly gorgeous sunset.（日落美得令人驚嘆）句中的 jaw-droppingly。

有些複合修飾語在字典裡可以查到，例如 good-looking（好看）。

字典收錄的複合修飾語

收錄於字典中的複合修飾語叫做永久複合修飾語（permanent compound modifier），或簡稱永久複合詞（permanent compound），它們的格式會因為落在句中的位置而有所不同。

名詞前的永久複合修飾語
B N S A 字典標有連字號的複合詞如果用在名詞之前，要保留連字號格式：a good-looking man（一名長相俊俏的男子）。

名詞後的永久複合修飾語

❸ 在書籍格式中，字典標有連字號的複合詞如果用在名詞之後，通常不加連字號，除非會造成語意不清。

That documentary is award winning.
那部記錄片得過獎。（語意清楚，沒必要使用連字號）

That lawyer is really good-looking.
那名律師長得真是好看。（使用連字號避免句子被一時誤解為 That lawyer is really good.〔那名律師真是優秀〕）

❶❺❹ 在新聞、科學和學術格式中，字典標有連字號的複合詞如果放在其修飾的名詞之後，通常保留連字號。

字典未收錄的複合修飾語

寫作時也可以使用字典中未收錄的複合修飾語，包含寫作者自創的詞語，這種叫做臨時複合詞。創造臨時複合詞時必須根據下列規則進行連字。

名詞前的臨時複合形容詞

❸❶❺❹ 位於名詞前的複合形容詞，如果不使用連字號會造成語意混淆（a man-eating fish 一條食人魚）甚至會造成一時誤解（That hole in the ground is a well-documented hazard. 地面上的那個洞是有記錄的危險物）的情況發生時，就要使用連字號。如果意思當下已經很清楚，則不需要使用連字號，例如：a crab cake recipe（蟹肉餅食譜）。（但是請見 p.137〈複合修飾語基本連字規則的例外和特殊情況〉）

名詞後的臨時複合形容詞

臨時複合形容詞若位於名詞之後，可能加連字號也可能不加。

🅱🆂🅽 複合形容詞位於其修飾名詞之後，且意思很清楚時，不加連字號：Money well spent.（錢花得很值）、The man is family oriented.（這個男人很重視家庭）、This news is heaven sent.（這消息來得正是時候）。

位於名詞之後的複合形容詞若是以 be 動詞（is, am, are, was, were, being, been）連接，要加連字號。

The mayor is donation-obsessed.
市長非常熱衷於捐獻。

The man was quick-thinking.
這位男人反應很快。

The service is family-style.
這是家庭式服務。

🅐 位於其修飾名詞之後的複合形容詞不加連字號：the man was quick thinking。

✚ 位於 seem、appear、become、act 等類似連綴動詞之後的複合形容詞，標點符號專家小組多數偏好使用連字號。

This dessert seems guilt-free.
這甜點似乎是可以盡情吃的零罪惡甜點。

The target looks bullet-riddled.
這靶子看起來彈痕累累。

This meat tastes hickory-smoked.
這肉嘗起來有山核桃煙燻的味道。

He feels honor-bound.
他覺得有榮譽上的責任。

She appears quick-thinking.
她似乎反應很快。

複合修飾語基本連字規則的例外和特殊情況

每一種編輯格式都有自己的連字習慣。下面所提到的例外和特殊情況前面會標示偏好該寫法的格式符號，假如其中沒有出現你所採用的寫作格式，就表示該格式並未考量到這種情況，你必須按照基本規則或自行判斷。

最重要的一個例外是字尾 ly 的副詞。當複合修飾語內含 ly 副詞時，不能使用連字號，例如應寫為 a happily married couple，不能寫為 a happily-married couple。詳細說明請見 p.143〈內含 ly 副詞的複合詞〉。

帶有特定字詞的複合形容詞

帶有特定字詞的複合詞，其連字方式如下。

帶有 best 的複合形容詞

🅑🅐 位於名詞前要加連字號，位於名詞後不加連字號：the best-known restaurant、the restaurant that is best known（最有名的餐廳）。

帶有 better 的複合形容詞

Ⓐ 位於名詞前要加連字號,位於名詞後不加連字號:a better-known restaurant(更有名的餐廳)、That restaurant is better known.(那間餐廳更有名)。

帶有 elect 的複合形容詞

ⒷⓃ 帶有 elect 的臨時複合詞修飾一個名詞(包括專有名詞)時,無論位於名詞前或名詞後都要加連字號:Mayor-elect Joe Brown(市長當選人喬布朗)、Councilwoman-elect Jane Murphy(議員當選人珍墨菲)、Pete Taylor, senator-elect(彼特泰勒,參議員當選人)。(另見 p.157〈帶有 elect 的複合名詞〉)

帶有 ever 的複合形容詞

Ⓑ 位於名詞前要加連字號,位於名詞後不加連字號:the ever-golden skies(總是金光燦爛的天空)、my ever-wise grandfather(我那向來明智的祖父)、The skies are ever golden.(天空總是金光燦爛)、My grandfather is ever wise.(我的祖父向來明智)。

帶有 free 的複合形容詞

Ⓑ 位於名詞前後都要加連字號:a hassle-free vacation(輕鬆的假期)、free-beer Tuesdays(週二免費啤酒日)、leaves hair tangle-free(讓頭髮不打結)。

帶有 full 的複合形容詞

Ⓑ 位於名詞前要加連字號,位於名詞後不加連字號:a full-size

sedan（大型轎車）、The job is full time.（這份工作是全職的）。
N 位於名詞前後都要加連字號：a full-page advertisement（滿版廣告）、a full-size sedan（大型轎車）、a full-time job（全職工作）、a job that is full-time（全職工作）。（但另見 p.154〈複合副詞〉的說明）

帶有 half 的複合形容詞
BN 位於名詞前後都要加連字號：a half-eaten breakfast（吃了一半的早餐）、The report was half-finished.（這份報告只完成了一半）。

帶有 ill 的複合形容詞
A 位於名詞前要加連字號，位於名詞後不加連字號：an ill-conceived idea（一個考慮不周的想法）、The idea was ill conceived.（這個想法考慮不周）。

帶有 less 或 least 的複合形容詞
B 除非為了避免混淆，不使用連字號：the less understood reason（較不為人知的原因）、the least known fact（最不為人知的事實）。

帶有 little 的複合形容詞
A 位於名詞前要加連字號，位於名詞後不加連字號：a little-known fact（鮮為人知的事實）、That fact is little known.（那個事實鮮為人知）。

帶有 lower 的複合形容詞

Ⓐ 位於名詞前要加連字號，位於名詞後不加連字號：lower-level employees（較低層的員工）、Those employees are lower level.（那些員工比較低層）。

帶有 more 或 most 的複合形容詞

Ⓑ 除非為了避免混淆，不使用連字號：the more popular choice（較熱門的選擇）、the most traveled roads（最多人走的路）。

帶有 much 的複合形容詞

Ⓑ 位於名詞前要加連字號，位於名詞後不加連字號：
a much-needed rest、rest that was much needed（非常需要的休息）。

Ⓐ 不使用連字號：a much needed rest、rest that was much needed。

帶有 near 的複合形容詞

Ⓑ 位於名詞前後都要加連字號：near-death experience（瀕死的經驗）。

以 odd 開頭的複合形容詞

ⒷⓃ 要加連字號：odd-number days（奇數日）。

以 odd 結尾的複合形容詞

Ⓑ 要加連字號：I've told you a thousand-odd times.（我已經告訴你一千多次了）。

帶有 percent 的複合形容詞

B N 不加連字號：There's an 88 percent chance.（有百分之八十八的機會）。

帶有 quasi 的複合形容詞

B 通常加連字號：a quasi-successful venture（看似成功的企業）

帶有 self 的複合形容詞

B N S 帶有 self 的臨時複合形容詞無論何種用法都要加連字號：a self-aware robot（一個有自我意識的機器人）、a robot that became self-aware（一個產生自我意識的機器人）。（請見 p.160〈帶有 self 的複合名詞〉及〈標點符號 A to Z〉）

帶有 super 的複合形容詞

super 可以是單字也可以是字首。作為單字時，可以用連字號構成複合形容詞：He is a super-busy man.（他是個超級大忙人）；也可以分寫，不用連字號：He is a super busy man.。作為字首時，直接和另一個字連寫，中間不需要連字號：He is a superbusy man。

✚ 主要格式手冊討論了 super- 作為字首的用法，指出了它與後面的單字通常要連寫，但沒有討論到如果寫作者選擇把它當作單字時要不要加連字號。標點符號專家小組多數偏好分寫形式：I've been super busy.（我最近超忙）、She is super nice.（她人超好）、He is super smart.（他超聰明）、They are super organized.

（他們超有規律）。少數偏好連字號形式：super-busy、super-nice、super-smart、super-organized。沒有人偏好連寫形式。

帶有 too 的複合形容詞

B 位於名詞前要加連字號，位於名詞後不加連字號：a too-steep road、a road too steep（太陡的路）。

A 不使用連字號：a too steep road、a road that was too steep。

帶有 very 的複合形容詞

B 帶有副詞 very 的複合詞通常不加連字號，不過如果加連字號有助於閱讀理解，可以加連字號：a very nice day（非常美好的一天）、a very-little-known fact（十分鮮為人知的事實）。

A 帶有副詞 very 的複合詞不加連字號。

帶有 well 的複合形容詞

B S A 位於名詞前要加連字號，位於名詞後不加連字號：The well-known man is also well loved.（這個知名的男人同時深受人們喜愛）。

N 位於名詞前後都要加連字號：The well-known man is also well-loved.

特定類型和形式的複合形容詞

一些特定類型和形式的複合詞有其連字方式，說明如下。

內含 ly 副詞的複合詞

⒝⒩⒮⒜ 以 ly 結尾的副詞作為複合修飾語的一部分時，習慣上不加連字號。

That is a happily married couple.
那是一對婚姻美滿的夫婦。

The couple is happily married.
那對夫婦婚姻美滿。

The blindingly bright sun made her blink.
耀眼的陽光讓她眨了眨眼。

The sun is blindingly bright.
陽光耀眼。

不要誤把以 ly 結尾的名詞如 family（家庭）、homily（布道）以及形容詞如 lovely（可愛的）、likely（很可能）當作副詞，這是很常見的錯誤。

a family-run business 家族企業

a likely-voter response 潛在選民的反應

表示國籍的複合形容詞

⒝⒩ 除非帶有「之間」的意涵，否則不要加連字號：Spanish Italian descent（西班牙及義大利血統）、Mexican American heritage

（墨西哥裔美國人的傳統）、an African American man（非裔美國人）、a Spanish-Italian summit（西義高峰會）。

內含比較級或最高級的複合形容詞

比較級通常是以 er 結尾的形容詞，例如：slower（較慢）、faster（較快）、longer（較長）。最高級通常以 est 結尾：slowest（最慢）、fastest（最快）、longest（最長）。

S 位於名詞前後都不加連字號：a slower burning fuel、a fuel that is slower burning（燃燒較慢的燃料）、the fastest moving vehicle（移動速度最快的車輛）、the longest lasting battery（最持久的電池）。

以 year 和 old 表達年齡的複合形容詞

B N 若位於名詞前，數字無論採用阿拉伯數字或英文拼寫，都要加連字號：an eight-year-old child、an 8-year-old child（一個八歲的孩子）。然而要注意以下的句型不加連字號：He is eight years old.（他八歲）、He turned 101 years old.（他已經一百零一歲了）。在〈複合名詞〉的部分中提到，內含 year 和 old 的詞語若為名詞，一律要加連字號：She has a five-year-old and an eight-year-old.（她有一個五歲大和一個八歲大的孩子）。

在各個格式中，何時應使用阿拉伯數字，何時應使用英文拼寫，請見第十八章的說明。

當作形容詞使用的日期

ⒷⓃ 當作形容詞使用的日期不加連字號：a March 12 meeting（3月 12 日的會議）。

內含動詞 ing 形式的複合形容詞

在名詞之前，以動詞 ing 形式構成複合形容詞的規則如下：

ⒷⓈⒶ 以動詞 ing 形式（分詞或動名詞）結尾的複合形容詞，若位於名詞之前，要加連字號：a high-achieving student（一名成績優異的學生）、an all-knowing parent（一位無所不知的家長）。

Ⓝ 在新聞格式中，只有對閱讀理解有幫助才加連字號。

在名詞之後，以動詞 ing 形式構成複合形容詞的規則如下：

Ⓑ 在書籍格式中，含有現在分詞或動名詞的複合形容詞若位於名詞之後，不加連字號：Those students are high achieving.（那些學生非常優秀）、Some parents seem all knowing.（有些家長似乎無所不知）。

Ⓝ 在新聞格式中，以動詞 ing 形式結尾的複合修飾語若位於名詞之後，只有在前面是 be 動詞的情況下才加連字號：Those students are high-achieving.（那些學生非常優秀）、Some professors aren't teaching-focused.（有些教授並沒有以教學為重心）、Some parents seem all knowing.（有些家長似乎無所不知）。

ⓈⒶ 在科學和學術格式中，帶有現在分詞或動名詞的複合詞若

位於名詞之後，通常不鼓勵加連字號，不過寫作者可以選擇加連字號。

內含過去分詞的複合形容詞

過去分詞多以 ed 結尾（baked、ticketed）或以 en 結尾（eaten、given、driven），也有很多是不規則過去分詞，例如：made、known、brought。

在名詞之前，以過去分詞構成複合形容詞的規則如下：

ⒷⓈⒶ 帶有過去分詞的複合形容詞若位於名詞之前，要加連字號：a moth-eaten sweater（一件被蟲蛀的毛衣）、a little-known fact（一個鮮為人知的事實）。

Ⓝ 有助於理解才加連字號：a little known fact、chicken-fried steak（炸牛排）。

在名詞之後，以過去分詞構成複合形容詞的規則如下：

Ⓑ 帶有過去分詞的複合形容詞若位於名詞之後，不加連字號：That sweater is completely moth eaten.（這件毛衣被蟲蛀光了）、Here's a fact that's little known.（這是個鮮為人知的事實）。

Ⓝ 複合形容詞若位於名詞之後，只有前面是 be 動詞才加連字號：That sweater is moth-eaten.（那件毛衣被蟲蛀了）。

ⓈⒶ 在科學和學術格式中，帶有過去分詞的複合詞若位於名詞之後，通常不加連字號，不過寫作者可以選擇加連字號：That sweater is completely moth eaten.、Here's a fact that's little known.。

動詞片語如何構成形容詞

根據字典規定，有些詞語若作動詞寫為兩個字（動詞片語），作名詞寫為一個字，例如：back up/backup、break up/breakup、cut off/cutoff、take out/takeout。

於是若想將這些詞當作形容詞使用，便會面臨一個兩難的處境。一方面可以將兩個字的動詞以連字號構成形容詞，一方面又可以將一個字的名詞當作形容詞使用（例如：a paint store、a beach day）。因此到底該把動詞加連字號構成形容詞（a back-up plan、shut-down procedures），還是直接使用名詞形式（a backup plan、shutdown procedures），我們並不清楚，格式手冊也沒有指定寫法。

✚ 在這種情況下，標點符號專家小組偏好使用一個字的形式當作形容詞（a backup plan 備案、shutdown procedures 關機程序、the breakup king 分手王、a cutoff date 截止日期、takeout pasta 外帶義大利麵），不使用加了連字號的兩個字形式。

由眾所熟悉的多字名詞所構成的複合形容詞

🅐 大眾已經很熟悉的多字詞如 middle school（中學）、political science（政治學）和 systems analyst（系統分析師），構成複合形容詞時不加連字號：a middle school student（中學生）、a political science major（主修政治學）、a systems analyst meeting（系統分析師會議）。

兩個字以上的專有名詞作形容詞使用

🅑🅝🅐 兩個字以上的專有名詞如果用來修飾另一個名詞，不要加連字號：a United States custom（美國習俗）、a Jerry Seinfeld joke（傑瑞賽恩菲德的笑話）。

🅑 要注意，兩個字以上的專有名詞若用來構成一個更長的複合形容詞，書籍格式會使用短破折號：a Jerry Seinfeld–like humor（傑瑞賽恩菲德式的幽默）。

由 socio、electro 等結合形式所構成的複合形容詞

像 socio、electro 這類從一個單字（social、electric）衍生出來的詞語，可以和其他字結合創造一個形容詞。

🅑 不加連字號：socioeconomic（社會經濟的）、electromagnetic（電磁的）。

🅝 要加連字號：socio-economic、electro-magnetic。

由常見的多字片語所構成的複合形容詞

在名詞之前，使用常見的多字片語構成複合形容詞的規則如下：

🅑🅝🅢 一些片語像是 matter of fact（就事論事的）、up to date（最新的）、live for today（活在當下）、state of the art（最先進的）、best of all worlds（最好的），若用於名詞前面當作形容詞，可以加連字號：a matter-of-fact tone（就事論事的語氣）、a best-of-all-worlds scenario（最好的情況）、a live-for-today mentality（活在當下的心態）、a state-of-the-art facility（最先進的設備）。

在名詞之後，使用常見的多字片語構成複合形容詞的規則如下：

Ⓑ 除非可以幫助理解，否則不加連字號：The report is up to date.（這份報告是最新的）。

Ⓝ 如果前面是 be 動詞才加連字號：The report is up-to-date.。

使用化學術語的複合形容詞

ⒷⓈ 化學術語作修飾語時不加連字號：a hydrogen peroxide reaction（過氧化氫反應）、an amino acid study（胺基酸的研究）。

內含兩種以上顏色的複合形容詞

ⒷⒶ 位於名詞前要加連字號，位於名詞後不加連字號：
a brownish-red coat（棕紅色的外套）、The coat was brownish red.（那件外套是棕紅色的）；an orange-gold sunset（橙金色的夕陽）、The sunset was orange gold.（夕陽是橙金色的）。

該顏色有形容詞或名詞修飾的複合形容詞

Ⓑ 所有位於名詞前的顏色複合詞，書籍格式通常要求加連字號：
a pitch-black sky（漆黑的天空）、milky-white skin（乳白色的肌膚）、a blood-red gemstone（血紅色的寶石）。

＋ 然而，light（淺）、dark（深）、soft（柔和）、bright（鮮亮）等類似詞語搭配顏色構成形容詞時要不要加連字號，專家小組中的書籍格式專家意見分歧。半數認為要加連字號：dark-red car（深紅色的車）、light-blue dress（淺藍色洋裝）、

bright-yellow lights（鮮黃色的燈）、soft-white glow（柔和白光）。半數認為不要加連字號，除非可能產生歧義（例如 light blue dress 若沒有連字號，則 light 也可能描述的是 dress 而不是 blue）。

表示方向的複合形容詞

Ⓑ 表示三個以上方向的詞語才加連字號：north-northeast（北北東）、south-southwest（南南西），其他的不加連字號：northeast（東北）、southwest（西南）。

> *We took the west-southwest route.*
> 我們走西南西路線。

內含數字的複合形容詞

Ⓑ 在書籍格式中，「數字＋名詞」結構的複合詞以及一天中的時間，如果當作形容詞用於名詞之前，要加連字號。這些數字包含了基數（a thousand-mile journey 千里之行、a forty-meter drive 四十公尺的擊球、a three-time loser 三度落敗者）、序數（a third-rate burglary 三流的入室竊盜、a fifth-place finish 第五名、the tenth-largest city 第十大城市）、簡分數（a two-thirds majority 三分之二多數）、結合其他字的分數（a half-hour massage 半小時的按摩），還有一天中的時間（a three-thirty appointment 三點半的預約）。但有下面兩個明顯的例外：

百分比作複合修飾語不加連字號，無論寫為阿拉伯數字（強烈建議）還是英文拼寫：a 60 percent majority（百分之六十的多數）、Sixty percent majorities are rare.（百分之六十的多數很少見）。

名詞後接阿拉伯數字的複合詞不加連字號：a category 4 hurricane（四級颶風）、type 2 diabetes（第二型糖尿病）、lane 1 collision（第一車道碰撞）。

N 新聞格式並沒有明確規定「阿拉伯數字 + 名詞」結構作為形容詞時要不要加連字號，但從格式中可以看出其偏好將以下的複合詞加連字號：a 10-year sentence（十年徒刑）、an 8-ounce serving（八盎司的分量）。

百分比在新聞格式中永遠以阿拉伯數字表示，作為複合修飾語時不加連字號：a 60 percent majority。

分數作形容詞使用，或分數結合其他字構成形容詞時，要加連字號：a two-thirds majority（三分之二多數）、a one-fifth share（五分之一份）、a half-hour massage（半小時的按摩）、a quarter-hour break（十五分鐘的休息）。

S 以數字起始的複合詞，若位於其修飾詞語之前，科學格式要求加連字號：a four-way stop（四向停車路口）、a 10-point scale（十分制）。但如果複合詞的第二部分是阿拉伯數字，不加連字號：type 3 error（第三型錯誤）、trial 1 performance（試驗一的成果）。

分數作形容詞使用，或分數結合其他字構成形容詞時，要加連字號：a two-thirds majority、a one-fifth share、a half-hour massage、a quarter-hour break。

Ⓐ 在學術格式中，內含一個數字和一個名詞的複合形容詞用於另一個名詞前時，一律加連字號：a late-twelfth-century painting（一幅十二世紀後期的畫作）。

✚ 標點符號專家小組一致偏好在 a 4-carat diamond（四克拉的鑽石）和 a 360-degree view（三百六十度全景）中使用連字號。但對於該使用 $25-million-losing project、a $25 million-losing project 還是 a $25 million losing project（虧損了 2500 萬美元的計畫），專家的意見不一，三種用法都有人支持。
（各格式中的數字寫法應採阿拉伯數字還是英文拼寫，請見第十八章）

內含單個字母的複合形容詞

ⒷⓈ 如果複合詞的第二部分是一個字母，不加連字號：He has a type A personality.（他是 A 型人格）、group A researchers（A 組研究人員）。

懸垂連字號

ⒷⓃⓈ 兩個以上以連字號連接的詞語如果共用一個單字，可以不需要重複該單字，但是保留連字號：

> *a family-owned and -operated business* 家族持有並經營的企業
>
> *a Grammy- and Emmy-award-winning actor* 葛萊美與艾美獎得獎演員
>
> *a mid- to late-1980s phenomenon* 八〇年代中後期的現象

Ⓑ 連寫的詞語如果第二部分是同一個字，可以省略該字並以連

字號取代。

> *Both over- and underachieving students applied.*
> 成績好和成績不好的學生都申請了。

+ 格式手冊並沒有明確說明如果複合詞內含 ly 副詞，能不能使用懸垂連字號，不過專家小組一致表示他們不會在 an electronically monitored and controlled system（電子監控系統）中加連字號。

複合形容詞連字方式的模糊地帶

+ 正式的連字規則並沒有清楚說明某些用法的連字方式。下面將以範例說明當無法改寫句子時，標點符號專家小組會選擇如何連字。

由內含 ly 副詞的三個以上詞語所構成的複合形容詞

+ 專家小組半數表示會在 a too-widely known fact（廣為人知的事實）中使用一個連字號，半數表示會使用兩個連字號：a too-widely-known fact。（沒有人表示不使用連字號：a too widely known fact）但如果是 a nicely put-together woman（精心打扮的女子），專家小組表示他們不會在副詞後面加連字號。

範圍不確定的複合形容詞

+ 有時候寫作者必須判斷名詞前的一連串詞語究竟是單一個形容詞，該用連字號連成一個修飾語，還是當中有某些詞是獨立作用，不應連在一起。舉例來說，在選擇使用 a discriminating-but-value-conscious shopper 還是 a discriminating but value-conscious shopper 的時候，寫作者必須判斷哪一種用法最接近自己想表達的意思。就此例而言，專家小組一致偏好只用一個連字號：a discriminating but value-conscious shopper（很挑剔又有價值意識的購物者）。

但是下面這個句子，專家小組的意見分歧：

> *They serve only thirty-day dry-aged beef.*（多數專家偏好）
>
> *They serve only thirty-day-dry-aged beef.*（少數專家偏好）
> 他們只供應三十日乾式熟成牛肉。

複合副詞

複合副詞通常修飾動詞和形容詞。

位於動詞後的複合副詞

位於動詞後的複合副詞是否要加連字號，主要格式手冊並沒有明確規定。不過我們從書籍和新聞格式的範例中可以看出這些格式對少數特定用語的偏好。舉例來說，新聞格式傾向使用 She works full time.（她做全職工作），不加連字號。書籍格式顯然喜歡用連字號表現內含 style 這個字的複合副詞：They dined family-style.（他們以家庭式的方式用餐）。而各格式都沒有清楚說明像是 You can donate tax free.（你可以免稅捐贈）句中的複合副詞 tax free 到底要不要加連字號。

✚ 下面句子中的複合副詞是否要加連字號，專家小組的意見分歧。

154

The combatants fought gladiator-style/gladiator style.
這些鬥士進行了角鬥式的搏鬥。

You can donate tax-free/tax free.
你可以免稅捐贈。

Enjoy treats guilt-free/guilt free.
盡情享用點心，不用有罪惡感。

They were talking all drunk-like/drunk like.
他們說話像喝醉了一樣。

He only works part-time/part time.
他只有做兼職。

We're surviving day-to-day/day to day.
我們一天天地活下來。

She always flies first-class/first class.
她搭飛機總是坐頭等艙。

Drive extra-carefully/extra carefully.
請格外小心駕駛。

He dances old-school/old school.
他跳老派舞蹈。

They sell it over-the-counter/over the counter.
他們以成藥形式販售此商品。

He gets paid under-the-table/under the table.
他私下收取酬勞。

但是 They walked arm in arm.（他們手挽著手散步）這個句子，
專家小組一致認為不應加連字號。

表示方向的複合副詞

B 表示三個以上方向的詞語才要加連字號：north-northeast（北北東）、south-southwest（南南西），其他的不加連字號：northeast（東北）、southwest（西南）。

> *They trudged north-northwest through the desert.*
> 他們朝北北西方向跋涉穿越沙漠。

位於形容詞前的複合副詞

位於形容詞前的複合副詞，連字的規則和複合形容詞相同：任何的複合詞，只要對語意清晰或閱讀理解有幫助，就應該加連字號：a jaw-droppingly gorgeous car（美得令人驚嘆的車）、a dead-on accurate portrayal（精準無誤的描繪）。

11-2 複合名詞

主要編輯格式均未針對複合名詞提供構詞的通則，只有提到在下面的特定情況中，寫作者可以自行判斷複合名詞加連字號是否有助於閱讀理解。

建議做法及特定格式規則

以下是具有特定結構或帶有特定詞語的複合名詞構詞方法。

由「對等」名詞組成的複合名詞

BA 地位對等的名詞要用連字號結合：importer-exporter（進出口商）、writer-director（編導）。

內含動名詞的複合名詞

B 在書籍格式中，以一個動名詞（動詞 ing 形式作名詞使用）結合另一個名詞創造字典中沒有的詞語時，作名詞使用不加連字號：Hat making is a lost art.（製帽是一門失傳的技藝）、Dog walking is a good way to earn extra money.（遛狗是賺外快的好方法）。

+ 由動名詞所構成的複合名詞，專家小組的新聞格式專家偏好不加連字號：hat making（製帽）、dog walking（遛狗）、people pleasing（取悅別人）。

由 socio、electro 等結合形式所構成的複合名詞

像 socio、electro 這類從一個字（social、electric）衍生出來的詞語，可以和其他字結合創造一個名詞。

B 不加連字號：socioeconomics（社會經濟學）、electromagnetism（電磁）。

N 要加連字號：socio-economics、electro-magnetism。

帶有 elect 的複合名詞

B N 帶有 elect 的臨時複合詞要加連字號：Joe Brown is mayor-elect.（喬布朗是市長當選人）、Consult the councilwoman-elect.（請向議員當選人諮詢）。

帶有 great 表示家族關係的複合名詞

B N 要加連字號：great-grandmother（曾祖母）、great-great-grandmother（曾曾祖母）。

帶有 maker 的複合名詞

N 字典中沒有的複合詞要加連字號：chip-maker（晶片製造商）。例外：drugmaker（製藥商）。

帶有其他 -er 名詞（giver、watcher 等）的複合名詞

當複合名詞的第二個字是 -er 形式，且第一個字是其受詞時，例如：gift giver（送禮人）、hat maker（製帽商），格式手冊都沒有明確指出是否加連字號。

+ 帶有 -er 名詞的複合名詞，標點符號專家小組偏好不使用連字號。下列句子他們一致選擇不加連字號。

She is a regular market watcher.
她是定期市場觀察家。

He is a great gift giver.
他很會送禮。

That ride is a real nausea inducer.
乘坐那項遊樂設施真的會讓人噁心想吐。

That subject is quite an argument starter.
那個主題很容易引發爭論。

She is a known chocolate and cheese lover.
她是位出了名的巧克力和起司愛好者。

Don't be a crowd follower.
不要隨波逐流。

而類似的情況，專家小組有四分之三選擇在 She is a frequent compliment giver.（她經常讚美別人）的句子中不使用連字號。

表示顏色的複合名詞

Ⓑ 不加連字號：bluish green、blue green（藍綠色）。

What do you think of the bluish green in this painting?
你覺得這幅畫中的藍綠色怎麼樣？

表示方向的複合名詞

Ⓑ 表示三個以上方向的詞語才要加連字號：north-northeast（北北東）、south-southwest（南南西），其他的不加連字號：northeast（東北）、southwest（西南）。

West-southwest was the best direction, they agreed.
他們一致同意，西南西是最好的方向。

表示一天中時間的複合名詞

Ⓑ 名詞形式不加連字號：It's three thirty.（現在是三點半）、I'll see you at four twenty.（四點二十分見）。（另請見 p.150〈內含數字的複合形容詞〉）

使用化學術語的複合名詞

❶❸ 由多字組成的化學術語，除非字典中有連字號，否則不加連字號：hydrogen peroxide（過氧化氫）、amino acids（胺基酸）。

分數作名詞使用

❶❶ 採用英文拼寫的分數要加連字號：His brother got four-fifths, but he only got one-fifth.（他哥得到五分之四，他只得到五分之一）。

❸ 英文拼寫的分數如果作名詞，不加連字號：His brother got four fifths, but he only got one fifth.。

表示國籍的複合名詞

❶❶ 不加連字號：an African American（非裔美國人）、a group of Mexican Americans（一群墨西哥裔美國人）。

帶有 self 的複合名詞

❶❶❸ 帶有 self 的複合名詞很多都是字典收錄的永久複合詞，並且帶有連字號。而以 self 構成的臨時複合詞無論何種用法都要加連字號：self-government（自治）、self-love（自愛）。

以 year 和 old 表達年齡的複合名詞

❶❶ 代表個人的年齡詞語，無論採用阿拉伯數字或英文拼寫都要加連字號：She has an eight-year-old.（她有個八歲的孩子）。

（另請見 p.144〈以 year 和 old 表達年齡的複合形容詞〉）

（各格式中的數字寫法應採阿拉伯數字還是英文拼寫，請見第十八章）

11-3 複合動詞

主要編輯格式均未針對字典未收錄的複合動詞提供構詞的通則。新聞格式偏好將複合動詞加連字號，但留有很大的空間讓寫作者自行決定。無論採用何種格式，寫作者在判斷一個臨時複合動詞是否加連字號時，都必須謹守語意清晰和好閱讀的大原則。一些常見的複合動詞收錄在本書〈標點符號 A to Z〉的單元。

11-4 字首（prefix）

字首一般不加連字號，下列情況除外：後接大寫名詞（pre-Victorian 前維多利亞時期）或數字（post-1917 一九一七年後半）、加連字號可避免混淆（re-create 重新創造 vs. recreate 娛樂）、字首的結尾與後面單字的開頭是同一字母，不加連字號很不自然（anti-inclusive 反包容、ultra-apathetic 超級冷漠、intra-arterial 動脈內）。同樣的道理，只要不加連字號會使該複合詞變得不自然、很難讀，通常都可以加連字號：pro-life（支持生命）、anti-geneticist（反遺傳學家）。如果會造成字首重複，也要加連字號：sub-subpar（差到不行）、pre-prewar（戰前之前）。使用字首所創造的複合詞經常不被拼字檢查認可，也未收錄於字典，但仍然算是正確用法。

特定格式的例外情況

以下將說明違反上述一般規則的特定格式例外，以及特定詞語的寫法。（特定詞語的用法另見〈標點符號 A to Z〉）

字首搭配已含連字號的詞語

🅑 字首連接一個已含連字號的詞語時，要加連字號：non-self-cleaning（非自動清潔）、un-co-opt（不拉攏）、anti-pro-war（反主戰）。（如果是分寫的複合詞，要用短破折號連接字首：non–South American（非南美洲人）、post–World War I（第一次世界大戰後）、anti–high school（反高中）。

anti-

🅑 以 anti- 為字首的詞語，字典未列出的大部分要加連字號，以下單字除外：antibiotic（抗生素）、antibody（抗體）、anticlimax（爛尾）、antidepressant（抗憂鬱）、antidote（解毒劑）、antifreeze（防凍劑）、antigen（抗原）、antihistamine（抗組織胺劑）、antiknock（抗爆劑）、antimatter（反物質）、antimony（銻）、antiparticle（反粒子，以及類似的物理術語如antiproton 反質子）、antipasto（前菜）、antiperspirant（止汗劑）、antiphon（輪唱）、antiphony（輪唱）、antipollution（汙染防制）、antipsychotic（抗精神病）、antiseptic（抗菌）、antiserum（抗

血清）、antithesis（對立面）、antitoxin（抗毒素）、antitrust（反壟斷）、antitussive（止咳）。

co-

Ⓝ 當 co- 表示職業或職位時要加連字號：co-author（共同作者）、co-chairman（聯合主席）、co-defendant（共同被告）、co-host（聯合主辦／主持）、co-owner（共同持有人）、co-pilot（副駕駛員）、co-signer（連署人）、co-sponsor（聯合贊助者）、co-star（聯合主演）、co-worker（同事）。

✛ 至於其他格式，由 co- 所構成的許多名詞，標點符號專家小組支持加連字號，包含 co-defendant 和 co-chairman。

ⒷⓃⓈⒶ 這些字不加連字號：cooperate（合作）、cooperation（合作）、coordinate（協調的；對等的）、coordination（協調；對等）。

eco-

編輯格式沒有明確規定 eco- 何時要加連字號。有些詞語的官方寫法有連字號，有些沒有。

ⒷⓃⓈ ecotourism（生態旅遊）、eco-friendly（環保）、eco-conscious（有生態意識）、ecosystem（生態系統）
從字首的連字規則以及字典中一些以 eco- 為字首的詞條，可以看出不加連字號的傾向，包含一些不自然的結構如 ecohero（環保英雄）、ecocatastrophe（生態浩劫）。

✛ 然而大多數以 eco- 為字首的形容詞和名詞，專家小組強烈偏好加連字號：eco-smart（形容詞，有生態智慧的）、eco-smarts（名詞，生態智慧）。

ex-

ⓑⓝ 當 ex- 指「以前的；前任的」時要加連字號：ex-partner（前伴侶）、ex-girlfriend（前女友）、ex-convict（前科犯）、ex-soldier（退伍軍人）。（例外：在書籍格式中，如果 ex- 後面是一個多字詞語，例如 insurance salesman〔保險推銷員〕或 New Kid on the Block〔新秀〕，要用短破折號連接）

extra-

extra 在複合形容詞中可以是字首，也可以是副詞。如果作副詞，可以不加連字號，直接修飾後面的形容詞，例如：He is an extra nice person.（他是個非常好的人）。不過就像許多其他字一樣，也可以使用連字號構成複合形容詞：He is an extra-nice person。如果作字首，就套用連字號的基本規則，通常採用無連字號的連寫形式：He is an extranice man.。

ⓑ 如果要造出字典裡沒有的新詞，寫作者可以選擇把 extra 當作字首或是副詞。不過書籍格式一般會盡可能選擇連寫形式：extramural（校外）、extrafine（極細），但注意 extra-articulate（口條格外清晰）要用連字號。

ⓝ 當 extra 表示「超出平常的尺寸、範圍或程度」時，要加連字號：an extra-large room（特大的房間）、an extra-dry martini（特乾馬丁尼）、extra-spicy sauce（特辣醬）。當 extra 指「……之外」

時，套用字首的基本規則：extramarital（婚外）、extrasensory（超感官）、extracurricular（課外）。

🅢🅐 字典未收錄的詞語，寫作者可以自行選擇要把 extra 當作一個獨立的副詞（an extra dry martini），或是加連字號的副詞（an extra-dry martini），還是一個字首（an extradry martini）。

✚ 標點符號專家小組的書籍格式專家，偏好把位於名詞前的 extra 複合詞加連字號，名詞後的不加連字號。

He ordered an extra-dry martini.
他點了一杯特乾馬丁尼。

He is an extra-smart guy.
他這個人特別聰明。

Zach is extra nice.
札克待人特別好。

in-

🅑🅝🅢🅐 請注意不要將表示「不；無」的字首 in 和介系詞 in 混淆。大部分使用否定字首 in 的詞語，字典都有收錄，通常不加連字號：insufferable（難以忍受的）、inaccurate（不正確的）、indecision（優柔寡斷）、indecisive（優柔寡斷的）、intolerable（無法容忍的）、indiscreet（輕率的）、indiscretion（輕率）、indirect（間接的）、infallible（絕無錯誤的）。

使用介系詞 in 構成的複合詞則要遵循複合詞的構詞規則：
an in-depth study（深入的研究）、an in-house recruitment effort（內部招聘作業）。

non-

N 只有為了避免不自然的結構出現才加連字號,例如字母重複(non-nuclear 無核武的),或複合詞中內含另一個有連字號的複合詞(non-wine-drinking 不喝酒),或內含一個分寫形式的複合詞(a non-Elvis Presley set 非貓王的組合)。

B 只有為了避免不自然的結構出現(non-mnemonic 非記憶法的),或搭配另一個有連字號的複合詞(non-wine-drinking),才加連字號。如果 non 的後面是一個分寫的複合詞,例如由兩個以上單字組成的專有名稱,要使用短破折號,不用連字號(a non–Elvis Presley set)。(見第十三章)

out-

N 當 out 表示「比⋯⋯更好」、「勝過」的意思時,未收錄於《韋氏新世界大學辭典》的詞語都要加連字號:out-jump(跳得高於、遠於)、out-mambo(曼波跳得優於)、out-calculate(計算勝過)。字典列出的詞語習慣上不加連字號:outbid(出價高於)、outdance(跳舞優於)、outdo(勝過)、outdrink(喝酒勝過)、outeat(吃得多於)、outfox(智取)、outflank(側面包抄)、outgrow(長得高於、快於)、outgun(火力壓過)、outlast(比⋯⋯更持久)、outperform(表現優於)、outscore(得分超過)、outspend(開支多於)、outstrip(超過)、outtalk(講贏)、outthink(思考比⋯⋯更深入)。

pan-

N 位於專有名詞前要加連字號並大寫：Pan-African（泛非的）、Pan-American（泛美的）、Pan-Asiatic（泛亞的）。

post-

N 除非字典已有收錄，否則要加連字號：post-mortem（驗屍）、post-convention（大會後）、post-picnic（野餐後）、post-breakup（分手後）。其中有兩個例外：postelection（選後）、postgame（賽後）。

pro-

B S 有助於閱讀理解才加連字號：pro-life（支持生命）、pro-choice（支持選擇權）、pro-American（親美）、pro-organic（支持有機）。

N 當 pro- 表示「支持」的意思時，一律加連字號：pro-labor（支持勞工）、pro-business（支持商業）、pro-war（主戰）。

✚ 標點符號專家小組多數偏好連字號形式：She is pro-labor.（她是支持勞工派）、He is pro-peace.（他主張和平）。少數偏好分寫形式：She is pro labor.、He is pro peace.。沒有人選擇連寫形式。

11-5 字尾（suffix）

由字尾組成的複合詞多半不加連字號，最常見的例外是三個子音相連的情況（bill-less 無帳單），以及含專有名詞的複合詞（Austin-wide 全奧斯汀）。

值得注意的是，很多時候一個字既是一個獨立的單字，也是一個字尾，例如 less 和 able。而有些時候寫作者想加在另一個詞語上的字，本身並不是一個字尾，例如：full 和 odd。如果字典有標明某個字是字尾，也就是單獨一個詞條並以連字號開頭（-less），寫作者可以直接將它與字根結合，不需要加連字號。然而如果字典沒有標明某個字是字尾，就要看寫作者想構成的複合詞是什麼詞性，例如複合形容詞、複合副詞或複合名詞，然後套用該詞性的連字號規則。這類詞語通常有連字號：half-full（半滿）、twenty-odd（二十多）。

使用字尾所造出的複合詞通常未收錄於字典，也常被電腦的拼字檢查顯示為錯誤。這些詞語雖然有時並不自然，但仍算是正確用法：coffeeless（無咖啡）、singable（可唱的）、eightyfold（八十倍）。

特定格式的例外情況

以下將說明上述一般規則的例外情況。（特定詞語如 -ache、-borne、-elect、-free、-odd、-style 的用法，請見〈標點符號 A to Z〉）

-fold

B 不加連字號,除非前面是阿拉伯數字(125-fold 一百二十五倍),或前面的詞語已經含有連字號(twenty-eight-fold 二十八倍)。

-in-law

B **N** **S** 所有形式都要加連字號:mother-in-law(婆婆;岳母)、mothers-in-law(婆婆們;岳母們)、brother-in-law(小叔;小舅子)、daughters-in-law(媳婦們)。

-like

B 字典未收錄的一律加連字號:genius-like(天才般的)、dog-like(像狗的)、freak-like(怪人似的)、California-like(加州風的)、hall-like(大廳般的)。

N 由 like 構成的複合詞,新聞格式一般要求不加連字號(geniuslike、doglike、freaklike),除非包含專有名詞或三個 L 相連的情況:California-like、hall-like。

例外:flu-like(類流感)。

A 大部分的情況下,由 like 構成的複合詞不加連字號:geniuslike、doglike、freaklike。學術格式並未明確規定專有名詞加字尾的用法,學術寫作人士如欲使用 like 搭配專有名詞,可以參考 MLA 格式的一條規則,要求字首加專有名詞要用連字號(pre-Freudian 前佛洛伊德時期),將這條規則套用到字尾(California-like)。

-wide

Ⓑ 字典中未收錄的複合詞都要加連字號：university-wide（全大學）、office-wide（全辦公室）。而 worldwide（全世界）就要連寫，不加連字號。

Ⓝ 不加連字號：universitywide、officewide、industrywide（全業界）。

-wise

Ⓝ 表示「往……方向」、「就……而言」時，不加連字號：clockwise（順時針方向）、lengthwise（縱向）、moneywise（金錢方面）、conversationwise（談話方面）。wise 表示「聰明」、「精明」時不是一個字首，而是獨立的單字，使用這層意思的複合詞通常可以在字典中找到：penny-wise（省小錢）、streetwise（街頭智慧）。如果要用「聰明」含意的 wise 自創臨時複合詞，可以遵循本章提到的一般規則。

11-6 比例

Ⓝ 新聞格式用連字號表示比例（書籍、科學和學術格式則使用冒號）。如果數字出現在 ratio 這個字的前面，要用連字號取代 to。

> *They won by a ratio of 2-to-1.*
> 他們以二比一獲勝。

It was a 2-1 ratio.
比例是二比一。

11-7 投注賠率

Ⓝ 新聞格式用連字號表示賠率。

They're giving him 50-1 odds in Vegas.
在拉斯維加斯他們給他五十比一的賠率。

11-8 範圍

以數字表達的事物如年齡、金錢和時間等，在行文中通常使用 to、through 或 until 來表示範圍：The job pays $50,000 to $55,000 a year.（這份工作年薪五萬到五萬五美元）、The park is open 5 to 7.（公園開放時間是五點到七點）、Children ages 11 through 15 can enroll.（十一至十五歲的兒童可以報名）。

ⓃⓈⒶ 在非正式語境和圖像元素（如表格）中，新聞、科學和學術格式允許使用連字號：The job pays $50,000-$55,000 a year.、The park is open 5-7.、Children 11-15 can enroll.。

Ⓑ 在非正式語境和圖像元素中，書籍格式使用短破折號：Children 11–15 can enroll.。

11-9 拼字

拼出單字時，用連字號分隔字母：J-O-B.（工作）、We said N-O.（我們說不要）

11-10 複合人名

複合人名使用連字號，不用破折號。

Carolyn Howard-Johnson 卡洛琳霍華德－強森

長破折號（Em Dash）

長破折號的長度是連字號的兩倍，用來表示句子的中斷。有些格式用它來轉換對話人物或標示條列項目。新聞格式將它用於日期欄和條列項目。

12-1 句流中斷

長破折號表示句子的流動出現中斷。

插入語

長破折號用於分隔插入語。

> *When you get the job—and I know you will—put in a good word for me.*
> 等你得到那份工作──我知道你會的──替我美言幾句。

插入額外資訊

「that is」類型的額外補充資訊可用破折號表示。

The many departments that worked on the handbook—human resources, accounting, risk management—brought unique perspectives to the finished product.
參與手冊製作的眾多部門——人資部、會計部、風險管理部——為成品帶來了獨特的觀點。

He wanted to try something new—namely, skydiving.
他想嘗試新事物——也就是跳傘。

句子結構改變或思想轉折

破折號可以表示句子的結構改變，或思想出現轉折。

Do you really think—can you be so naïve as to expect him to come back?
你真以為——你天真到期待他會回來？

破折號 vs. 括號和逗號

破折號的用法和括號、逗號有諸多重疊，有時候寫作者可以自行三者擇一。

The team captain—a major bully—entered the locker room.
隊長—— 一個大惡霸——進入了更衣室。

The team captain, a major bully, entered the locker room.
隊長，一個大惡霸，進入了更衣室。

The team captain (a major bully) entered the locker room.
隊長（一個大惡霸）進入了更衣室。

當寫作者認為該資訊應與句子融為一體時，就使用逗號。括號表示該資訊較非句子不可或缺的成分。破折號介於兩者間，清楚將文字與主要句子隔開，卻不表示該資訊重要性較低。

寫作者在選擇使用括號、破折號或逗號分隔插入資訊時，須謹記以下兩點：

- 括號打斷句流的強度最高，宜盡量少用。
- 要插入的資訊如果會導致不合文法，就必須使用括號或破折號分隔，不可使用逗號。

12-2 長破折號用於對話

Ⓑ 在書籍格式中，可用長破折號取代引號表示對話。

—I didn't expect to see you here.
沒想到會在這裡見到你。

—Are you kidding? I wouldn't miss this for the world.
開什麼玩笑？我怎麼可能會錯過。

12-3 長破折號用於新聞報導的日期欄

Ⓝ 以日期欄（位於新聞稿開頭，標示文章的日期和地點）起始的新聞報導，城市名稱與正文要用破折號隔開，破折號前後各空一格。

NEW YORK — A transportation workers' strike was averted Wednesday.
紐約報導——得以避免週三交通運輸人員的罷工行動。

12-4 長破折號用於條列項目

Ⓝ 在新聞格式中，直式的條列項目常於開頭使用長破折號。

The judge was most heavily influenced by the following factors:

—The defendant had shown no remorse.

—Witnesses for the defense were unable to corroborate the alibi.

—The defendant was a repeat offender.

法官主要受下列因素影響：

—被告毫無悔意。

—被告的證人們無法證實其不在場證明。

—被告乃為累犯。

✚ 在上述例句中，標點符號專家小組多數表示他們不會在破折號後加空格。

12-5 長破折號的空格

ⒷⓈⒶ 長破折號前後都不空格。

This way she talks—like she's giving a lecture—it's insufferable.
她的說話方式——好像在訓話一樣——真讓人受不了。

Ⓝ 長破折號前後各空一格。

This way she talks — like she's giving a lecture — it's insufferable.

⑬

短破折號（En Dash）

短破折號的長度短於長破折號，長於連字號，僅用於書籍格式，不會出現在新聞、科學或學術格式。

13-1 短破折號表示 to、through 或 until

短破折號表示 to（至；到；比）、through（至；到）、until（直到）。如果寫作者認為不需要保持文字流動性，就可以用短破折號取代這些字。

The 1999–2000 season was seminal for Jackson.
1999–2000 年的賽季對傑克森的意義重大。

The Patriots won 21–7.
愛國者隊以 21 比 7 獲勝。

Happy hour is 3–7.
優惠時段是三點到七點。

The Chicago–Dallas flight is departing.
芝加哥往達拉斯的班機即將起飛。

Dick Clark (1929–2012) hosted American Bandstand.
迪克克拉克（1929 年—2012 年）曾主持《美國音樂臺》。

Ryan Seacrest (1974–) hosts American Idol.
萊恩西克雷斯特（1974 年—）主持了《美國偶像》。

13-2 短破折號用於龐雜的複合形容詞

如果複合形容詞的結構中帶有其他多字複合詞，包括含有連字
號的詞語和兩個字的詞語，可以使用短破折號作為連接符號。

> *a semi-private–semi-public entity* 半私營半公營的實體
>
> *the pre–Civil War years* 內戰前幾年
>
> *a Black Dahlia–motivated crime* 黑色大理花懸案所啟發的犯罪
>
> *a Barack Obama–like speaking style* 歐巴馬式的演講風格

括號（Parenthesis）

括號用於在正文中插入資訊，並用來將數字和字母分隔或分組。

14-1 插入資訊

括號用來在正文中插入資訊。

範例

括號可以標示與句子相關的例子。

Scurvy was a problem for sailors because it was difficult to carry citrus fruits (oranges, grapefruit, lemons) on long voyages.
壞血病對船員來說是個問題，因為遠航途中難以攜帶柑橘類水果（柳橙、葡萄柚、檸檬）。

額外資訊

括號可以標示額外的資訊、說明、指示和翻譯。

The new sedan is fast (it goes from zero to sixty in just six seconds).
新的轎車速度很快（從零到六十只需六秒）。

The boss (who had walked in just in time to see the accident) was furious.
老闆（走進來正好目睹事故）勃然大怒。

The bird should be trussed before it's put in the oven (see page 288).
這隻鳥要先綑綁再放進烤箱（見第 288 頁）。

She strolled the third arrondissement (district).
她在第三區（法國的行政區）散步。

The Kilgore (Texas) News-Herald covers local government.
《基爾戈爾（德州）新聞先驅報》報導當地政府新聞。

參考文獻

括號可用來標示參考文獻的資訊。

The study participants showed no improvement in cholesterol levels (McLellan and Frost, 2002).
受試者的膽固醇含量沒有改善（麥克萊倫與佛洛斯特，2002）。

14-2 將數字或字母分組或分隔

括號用來表示數字的分組情況。條列或大綱中的編號數字或字母可以用括號括起來。

電話號碼中的區域碼

有些編輯格式使用括號標示區域碼，請見 p.211〈電話號碼〉的詳細說明。

(626) 555-1212

數學分組

括號用於數學分組。

(12 x 4) + 11

區隔數字或字母

部分出版品使用括號區隔條列和大綱中的編號數字或字母。

New employees should (a) select an insurance company, (b) select deductibles, and (c) indicate their selections on the online form.
新進員工應（一）選擇一間保險公司（二）選擇自扣額（三）於線上表單註明其選擇。

14-3 括號 vs. 破折號和逗號

括號的用法和逗號及破折號有諸多重疊，有時寫作者可以自行三者擇一。

The team captain (a major bully) entered the locker room.
隊長（一個大惡霸）進入了更衣室。

The team captain, a major bully, entered the locker room.
隊長，一個大惡霸，進入了更衣室。

The team captain—a major bully—entered the locker room.
隊長—— 一個大惡霸——進入了更衣室。

一般而言，括號表示該資訊比較不是句子中不可或缺的成分，帶有「順道一提」的意味。當寫作者認為該資訊應與句子融為一體時，則使用逗號。破折號介於兩者之間，清楚將文字與主要句子隔開，卻不表示該資訊的重要性較低。

寫作者在選擇使用括號、破折號或逗號分隔插入資訊時，須謹記以下兩點：

- 括號打斷句流的強度最高，宜盡量少用。
- 要插入的資訊如果會導致不合文法，就必須使用括號或破折號分隔，不可使用逗號。

14-4 括號與其他標點符號的相關位置

句號

當括號內是一個完整句子，且意在與前後句子有所區隔時，句號應放在右括號之前。

Lisa was angrier than usual that day. (For one thing, some jerk had just keyed her car.)
那天莉莎比平常還要生氣。（其中一個原因是有個混蛋刮傷她的車。）

當插入語被併入前後句子中，無論插入語是不是獨立子句，句號必須放在右括號之後。

The sunset was obscured by the clouds (which had cast a pall over the afternoon as well).

The sunset was obscured by the clouds (they had cast a pall over the afternoon as well).
雲將夕陽遮蔽（也給午後蒙上一層陰影）。

括號內的獨立子句要不要單獨寫成一個句子，很多時候取決於寫作者想要強調的重點。

對：*Dave left work. (His shift ended at nine.)*

戴夫下班了。（他的班九點結束。）

對：*Dave left work (his shift ended at nine).*

戴夫下班了（他的班九點結束）。

問號和驚嘆號

問號和驚嘆號可以出現在右括號之前或之後，取決於它們修飾的是整個句子或只修飾括號內的句子。

Did you know they canceled the parade (due to the weather forecast)?
你知道他們取消了遊行嗎（因為氣象預報的關係）？

They canceled the parade (can you believe it?).
他們取消了遊行（你相信嗎？）。

They canceled the parade (darn rain!).
他們取消了遊行（可惡的雨天！）。

They canceled the darn parade (due to rain)!
他們取消了那該死的遊行（因為下雨）！

逗號

在行文中，左括號前不需要逗號。

> 對：*On Tuesday (when I last saw him) he was wearing blue.*

> 錯：*On Tuesday, (when I last saw him) he was wearing blue.*
> 星期二（我上次看到他的時候）他穿的是藍色。

唯有用來標示條列項目的編號數字或字母時，左括號前才可以出現逗號。

> *You can bring (a) silverware, (b) ice, or (c) napkins.*
> 你可以帶（一）銀餐具（二）冰塊或（三）餐巾紙。

但是逗號經常出現在右括號之後。

> *Pick up some envelopes (letter size), stamps (a whole roll, please), and pens.*
> 去拿一些信封（信紙大小）、郵票（一整卷），還有筆。

注意在這個結構當中，插入語隸屬於其前面的項目，因此逗號會放在括號之後。

分號

分號可以視情況放在右括號之後，但不可放在左括號之前，除非是用於標示條列項目的編號數字或字母。

The company has offices in (a) Trenton, New Jersey; (b) Newark, New Jersey; and (c) Carpinteria, California.

這間公司在（一）紐澤西州特倫頓（二）紐澤西州紐華克（三）加州卡平特里亞都有辦公室。

冒號

冒號可以放在右括號之後，也可以放在左括號之前（不常見）。

> *King, DuBois, and Tubman (along with others who had risked their lives for justice): these were her heroes.*
>
> 金恩、杜波依斯、塔布曼（及其他冒著生命危險追求正義之人）：這些人是她的英雄。

冒號絕不會緊貼在右括號之前或左括號之後。

破折號

極少數的情況下，寫作者可能需要在括號旁邊使用破折號。主要格式均未規定能否這樣做，亦未說明用法。

＋ 標點符號專家小組認為破折號可以放在括號旁邊。

> *He ordered the steak rare (very rare)—his favorite meal on a night like this.*
>
> 他點了一分熟的牛排（極生）——在這樣的夜晚他最愛這樣吃。

連字號

＋ 極少數的情況下，連字號可能緊貼在括號之後。專家小組對這種用法的意見分歧，僅僅略多數的專家支持。

He was a red (maroon, really)-clad man.
他是一名身穿紅衣（實際上是栗子紅）的男子。

引號

右引號可以出現在右括號之後，但不能在之前。

> *"I can't believe you had the nerve to show your face here (unbelievable)."*
> 「真不敢相信你有膽出現在這裡（令人難以置信）。」

極少數的情況下，左引號可以出現在左括號之前，但不能在之後。

括號中的括號

插入語中的插入語通常使用方括號，不用圓括號。請見第十五章說明。

> *See Jorgenson's most recent article ("Trauma at sea" [2014]).*
> 請見喬根森的最新文章（〈海上創傷〉，2014）。

14-5 括號內不只一個句子

一個句子中的插入語通常不是句子片段就是一個完整句子，兩句以上通常不會插入一個句子當中。如果有必要在一組括號內放超過一個句子，通常會插入在兩個完整句子之間。

✛ 如果有必要在一個句子中以括號插入兩個以上的完整句子，專家小組對括號內的標點方式意見分歧，大多數偏好括號內只用一個句號。

> *He wanted to smoke his pipe (Good tobacco was scarce. He had the war to thank for that) with a glass of brandy in his hand.*
> 他想要手裡拿著一杯白蘭地，一邊抽著菸斗（好的菸草很難得，他還真得感謝這場戰爭）。

少數專家偏好括號內使用兩個句號。

> *He wanted to smoke his pipe (Good tobacco was scarce. He had the war to thank for that.) with a glass of brandy in his hand.*

請注意專家小組一致偏好括號內使用分號或長破折號。

> *He wanted to smoke his pipe (good tobacco was scarce; he had the war to thank for that) with a glass of brandy in his hand.*

首字母縮寫與首字母合成詞

文中初次提及一個機構時，有時會在後面加上首字母縮寫（initials）或首字母合成詞（acronym），以便後文以縮寫稱之。

> *Mothers Against Drunk Driving (MADD) launched a letterwriting campaign.*
> 反酒駕母親聯盟（MADD）發起了一場寫信活動。

然而寫作時很容易誤以為所有機構在初次提及時，都必須在完整名稱後面插入縮寫。新聞格式禁止這種做法，其他格式也不鼓勵，因為會干擾閱讀流暢度。

> 不建議：*The Organization for North Atlantic States (ONAS), the*

Association of Oil Producing Nations (AOPN), and the International Brotherhood of Steel Workers (IBSW) all had representatives at the conference.

北大西洋國家組織（ONAS）、石油生產國協會（AOPN）和國際鋼鐵工人兄弟會（IBSW）均有代表參與此次會議。

較佳：*The Organization for North Atlantic States, the Association of Oil Producing Nations, and the International Brotherhood of Steel Workers all had representatives at the conference.*

北大西洋國家組織、石油生產國協會和國際鋼鐵工人兄弟會均有代表參與此次會議。

唯有對後文具有重要性，值得讀到一半停下來記這些縮寫時，才有必要插入。這種做法通常出現在較長的文件中，而（一）該機構缺乏眾所熟悉的名稱，以致全文多處須以縮寫稱之，且（二）讀者需要有縮寫的提示才能連結其所代表之全稱。

比如像 MADD 這樣的縮寫，假如讀者都知道是什麼組織的話，在文中第二次提及就可以直接使用，不需要以括號先行介紹。

⑮

方括號（Bracket）

方括號最常用於括號中的括號。

> *The concerts take place on Saturdays (call [310] 555-1212 for scheduled artists).*
> 音樂會每週六舉行（欲知排定出場的音樂家，請電洽 (310) 555-1212）。

而在不同的編輯格式中，方括號有其他用法。

B 書籍格式在學術著作中以方括號表示該插入語是出自其他人，而非出自原作者。也會用方括號來插入翻譯和拼音。

> *The Parisian-themed store specializes in fromage [cheese].*
> 這間巴黎主題商店專賣起司。

N 新聞格式根源於電報新聞傳統，由於過去無法以電報傳送方括號，因此方括號不存在於官方的新聞格式。然而一些獨立新聞組織有時會在引文中使用方括號，表示該資訊是寫作者自己加入的，並非說話者的原始說話內容。

> *"I read about it in the [New York] Times."*
> 「我在《（紐約）時報》中讀到這件事。」

S 科學格式使用方括號表示引文中的括號內容是寫作者自己加

入的，而非原文內容。統計學方面，科學格式以方括號表示信賴區間。數學方面，圓括號和方括號的使用順序必須對調。也就是說，雖然書面文字是主插入語使用圓括號，次插入語使用方括號，但是在科學格式中，數學方面的主分組要使用方括號，次分組在方括號內以圓括號表示。

He discovered the equation [b = (y + 1)/4] only after repeated failures.
他失敗多次才終於發現這個方程式（b = (y + 1)/4）。

Ⓐ 學術格式以方括號表示原始文件中缺少的、未經證實的或插入的資料。

Twain, Mark [Samuel Clemens], Huckleberry Finn.
馬克吐溫〔山繆克萊門斯〕，《哈克歷險記》。

⑯

斜線（Slash）、反斜線（Backslash）

斜線被視為非正式的符號，主要編輯格式均不鼓勵在行文中使用斜線。

16-1 斜線表示「或」、「和」、「至」、「每」

在非正式的用法中，斜線可以代表「或」（or）、「和」（and）、「至；到」（through）、「每」（per）。

Sparkling and/or still water will be at each server station.
每個服務櫃臺都會有氣泡水和／或一般飲用水。

If the student wants to enroll in lab, he/she should do so as soon as possible.
欲報名參加實驗室的學生應盡快報名。

Marcus/Grandpa/Mr. Storyteller is always fun to listen to.
聽馬庫斯／爺爺／說故事先生談話總是很有趣。

The job pays $800/week.
這份工作週薪八百美元。

Light moves at about 186,000 mi/sec.
光以每秒 186,000 英里的速度行進。

斜線表示「至；到」（through）的意思時，通常只用於連接兩個連續的時間段（儘管這種情況專業出版較常使用連字號）。

In 1996/97, the economy improved.
經濟在 1996 至 1997 年間有所好轉。

16-2 斜線用於網址、日期和電話號碼

很多網址帶有斜線，寫作時要注意網址內的斜線是常規的正斜線（/），還是方向相反的反斜線（\）。

某些編排格式會用斜線表示日期：10/22/99，極少數情況會用來表示電話號碼：626/555-1212。在出版業，唯有內部體例有特別指示才可以使用這種用法。

⑰

列舉（Lists）

正文中的列舉項目可以位於段落中作為句子的一部分，也可以採用大綱形式位於段落之外，此時列舉項目仍然是句子的一部分，還可以逐項另起一段，以項目符號、破折號、字母或數字開頭。書籍、新聞及科學格式對於列舉項目的標點方式有明確的規範，學術寫作者也可以參考這些格式的作法。

17-1 行文中的列舉項目

大部分的列舉項目會整合在句子中，由逗號或分號將個別項目隔開：We'll have pepperoni, onions, and mushrooms.（我們要義式臘腸、洋蔥和蘑菇）。然而如果寫作者想要強調這些項目，或強調項目之間的層級或時序關係，可以用下列方式在項目前加上數字或字母作為編號。

Ⓑ 書籍格式允許寫作者使用數字或字母，並以括號標示。如果使用小寫字母，可以保留正體或採用斜體。

We will examine, in detail, (a) the weaponry and battle tactics of the

Civil War era, (b) the economy of the South and how it affected the war, and (c) Lincoln's most notable public addresses.

We will examine, in detail, (1) the weaponry and battle tactics of the Civil War era, (2) the economy of the South and how it affected the war, and (3) Lincoln's most notable public addresses.

我們會詳細研究（一）內戰時期的武器和戰術（二）南方經濟及其對戰爭之影響（三）林肯最著名的公開演講。

Ⓑ 如果引導列舉項目的文字是一個完整句子，句子後面要用冒號。如果列舉項目是完成句子不可缺的一部分，就不能用冒號。至於列舉的項目在行文中要用逗號還是分號區隔，遵照該標點符號的基本規即可。

He has several priorities: (a) to get a job, (b) to lose weight, and (c) to improve his social life.
他有幾個優先事項要做：（一）找工作（二）減重（三）改善社交生活。

He wants (a) to get a job, (b) to lose weight, and (c) to improve his social life.
他想要（一）找工作（二）減重（三）改善社交生活。

Ⓢ 科學格式只在括號裡放字母，不放數字。

He wants (a) to get a job, (b) to lose weight, and (c) to improve his social life.

17-2 與前段分開的列舉項目

編排上與前面文字分開的列舉項目，文法上可能屬於該句子的一部分，也可能不屬於。

屬於前面句子一部分的列舉項目

Ⓑ 如果列舉項目在文法上屬於句子的一部分，可以分段條列，採用大綱的形式編排。除了最後一項以句號結尾，其餘項目皆以分號結尾。項目的開頭可以是字母、數字、破折號或項目符號。

> *The ideal candidate is characterized by*
>
> • *an exemplary employment history, verified by references;*
>
> • *a clear desire to advance within the organization;*
>
> • *superb verbal and written communication skills.*
>
> 理想的應徵者應具備
> • 出色的工作經歷，須附推薦人以資證明；
> • 想在公司內取得晉升的明確意願；
> • 優異的口語和書面溝通技巧。

+ 屬於句子一部分的列舉項目如果只是一個簡單的列表，專家小組多數不遵循格式規定，選擇在每一項的結尾不加標點符號。

> *The ideal candidate is characterized by*
>
> • *an exemplary employment history*
>
> • *a clear desire to advance within the organization*
>
> • *superb verbal and written communication skills*

理想的應徵者應具備
- 出色的工作經歷
- 想在公司內取得晉升的明確意願
- 優異的口語和書面溝通技巧

不屬於前面句子一部分的列舉項目

如果列舉項目在文法上不屬於前面句子的一部分，包含項目本身是完整句子的情況，可以數字、字母、破折號或項目符號開頭，各格式的規定不同。

Ⓑ 如果列舉項目不需要併入前面句子，書籍寫作者可選擇以數字、字母或項目符號作為開頭。引導文字如果是一個完整句子，後面要用冒號：

We will need a variety of office supplies:

- *pens*

- *paper*

- *staplers*

我們會需要各種辦公用品：
- 筆
- 紙
- 釘書機

如果寫作者選擇在直式條列中採用數字編號，書籍格式要求在數字後面加句號（不用括號），且第一個字母要大寫。

We will need three key office supplies:

1. Pens

2. Paper

3. Staplers

我們會需要三樣辦公必備用品：
一、筆
二、紙
三、釘書機

在書籍格式中，如果條列項目是完整句子，每一項都該有自己的結尾標點符號（通常是句號，但也可能是問號或驚嘆號）。

Researchers reported similar outcomes:

* *Study participants all complained of headaches.*

* *Approximately 50 percent of participants became jaundiced.*

* *All negative side effects abated after treatments stopped.*

研究人員報告了類似結果：
● 受試者均表示頭痛。
● 約一半的受試者出現黃疸症狀。
● 停止治療後，所有不良副作用都有所減輕。

Ⓝ 新聞格式中，直式條列應以長破折號開頭，並在結尾加句號。

The judge was most heavily influenced by the following factors:

—*The defendant had shown no remorse.*

—*Witnesses for the defense were unable to corroborate the alibi.*

—*The defendant was a repeat offender.*

法官主要受下列因素影響：
─被告毫無悔意。
─被告的證人們無法證實其不在場證明。
─被告乃為累犯。

✚ 在上述例句中，標點符號專家小組多數表示他們不會在破折號後加空格。

⑱

數字和地址
（Numbers and Addresses）

數字該怎麼寫並沒有一套正確的系統規範。格式手冊中提供了一些規則，說明何時該採用英文拼寫、何時該採用阿拉伯數字，以及如何書寫日期、地址和電話號碼等類似資訊。但它只是為了確保一致性和易讀性，不代表正確性。

18-1 數字 vs. 英文拼寫

第 200–204 頁的表格重點說明了各格式在正文中如何決定使用數字或英文拼寫，而圖表或圖形等視覺元素則不盡然受限於這些規則，通常為了節省空間會大量使用數字。空白欄位表示該格式並未提供明確指示，可以套用基本通則。

18-2 日期

以下是主要寫作和編輯格式所建議的日期寫法，目的是在行文中幫助閱讀和促進句子的流暢度。

以英文拼寫出來 vs. 全數字

ⒷⓃⒶ 行文中的日期通常要寫出來，其中月分寫成英文單字，不會使用全數字搭配斜線或連字號的格式。

> 偏好：*May 14, 1988*
>
> 不建議：*5/14/88*
>
> 不建議：*5-14-88*

然而在表格、資訊欄位或其他空間有限的圖形元素中，寫作者可以選擇全數字的格式。

以逗號分隔年分

以「月－日－年」格式書寫的日期，要用逗號將年分隔開。寫作很常犯的錯誤是少寫了第二個逗號。

> 對：*The meeting scheduled for June 20, 2015, has been canceled.*
>
> 錯：*The meeting scheduled for June 20, 2015 has been canceled.*
>
> 原定於 2015 年 6 月 20 日舉行的會議已被取消。

然而如果日期位於句尾就不用第二個逗號，可改為句號、問號或驚嘆號。如果日期後接分號，也不需要第二個逗號。

> *The meeting was scheduled for June 20, 2015.*
> 這場會議定於 2015 年 6 月 20 日舉行。
>
> *Can we reschedule for June 27, 2015?*
> 我們可以改期到 2015 年 6 月 27 日嗎？

Alternate dates include June 27, 2015; July 7, 2015; and July 11, 2015.
可選的日期有 2015 年 6 月 27 日、2015 年 7 月 7 日和 2015 年 7 月 11 日。

當日期和星期並用時，必須用逗號將星期和日期隔開。星期不可使用縮寫，除非有空間限制，例如用於表格。

The meeting is scheduled for Tuesday, October 20, 2015.
這場會議定於 2015 年 10 月 20 日星期二舉行。

如果只有月跟年，不需要用逗號區隔年分。

The October 2015 meeting has been canceled.
2015 年 10 月的會議已被取消。

數字 vs. 拼寫		
小於十的數字： **一般規則**	採用拼寫：five visitors（五名訪客）	**B N S A**
	非技術領域：一個字或兩個字的數字採用拼寫：eight teachers（八名教師）、115 students（一百一十五名學生）	**A**
	技術領域：數據和測量值使用數字：specimens measuring 8 centimeters or larger（八公分以上的樣本）	
大於十的數字： **一般規則**	小於一百一律採用拼寫：eighty-seven visitors（八十七名訪客）	**B**
	大於一百多半使用數字，約整數除外：They counted 487 men.（他們數了四百八十七位男人）、The building can hold two thousand people.（那棟建築能容納兩千人）	
	（約整數〔round number〕是整十、整百、整千等以零結尾的整數，廣義可包含以五結尾的整數，目的是為了湊整數好記）	

	使用數字：11 visitors（十一名訪客）	Ⓝ Ⓢ
	同小於十的數字：eleven visitors（十一名訪客）	Ⓐ
為了一致性可忽略一般規則	可：hosts groups of anywhere from 8 to 256（接待八到二百五十六人的團體）	Ⓑ
	不可：sleeps eight to 12（從八點睡到十二點）	Ⓝ
	可：sleeps 8 to 12	Ⓐ
百萬（million）十億（billion）兆（trillion）	通常採用拼寫：They served two million customers.（他們服務了兩百萬名顧客）	Ⓑ
	通常使用數字加這些單字，除非是非正式用法：They served 2 million customers.、I wish I had a million bucks.（要是我有一百萬就好了）	Ⓝ
	（非強制性）使用數字加單字：4.5 million（四百五十萬）	Ⓐ
數字位於句首	位於句首的數字一律採用拼寫：Nineteen seventy-six was a good year.（一九七六年是美好的一年）	Ⓑ Ⓢ Ⓐ
	位於句首的數字一律採用拼寫，年分除外：Eleven visitors came.（來了十一名訪客）、1976 was a good year.	Ⓝ
年齡	使用數字：Her son is 5.（她兒子五歲）	Ⓝ Ⓢ
測量值	非技術領域套用一般規則：He is five feet, nine inches tall.（他身高五英尺九英寸）、It weighs eighty pounds.（它八十磅重） 但單位縮寫或單位符號前必須使用數字：5 cm（五公分）。	Ⓑ

	使用數字，度量單位要完整拼寫出來：5 centimeters、He is 5 feet 9 inches tall. 表示重量時一律使用數字。	Ⓝ
	使用數字：5 centimeters、5 cm	Ⓢ
	單位縮寫或單位符號前必須使用數字：5 cm.、2 ft.（兩英尺） 行文中可以採用拼寫：five centimeters、two feet	Ⓐ
英里	遵循一般規則：大部分的約整數、一百、小於一百的數字採用拼寫：He drove eighty-five miles.（他開車開了八十五英里）	Ⓑ
	速度和尺寸使用數字：4 miles per hour（每小時四英里）、a 2-mile-long mountain range（兩英里長的山脈） 距離不到十採用拼寫：He drove two miles.（他開車開了兩英里）	Ⓝ
小數	通常使用數字：8.7	Ⓑ
	使用數字：8.7	ⓃⒶ
分數	小於一的簡分數採用拼寫並加連字號：nine-tenths（十分之九） （簡分數 simple fraction 指分子分母皆為整數的分數） 大於一的分數可以使用數字或拼寫：one and two-thirds、1⅔（一又三分之二）	Ⓑ
	小於一的分數採用拼寫並加連字號：nine-tenths（十分之九） 大於一的分數使用數字：2⅘ leagues（二又五分之四里格）	Ⓝ
	簡分數採用拼寫（除非作形容詞，否則不加連字號）：nine tenths（十分之九）	Ⓢ

百分比	通常使用數字和單字 percent：The bond pays 5 percent.（該債券支付百分之五的利息）。 科學領域的內容可使用百分號（%）。	Ⓑ
	使用數字和單字 percent：5 percent	Ⓝ
	使用數字和百分號：5%	Ⓢ
	通常使用數字和百分號：5% 行文中可採用拼寫：five percent	Ⓐ
日期	使用數字（僅限基數），月分要用拼寫： May 3（五月三日）（不可寫為 May 3rd）	ⒷⓃⓈⒶ
年分	使用數字，除非位於句首。	ⒷⒶ
	使用數字，包含位於句首。	Ⓝ
年代	可以採用拼寫：the nineties（九〇年代） 也可以使用數字：the '90s、the 1990s	Ⓑ
	使用數字：the 1990s、the '90s.	ⓃⓈ
	通常採用拼寫：the nineties 也可以使用數字：the '90s、the 1990s	Ⓐ
世紀	採用拼寫：twentieth century（二十世紀）	ⒷⒶ
	小於十才用拼寫：the first century（第一世紀）、the 21st century（二十一世紀）	Ⓝ
錢	小於一百的約整數通常採用拼寫：fare was forty-five dollars（車資是四十五美元） 數字加美元或美分符號的格式可斟酌使用。	Ⓑ
	使用數字加美元符號，或數字加單字 cents：$20（二十美元）、5 cents（五美分） 非正式用法數字可以採用拼寫：A soda costs five bucks!（一罐汽水要五塊錢！）	Ⓝ

	使用數字：$20	Ⓢ
	通常使用數字和美元符號：$20 行文中可採用拼寫：twenty dollars	Ⓐ
時間	行文中通常採用拼寫：We left at three o'clock.（我們三點鐘時離開）、Dinner is at six thirty.（晚餐時間是六點三十分）	Ⓑ
	除了 noon（正午）和 midnight（午夜），其餘使用數字。	Ⓝ
	使用數字。	ⓈⒶ
比例	使用數字或拼寫：2:1、a two-to-one ratio（二比一）	ⒷⓈ
	使用數字並加連字號：2-to-1、a 2-1 ratio（二比一）	Ⓝ
連續數字	交替使用數字和英文單字：five 4-person families（五組四人家庭） 但如果一個是基數一個是序數，就不需要交替使用：the first three guests（前三位客人）	Ⓢ
得分	體育比賽的得分使用數字。	Ⓝ
	使用數字：The team scored 2 points.（這隊得了兩分）、The student scored 4 on a 5-point scale.（這位學生滿分五分得了四分）	Ⓢ
統計或數學函數	使用數字：It was the usual yield times 5.（這是平常產量的五倍）	Ⓢ

月、日的順序

專業出版偏好「月－日－年」的日期格式（October 20, 2015）。

ⒷⒶ 然而，學術格式允許使用「日－月－年」的格式（20 October 2015）。書籍格式某些情況下也允許使用「日－月－年」的格式，例如表格。

月分採用縮寫 vs. 拼寫

Ⓑ 如果是完整日期，書籍格式偏好行文中不縮寫月分。（然而若空間有限，還是允許使用 Jan.、Feb.、Mar.、Apr.、Aug.、Sept.、Oct.、Nov.、Dec.，但 May、June、July 不可縮寫）

Ⓝ 新聞格式使用縮寫 Jan.、Feb.、Aug.、Sept.、Oct.、Nov.、Dec. 作為日期的一部分，但 March、April、May、June、July 不可縮寫。

ⒷⓃⓈⒶ 當月和年單獨使用，沒有和特定日期一起書寫時，不要用逗號將月和年分開，月分也不使用縮寫。

> **Ⓑ** *January 14, 1970*（1970 年 1 月 14 日）
> **Ⓝ** *Jan. 14, 1970*（1970 年 1 月 14 日）
> **ⒷⓃⓈⒶ** *January 1970*（1970 年 1 月）

年代

🅑🅝 年代的 s 前面不加撇號。

> 對：*1980s*（八〇年代）

> 錯：*1980's*

然而如果有數字被省略，就必須以撇號代替。

> *The band was popular in the '70s and '80s.*
> 這個樂團在七〇和八〇年代很紅。

不偏好使用序數

就日期的書寫方面，主要編輯格式都不鼓勵使用序數，像是 first、third、sixth、1st、3rd、6th、23rd 等等，建議使用基數。

> 偏好：*He was born on Sept. 3.* 他出生於 9 月 3 日。

> 不建議：*He was born on Sept. 3rd.*

18-3 一天中的時間

🅑 在書籍格式中，整點、半點、十五分的時間在行文中採用拼寫。搭配 o'clock 的整點一律採用拼寫。

> *He didn't wake up until eleven thirty.*
> 他睡到 11 點半才醒。

> *We left the hotel at four fifteen.*
> 我們 4 點 15 分時離開飯店。

That show doesn't come on till eight o'clock.
那個節目要到八點才會播出。

Lunch will be served at noon.
午餐將於中午 12 點供應。

如果時間中含有 a.m.（上午）和 p.m.（下午），書籍格式偏好使用小寫，但允許寫作者使用大寫，句號可加可不加。

> 建議：*8 a.m.* 上午八點
>
> 允許：*8 AM*
>
> 允許：*8 A.M.*

若要強調精確的時間，書籍格式允許在整點後面加 :00，否則不一定要使用。

Ⓝ 新聞格式偏好使用數字搭配小寫的 a.m. 和 p.m.，不鼓勵在時間後面加 :00。

> 對：*8 a.m.*
>
> 錯：*8:00 a.m.*
>
> 錯：*8:00 AM*

在對話中，時間只能採用拼寫："I can't believe we have to wait till nine for dinner."（真不敢相信我們得等到九點才能吃晚餐）。

新聞格式很少使用 o'clock，如果要使用，前面通常要用數字。

> *4 o'clock* 四點

18-4 地址

地址中的 Street（街）或 Avenue（大道）要不要使用縮寫，州名要不要使用兩個字母的郵政縮寫形式，諸如此類的問題都屬於格式問題，格式上的選擇主要會有美觀及全文統一的考量。各格式的規定如下。

門牌號碼

建築號碼（門牌號碼）通常以阿拉伯數字表示（1 Main St. 主街 1 號）。

Ⓑ 在行文中，如果可以幫助理解、保持文字流動性，書籍格式允許寫作者將詞語拼寫出來，包括數字在內。

Street、Avenue 等字的縮寫

Street（街）、Avenue（大道）和 Boulevard（大道）和門牌號碼一起書寫時，要用縮寫 St.、Ave. 和 Blvd.。街道名稱如果單獨出現，沒有搭配門牌號碼，就要使用英文拼寫。

Ⓝ 在新聞格式中，屬於街道名稱的其他用語，例如：Circle（圓環）、Lane（巷）、Road（路）、Terrace（臺），無論何種情況都要拼寫出來。

Ⓑ 書籍格式也會使用以下縮寫：Ct.（Court 小街）、Dr.（Drive 車道）、Expy.（Expressway 高速公路）、Hwy.（Highway 公路）、

Ln.（Lane 巷）、Pkwy.（Parkway 公園大道）、Pl.（Place 小街）、
Ter.（Terrace 臺）。

以數字命名的街道名稱

以數字命名的街道名稱寫為序數：102nd Street（102 街）、
125th Avenue（125 大道）。

🅑 在書籍格式中，小於 100 的街道名可以使用拼寫：Ninety-
First Street（91 街）、Sixty-Sixth Avenue（66 大道）。

🅝 在新聞格式中，小於 10 的街道名要用拼寫：First Street（第
一街）、Sixth Avenue（第六大道）。

方位

地址中的方位，一個字母的要加句號，兩個字母的不加：
123 S. Main St.（南主街 123 號）、123 SE Main St.（東南主街
123 號）。如果街名單獨使用，沒有搭配門牌號碼，就要把方位
拼寫出來：111 E. Elm St.（東榆樹街 111 號）、He lives on East
Elm Street.（他住在東榆樹街）。如果方位本身構成街道名稱，
一律要用拼寫：She lives on East Boulevard.（她住在東方大道）。

州名縮寫

🅑 書籍格式偏好使用兩個字母的郵政代碼：CA（加州）、NH
（新罕布夏州）、WA（華盛頓州）、VA（維吉尼亞州）、MO（密

蘇里州）。

N 新聞格式使用傳統州名縮寫：Calif.（加州）、N.H.（新罕布夏州）、Wash.（華盛頓州）、Va.（維吉尼亞州）、Mo.（密蘇里州）。但有八州一律採用拼寫：Alaska（阿拉斯加州）、Hawaii（夏威夷州）、Idaho（愛達荷州）、Iowa（愛荷華州）、Maine（緬因州）、Ohio（俄亥俄州）、Texas（德克薩斯州）、Utah（猶他州）。

城市名後面要加逗號，州名和郵遞區號之間不加逗號。

122 Third St., Juneau, Alaska 99801
99801 阿拉斯加州朱諾第三街 122 號

郵政信箱

B 書籍格式不加句號：PO Box

N 新聞格式要加句號：P.O. Box

以下舉例說明正確的地址寫法：

B *123 E. Maple Ct., Shreveport, LA 71101*

N *123 E. Maple Court, Shreveport, La. 71101*
71101 路易斯安那州雪薇波特東楓樹小街 123 號

B *Two Thirty-Third St., Juneau, AK 99801*

B *2 Thirty-Third St., Juneau, AK 99801*

N *2 33rd St. Juneau, Alaska 99801*
99801 阿拉斯加州朱諾 33 街 2 號

Ⓑ Ⓝ *888 123rd Ave.*
123 大道 888 號

Ⓑ *123 Maple Ln. SE, Santa Fe, NM*

Ⓝ *123 Maple Lane SE, Santa Fe, N.M.*
新墨西哥州聖塔菲東南楓樹巷 123 號

Ⓑ Ⓝ *The office is on East Orange Boulevard.*
辦公室位於東橘子大道。

Ⓑ Ⓝ *The office is at 123 E. Orange Blvd.*
辦公室位於東橘子大道 123 號。

18-5 電話號碼

許多出版社都有自己的電話號碼格式規範，有的使用句號將數字分組：310.555.1212，有的使用斜線加連字號：310/555-1212。極常見的方式是用括號標示區碼：(310) 555-1212。

然而書籍和新聞格式都採用連字號（見下面說明）。寫作者和編輯可以按照出版社的內部格式規定書寫，但要謹記全文或全書統一。

Ⓑ Ⓝ 書籍和新聞格式建議使用連字號區分電話號碼中的元素。書籍格式允許在免費服務電話前加一個 1，但是新聞格式不允許。書籍格式也允許用括號標示區碼（含或不含 1）。

Ⓑ Ⓝ *310-555-0123*

Ⓑ Ⓝ *800-555-1212*

Ⓑ *1-800-555-1212*

Ⓑ *(1-800) 555-1212*

Ⓑ Ⓝ *011-44-20-2222-5555*

18-6 電子郵件地址和網址

寫作者在書寫電子郵件地址和網址時經常碰到一些問題。

e-mail 要不要加連字號

Ⓑ Ⓐ 書籍和學術格式偏好有連字號的形式：e-mail。

Ⓝ 新聞格式使用無連字號的形式：email。

然而針對這個問題，個別出版社經常採用自己的格式規定。

電子郵件地址的換行

為了避免混淆，盡量不要讓一行文字斷在電子郵件地址中間。如果無可避免，不要插入連字號或其他標點符號來標示換行。

網址的寫法

書寫網址時，寫作者或編輯可以自行決定要不要加 http:// 或 https:// 以及類似符號，甚至可以決定要不要加 www。無論選擇哪種格式，務必保持全文或全書統一。

網址的換行

ⒷⓃⒶ 書籍、新聞和學術格式都明確規定，一行文字如果斷在網址中間，不可插入連字號。

> *For more information about the study, visit www.nutritionstudy*
>
> *.glucoselevelsinsmallmammals.edu/februrary4results.*
>
> 更多關於本研究的資訊請見 *www.nutritionstudy*
>
> *.glucoselevelsinsmallmammals.edu/februrary4results.*

網址後的標點符號

ⒷⓃⒶ 在書籍、新聞和學術格式中，結尾標點符號（如上例中的句號）可以緊接在網址之後。

Ⓢ 在科學格式中，句號不能緊接在網址之後。遇到這種情況時，科學類的寫作人士必須改寫句子使網址不位於句尾，或改以括號標示網址。

Part II

標點符號 A to Z

本表所羅列的用語以三大格式之偏好為主，包含書籍格式**B**和新聞格式**N**，並盡可能納入科學格式**S**。這些用法的依據來自主要格式手冊及其參考字典（新聞格式的參考字典是《韋氏新世界大學辭典》，書籍和科學格式是《韋氏大學辭典》）。由於學術格式並沒有針對標點問題指定參考字典，因此本單元很多條目不放學術格式**A**的用法。學術寫作人士如果在本單元中查不到某個詞語的說明，可以查閱自選的字典，如果字典也沒有收錄，可以考慮採用書籍格式**B**。如果規則並不明確，部分條目會加入標點符號專家小組的意見，以**+**標示。

沒有標示任何格式符號的條目，表示該規則不是以編輯格式做為依據，而是普遍遵循的用法，或是專有名稱及慣用體例。寫作者如果沒有特定的格式須要遵循，那商務寫作和網站、部落格等非正式交流寫作可以參考新聞格式；深度寫作及文學創作可以參考書籍格式；科學類型寫作可以參考科學格式。

各格式偏好用法不必然是寫作者的唯一選擇。如果此所列的用法看起來不太自然或不好閱讀，且字典允許其他用法，寫作者也可採用其他格式，但須謹記全文或全書的體例須保持一致。

注意：以阿拉伯數字呈現的用語如 3-D 和 9/11，在表中會依其英文拼寫作為字母排序，因此 3-D 會列在字母 T，9/11 會列在字母 N，以此類推。同一條目中的各格式用法依書籍**B**、新聞**N**、科學**S**、學術**A**的順序排列。

AA　Alcoholics Anonymous（戒酒無名會）的縮寫		Ⓑ Ⓝ Ⓢ Ⓐ
AAA　American Automobile Association（美國汽車協會）的縮寫		Ⓑ Ⓝ Ⓢ Ⓐ
ABCs（全字母）		Ⓑ Ⓝ
A-bomb　atom bomb（原子彈）的縮寫		Ⓑ Ⓝ Ⓢ
AC, A/C, a/c	代表下列詞語的縮寫時，使用大寫，不加句號或斜線：air-conditioning（空調）、alternating current（交流電）、ante Christum（基督前）、area code（區域碼）、athletic club（運動俱樂部）	Ⓑ Ⓢ
	代表 air conditioning 或 alternating current 時，新聞格式偏好大寫，不加斜線或句號，但也允許使用斜線。alternating current 也可以使用小寫加斜線。	Ⓝ
AC/DC	alternating current/direct current（交流電／直流電）的縮寫，也代表雙性戀。	Ⓑ Ⓝ Ⓢ
	代表搖滾樂團名稱時，有斜線且無句號。	Ⓝ

A.C.E., ACE　American Cinema Editors（美國影視剪輯師協會）的縮寫。該協會在電影工作人員名單的名字後面使用有句號的 A.C.E. 形式，和編輯格式要求不加句號的規定相違背，寫作者必須根據情況選擇適合的寫法。

行文中要以逗號和前後文分隔：John Doe, ACE, was among the credited editors.（某甲，美國影視剪輯師協會，是列名的剪輯師之一）

-ache	構成複合詞不加連字號：toothache（牙痛）、stomachache（胃痛）、headache（頭痛）	Ⓑ
	出版業的參考字典將 ache 列為單字而非字尾。因此如果是字典裡沒有的複合詞，寫作者可以採用分寫形式或連字號形式：an elbow ache、an elbow-ache（手肘痛）（另見 p.156〈複合名詞〉）	Ⓑ Ⓝ Ⓢ Ⓐ
Achilles' heel（致命弱點）		Ⓑ Ⓝ Ⓢ
Achilles tendon（阿基里斯腱）		Ⓑ Ⓝ Ⓢ
AD（西元）		Ⓑ Ⓢ Ⓐ

A.D.		Ⓝ
	科學格式存在自相矛盾的縮寫規定，一方面規定拉丁文的縮寫必須加句號，如：e.g.（例如）、i.e.（即），一方面規定大寫的縮寫不加句號，如：IQ（智商）。因此在科學格式中會出現 BC（西元前）不加句號，由拉丁文衍生而來的 AD（西元）卻可能加句號也可能不加，端看個人以哪條規則去解釋。科學類文章的寫作者可以選擇都不加句號的寫法，BC 和 AD，如此便能保持一致。	Ⓢ
ad-lib, ad lib 表示「即興演出」時，無論何種形式都要加連字號。罕見的副詞形式代表拉丁文「隨意」之意時，不加連字號。		ⒷⓃⓈ

adverbs 副詞的連字用法 以 ly 結尾的副詞構成複合修飾語時，不加連字號：a happily married couple（婚姻美滿的夫妻）。非 ly 結尾的副詞可能加連字號也可能不加，要依照格式規定，以及某種程度上仰賴寫作者自行判斷：a well-loved story（深受喜愛的故事）。

（請見第十一章關於副詞的連字說明；請見附錄 B 更多關於副詞的說明）

A-frame（A 型框架；A 字形房屋）	ⒷⓃⓈ
African American (n., adj.)	ⒷⓃⓈ
a famous African American（知名的非裔美國人）	
an African American community（非裔美國人社區）	
afterbirth (n.), **after birth** (adv.)　(n.) 胞衣 (adv.) 出生後	ⒷⓃⓈ
aftercare（病後調養；安置）	ⒷⓃⓈ
aftereffect（後果；餘波；後遺症）	ⒷⓃⓈ
afterglow（夕照；餘暉）	ⒷⓃⓈ
after-hours (adj.), **after hours** (adv.)（下課後；下班後；超過營業／規定時間）	ⒷⓃⓈ
afterlife（來世）	ⒷⓃⓈ
after-party (n.)（續攤派對）	ⒷⓃⓈ
aftershave（鬍後水）	ⒷⓈ
after-shave	Ⓝ
aftershock（餘震）	ⒷⓃⓈ
aftertaste（回味；餘韻）	ⒷⓃⓈ

詞條	來源
after-tax, after tax (adj.) （稅後）作形容詞放在名詞前時，要加連字號。若放在名詞後，只有對閱讀理解有幫助才加連字號。	Ⓑ
after-tax 作形容詞要加連字號：his after-tax earnings （他的稅後收入）	ⓃⓈ
age-group （年齡層）	ⒷⓈ
age group	Ⓝ
age-old, age old (adj.) （古老的；由來已久的）作形容詞放在名詞前時，要加連字號。若放在名詞後，只有對閱讀理解有幫助才加連字號。	Ⓑ
age-old (adj.) 作形容詞要加連字號	ⓃⓈ
AIDS acquired immunodeficiency syndrome （後天免疫缺乏症候群）的首字母合成詞	ⒷⓃⓈ
ain't （不是；沒有）	ⒷⓃⓈⒶ
air bag （安全氣囊）	ⒷⓃⓈ
airborne （空中的；空氣傳播的）	ⒷⓃⓈ
air-condition (v.), **air-conditioned** (v., adj.) We should air-condition this room. （我們該給這個房間裝空調） The meeting was held in an air-conditioned room. （會議在一個有空調的房間內舉行）	ⒷⓃⓈ
air conditioner （空調）	ⒷⓃⓈ
air-conditioning (n.) The car has air-conditioning. （車內有空調）	ⒷⓈ
air conditioning (n.) The car has air conditioning.	Ⓝ
airfare （機票價格）	ⒷⓃⓈ
airhead, airheaded （笨蛋；沒腦子的人）（愚蠢的；沒腦子的）	ⒷⓃⓈ
air strike （空襲）	ⒷⓈ
airstrike	Ⓝ
airtight （密封；無懈可擊）	ⒷⓃⓈ
a.k.a. also known as （又稱為）的縮寫	Ⓑ
aka	ⓃⓈ

al　al 是阿拉伯文的定冠詞，與後面單字必須以連字號連接：al-Qaida（蓋達組織）、al-Shabab（青年黨）	ⒷⓃ
à la carte（單點）	ⒷⓈ
a la carte	Ⓝ
à la mode（時髦）	ⒷⓈ
a la mode	Ⓝ
A-line（A 字形的）	ⒷⓃⓈ
A-list（頂級的；要員名單）	ⒷⓃⓈ
Al-Jazeera （半島電視臺英語頻道，總部位於卡達首都多哈的國際電視媒體）	
all-around (adj.)**, all around** (adv.) He was an all-around good guy.（他是個十足的好人） He ordered drinks all around.（他請在座的所有人喝酒）	ⒷⓈ
all-around (adj., adv.) He was an all-around good guy. He ordered drinks all-around.	Ⓝ
all get-out（極度）	ⒷⓃⓈ
All Hallows' Eve（萬聖夜）	ⒷⓈ
all or nothing (n.) He could have all or nothing. （他可以全拿，也可能什麼都得不到） 如果作形容詞，則套用複合修飾語的標準連字規則。一般而言，放在名詞前要加連字號：an all-or-nothing proposition（一個非全即無的提議）	ⒷⓃⓈⒶ
all-out (adj.)**, all out** (adv.)　(adj.) 全面的 (adv.) 全力以赴	ⒷⓃⓈ
allover (adj.)**, all over** (adv.)　(adj.) 布滿的；全面的 (adv.) 到處；渾身	ⒷⓃⓈ
all-powerful（全能的；最強大的）	ⒷⓃⓈ
all-purpose（萬用的；多功能的）	ⒷⓃⓈ
all right (adj., adv.)　(adj.) 良好的；沒事的 (adv.) 很好；順利 出版業偏好使用兩個字的 all right，較不使用 alright。	ⒷⓃⓈ
All Saints' Day（諸聖節）	ⒷⓃⓈ

all-star (n., adj.) （全明星）		ⒷⓃⓈ
all time (n.)**, all-time** (adj.)　(n.) 所有時間 (adj.) 空前的；有史以來；一直以來		ⒷⓃⓈ
alma mater （母校）		ⒷⓃⓈ
al-Qaeda, al-Qaida （蓋達組織）書籍格式偏好使用 al-Qaeda 的拼寫，但允許使用 al-Qaida。新聞格式必須拼寫為 al-Qaida。		ⒷⓃ
already	作為複合形容詞的一部分且用於名詞前時，要加連字號：an already-forgotten incident（已被遺忘的事件）	ⒷⓃⓈⒶ
	位於名詞後不加連字號：The incident is already forgotten. （那個事件已被遺忘）	ⒷⓃⓈⒶ
also 的逗號用法　主要編輯格式均未明確規定 also 要不要用逗號分隔。下列句中的 also 要不要加逗號，專家小組意見分歧：He wrote "Love Story," also./He wrote "Love Story" also. （他還寫過《愛情故事》）		✚
also-ran (n.) （落選者；失敗者）		ⒷⓃⓈ
Alzheimer's disease, Alzheimer's （阿茲海默症）		ⒷⓃⓈ
a.m.　ante meridiem 的縮寫，表示「上午」。所有主要格式都偏好小寫加句號的寫法。圖書出版業有時也會使用小型大寫字，句號可有可無。		ⒷⓃⓈⒶ
AM　amplitude modulation （調幅）的縮寫，是一種無線電廣播系統。		ⒷⓃ
American Indian （美國印第安人）		ⒷⓃⓈ
amuse-bouche （開胃菜）		ⒷⓃⓈ
and 的逗號用法	對等連接詞 and 前面要不要加逗號，要根據 and 在句中的作用以及寫作者所遵循的編輯格式而定。（更多說明請見第二章）	
	and 若連接兩個完整子句，前面通常要加逗號。如果子句很短且關係密切，也可以省略逗號。	ⒷⓃⓈⒶ
	在一系列的列舉項目中，例如：red, white, and blue （紅、白、藍），and 前面要加逗號，這種逗號又稱為系列逗號 （serial comma）或牛津逗號 （Oxford comma）。	ⒷⓈⒶ
	在一系列的列舉項目中，and 前面不加逗號：red, white and blue	Ⓝ

and so forth, and the like　and so forth（等等）和 and the like（等等）等類似詞語通常要用逗號分隔（前後都要有逗號，若位於句尾則後面不加逗號）：Bedding, linens, and the like, can be purchased upstairs.（寢具、床單等等可以在樓上購買）		Ⓑ
anti-	套用字首的標準連字規則。一般而言不加連字號，除非後接大寫字母（anti-American 反美），或後接字母 i（anti-inflation 抗通膨），或重複字首（anti-antihistamine 反抗組織胺藥），或後面的複合詞本身已經有連字號（anti-money-making 反賺錢）。	ⒷⓃⓈⒶ
	在新聞格式中，下列用語也要加連字號：anti-abortion（反墮胎）、anti-aircraft（防空）、anti-bias（反偏見）、anti-labor（反勞工）、anti-social（反社會）、anti-war（反戰）	Ⓝ
antiabortion（反墮胎）		ⒷⓈⒶ
anti-abortion		Ⓝ
antiaircraft（防空）		ⒷⓈⒶ
anti-aircraft		Ⓝ
antibias（反偏見）		ⒷⓈⒶ
anti-bias		Ⓝ
antibiotic（抗生素）		ⒷⓃⓈⒶ
Antichrist, anti-Christ　Antichrist（敵基督）是聖經裡的人物，anti-Christ 則表示「反對基督」。		ⒷⓃⓈⒶ
anticlimax（掃興的結局）		ⒷⓃⓈⒶ
antidepressant（抗憂鬱；抗憂鬱藥）		ⒷⓃⓈⒶ
antifreeze（防凍；防凍劑）		ⒷⓃⓈⒶ
antigen（抗原）		ⒷⓃⓈⒶ
antihistamine（抗組織胺藥）		ⒷⓃⓈⒶ
anti-inflation（抗通膨）		ⒷⓃⓈⒶ
antilock（防鎖死）		ⒷⓈⒶ
anti-lock		Ⓝ
antimatter（反物質）		ⒷⓃⓈⒶ
antioxidant（抗氧化劑）		ⒷⓃⓈⒶ

antipasto（前菜）	ⒷⓃⓈⒶ
antiperspirant（止汗劑）	ⒷⓃⓈⒶ
antipsychotic（抗精神病的；抗精神病藥）	ⒷⓃⓈⒶ
antisemitism（反猶太主義）	Ⓝ
anti-Semitism	ⒷⓈⒶ
antiseptic（抗菌的；防腐的；抗菌劑）	ⒷⓃⓈⒶ
antisocial（反社會）	ⒷⓈⒶ
anti-social	Ⓝ
antitrust（反托拉斯的；反壟斷的）	ⒷⓃⓈⒶ
anyone else's（其他人的）此為所有格，不可寫為 anyone's else 或 anyone elses'。	ⒷⓃⓈⒶ
A-OK（極好的；完美的）	ⒷⓃⓈ
A&P 雜貨商名稱，The Great Atlantic & Pacific Tea Company（大西洋與太平洋茶葉公司）的縮寫，該公司已結束營業。	
appearance' sake（做做樣子；表面功夫）	Ⓝ
appearance's sake	Ⓑ
appositive 同位語的逗號用法 用來重述其他詞語的單字或片語要以逗號分隔：The executive, a great leader, will speak.（主管，一位優秀的領導者，將會發言）（更多說明請見第二章）	
April Fools' Day（愚人節）	ⒷⓃⓈⒶ
area 的連字用法 構成複合名詞不加連字號：They live in the Chicago area.（他們住在芝加哥地區）。構成複合形容詞通常加連字號：two D.C.-area couples（兩對華盛頓特區的夫婦）。	ⒷⓃⓈⒶ
arm-in-arm (adj.) an arm-in-arm stroll（手挽著手散步）	ⒷⓃⓈⒶ
arm in arm (adv.) They walked arm in arm.（他們手挽著手散步）	✚

article titles **文章標題**	期刊中的文章標題或網站中的個別網頁標題要用引號標示："Ten Ways to Save for College"（〈十個存錢上大學的方法〉）	ⒷⓃⒶ
	科學格式並沒有規定行文中出現文章標題要用什麼格式，因為這類的引用資料通常會以參考文獻的形式放在文末或書末，文中只會提到作者名稱和作品發表日期：Dyslexia exists in a significant portion of the population (Doe, 2004).（很大一部分人口患有讀寫障礙症〔某甲，2004〕）	Ⓢ
As 大寫字母的複數形，包含字母評分。		Ⓑ
A's 大寫字母的複數形，包含字母評分。		ⓃⒶ
a's 小寫字母的複數形。		ⒷⓃⓈⒶ
ASAP（= as soon as possible 盡快）		ⒷⓃⓈⒶ
Asian American (n., adj.) 名詞和形容詞都不加連字號：a famous Asian American（知名的亞裔美國人）、an Asian American community（亞裔美國人的社區）		ⒷⓃⓈ
as-is (adj.), **as is** (adv.) （adj.) 按現狀的 (adv.) 按現狀		ⒷⓃⓈⒶ
ASL American Sign Language（美國手語）的縮寫		Ⓑ
Asperger's syndrome, Asperger's（亞斯伯格症候群）		ⒷⓃⓈ
asshole（混蛋）		ⒷⓃⓈ
as well 的逗號用法 as well 要不要用逗號分隔，專家小組意見分歧：He spoke to the vice president as well./He spoke to the vice president, as well.（他也和副總統談過話）。一般而言，如果句子很短，意思很清楚，就不太需要用逗號分隔 as well。		✛
as well as 的逗號用法 as well as 要不要用逗號分隔，專家小組意見分歧。如果句子很短，意思很清楚，專家小組多數偏好不加逗號：He spoke to the vice president as well as the president.（他和總統及副總統談過話）。不過部分專家指出，如果想藉由停頓表達出強調的意思，可以使用逗號：He spoke to the vice president, as well as the president.（他不僅和總統談過話，也和副總統談過）		✛
AT&T 公司名稱，American Telephone & Telegraph（美國電話與電報公司）的縮寫。		
athlete's foot（足癬）		ⒷⓃⓈ

at-large, at large (adj., adv.) 作形容詞放在名詞前時，或指一個地理區域的全區而非一個分區時，要加連字號：She will serve as mayor at-large.（她將擔任全市市長）、They held an at-large election.（他們舉辦了一次全區選舉）。作副詞表示「不受約束」時，不加連字號：The convict is still at large.（該名囚犯依然逍遙法外）、He is a critic at large.（他是一名不受約束的評論家）		ⒷⓃⓈ
autoworker（汽車工人）		ⒷⓃⓈ
autumn（秋天）見 seasons 條目		
averse 的連字用法	averse 構成的複合形容詞若位於名詞之前，套用標準連字規則，只要有助於閱讀理解就加連字號：a risk-averse manager（規避風險的管理人）	ⒷⓃⓈⒶ
	averse 構成的複合形容詞若位於名詞之後，專家小組多數偏好加連字號： 多數專家偏好： He is risk-averse. （他不願承擔風險） 專家一致偏好： She seems people-averse. （她似乎排斥和人相處）	✚
awards 獎項的連字用法	獎項名稱構成複合詞時套用基本連字規則：an Oscar-winning actor（奧斯卡得獎演員）、an Emmy-winning episode（艾美獎得獎影集）	ⒷⓃⒶ
	如果獎項名稱為兩個字以上，專有名詞的部分不加連字號，並使用短破折號與複合詞的其他成分連接：the Grammy Award–winning singer（葛萊美獎得獎歌手）、the Tony Award–nominated performer（東尼獎提名表演者）	Ⓑ
	如果獎項名稱為兩個字以上，專有名詞的部分不加連字號，並使用連字號與複合詞的其他成分連接：the Grammy Award-winning singer、the Tony Award-nominated performer	ⓃⒶ
award winner (n.), **award-winning** (adj.) (n.) 得獎者 (adj.) 得獎的		ⒷⓃⓈ
awestruck（震驚的）		ⒷⓈ

awe-struck	Ⓝ
AWOL　absent without leave（擅離職守）的首字母合成詞	ⒷⓃⓈⒶ
BA, BS　bachelor of arts（文學學士）和 bachelor of science（理學學士）的縮寫：Carrie Altman, BA, gave a presentation.（凱莉奧特曼，文學學士，進行了報告）	ⒷⓈⒶ
B.A., B.S.　bachelor of arts（文學學士）和 bachelor of science（理學學士）的縮寫：This is Carrie Altman, B.A.（這位是凱莉奧特曼，文學學士）	Ⓝ
baby's breath（滿天星）	ⒷⓃⓈ
babysit, babysat, babysitting, babysitter（當保母）（保母）	ⒷⓈ
baby-sit, baby-sat, baby-sitting, baby sitter	Ⓝ
bachelor's degree, bachelor's（學士學位）另見 B.A. 條目	Ⓝ
back-to-back (adj.)（連續的） We have back-to-back meetings.（我們連續開會）	ⒷⓃⓈ
back-to-back (adv.)（背靠著背） They sat on the beach back-to-back. （他們背靠背坐在海灘上）	ⒷⓈ
backup (n.), **back up** (v.) (n.) 備份；支援 (v.) 備份；後退；支持	ⒷⓃⓈ
backup (adj.)（備用的）	✛
Baha'i（巴哈伊教）	ⒷⓃⓈ
ballpark（棒球場）	ⒷⓃⓈ
ballplayer（棒球選手）	ⒷⓃⓈ
baker's dozen（十三個）	ⒷⓃⓈ
baker's yeast（烘焙酵母）	ⒷⓃⓈ
Band-Aid　OK 繃的商標名，可使用其字面義或比喻義。	ⒷⓃⓈ

B and B, **B and Bs,** **B and B's** **B&B, B&Bs**	（民宿，即 bed-and-breakfast 住宿加早餐）	ⒷⓈ
	專家小組書籍格式專家對於複數形要不要加撇號意見分歧：B and Bs/B and B's	✛
	文中初次提及必須使用 bed-and-breakfast，之後才可以使用縮寫。	Ⓝ

barely there (adj., adv.)（幾乎不存在） a barely there bikini（暴露的比基尼）		ⒷⓃⓈⒶ
Barneys（巴尼斯）美國紐約的一家百貨公司		
Batman（蝙蝠俠）		
BB, BB gun（BB 彈）（BB 槍）		ⒷⓃⓈ
BBs（BB 彈）複數形		ⒷⓈ
BB's 複數形		Ⓝ
BC（西元前）		ⒷⓈⒶ
B.C.		Ⓝ
	科學格式存在自相矛盾的縮寫規定，一方面規定拉丁文的縮寫必須加句號，如：e.g.（例如）、i.e.（即），一方面規定大寫的縮寫不加句號，如：IQ（智商）。因此在科學格式中會出現 BC（西元前）不加句號，由拉丁文衍生而來的 AD（西元）卻可能加句號也可能不加，看以哪條規則去解釋。科學類的寫作者可以選擇都不加句號的寫法，BC 和 AD，如此便能保持一致。	Ⓢ
beachgoer（海灘遊客）		ⒷⓈ
beach goer		Ⓝ
bed-and-breakfast, bed-and-breakfasts (pl.)（民宿；住宿加早餐）		ⒷⓃⓈ
best seller (n.), **best-selling** (adj.)（n.) 暢銷書；暢銷商品 (adj.) 暢銷的		ⒷⒶ
best-seller (n.), **best-selling** (adj.)		Ⓝ
betting odds 投注賠率的寫法 新聞格式使用連字號表示賠率：They're giving him 50-1 odds in Vegas.（在拉斯維加斯他們給他五十比一的賠率）		Ⓝ
between . . . and . . . 不能使用破折號 儘管破折號可以用來表示範圍，如：patients 18–44（十四到十八歲的病患），當文中已經使用了 between 來引導數字，數字之間就只能用 and，不能用破折號或連字號：patients between 18 and 44		
biannual（一年兩次的）		ⒷⓃⓈ
biennial（兩年一次的）		ⒷⓃⓈ
bifocal（雙焦的）		ⒷⓃⓈ

bilateral （雙邊的）		ⒷⓃⓈ
bilingual （雙語的）		ⒷⓃⓈ
bimonthly （兩月一次的；雙月刊）		ⒷⓃⓈ
biofuel （生物燃料）		ⒷⓃⓈ
bioterrorism （生物恐怖主義）		ⒷⓃⓈ
bird's-eye view （俯視；鳥瞰）		ⒷⓃⓈ
bird-watch,	（賞鳥）	ⒷⓈ
bird-watching, **bird-watcher**	專家小組的新聞格式專家偏好 bird watching 和 bird watcher 不加連字號。	✛
biweekly （每兩週的；每週兩次的；雙週刊）		ⒷⓃⓈ
black and white (n.), **black-and-white** (adj.) The movie was shown in black and white. （這部電影以黑白呈現） a black-and-white situation （非黑即白的情況）		ⒷⓃⓈ
black-and-white (n.)　指警車：A black-and-white was parked out front. （一輛警車停在門口）		Ⓑ
black and white (n.)　指警車：A black and white was parked out front.		Ⓝ
B'nai B'rith （聖約之子會，為歷史最悠久、規模最大的猶太人服務組織，創立於紐約市，致力從事各種社會服務，包含救濟窮人、捍衛人權等）		
bobblehead （搖頭公仔）		ⒷⓃⓈ
bona fide (adj.)　（真實的） a bona fide expert （真正的專家）		ⒷⓃⓈ
bonbon （糖果；夾心軟糖）		ⒷⓃⓈ
boo-boo, boo-boos （錯誤）		ⒷⓃⓈ
-borne　字典未收錄的複合詞一律加連字號：a food-borne illness （食源性疾病）、a truck-borne load （卡車貨物）		ⒷⓃ
Bosnia-Herzegovina （波士尼亞與赫塞哥維納）		Ⓝ
box office (n.)　The movie did well at the box office. （這部電影的票房很好）		ⒷⓃⓈⒶ
box-office (adj.)　The box-office sales were disappointing. （票房不盡理想）		Ⓝ
brand-new （全新的）		ⒷⓃⓈ

breakdown (n.), **break down** (v.)（故障；崩潰；分析）	ⒷⓃⓈ
breakdown (adj.)（分析的；故障的）	✛
break-in (n., adj.), **break in** (v.)（闖入；磨合）	ⒷⓃⓈ
breakout (n.), **break out** (v.)（爆發；突圍；突破）	ⒷⓃⓈ
breakup (n.), **break up** (v.)（中斷；分裂；分手）	Ⓑ
bright + 顏色，作形容詞的連字用法 帶有 bright 的複合詞放在名詞前要不要加連字號，專家小組的書籍格式專家意見分歧：a bright blue sky/a bright-blue sky（明亮的藍天空）	✛
Bs 大寫字母的複數形	Ⓑ
B's 大寫字母的複數形，包含表示學生成績的用法，新聞格式和學術格式都要加撇號。	ⓃⒶ
b's 小寫字母的複數形	ⒷⓃⓈⒶ
BS, bs bullshit（胡說）的縮寫	ⒷⓃⓈ
bull's-eye, bull's-eyes (pl.)（靶心）	ⒷⓃⓈ
but 的逗號用法 but 連接兩個完整子句時，前面通常要加逗號。如果子句很短且關係密切，也可以省略逗號。	ⒷⓃⓈⒶ
bypass (n., v.)（n.) 旁道 (v.) 繞過	ⒷⓃⓈ
by-product（副產品）	ⒷⓈ
byproduct	Ⓝ
Caesars Palace（凱薩宮酒店，位於美國拉斯維加斯的豪華酒店及賭場）	
Campbell's Soup 商標名（金寶湯公司）。該公司有時會使用非所有格形式 Campbell 當作形容詞，例如：the Campbell brands（金寶旗下品牌）。	
cap-and-trade (adj.), **cap and trade** (v.)（總量管制與交易，一種限定碳排放總額的管制手段與交易機制，實行於歐盟與多個國家）	ⒷⓃⓈⒶ
cap and trade (n.) 專家小組多數偏好名詞不加連字號：The trend seems to be toward cap and trade.（趨勢似乎朝總量管制與交易機制發展）	✛
capitals 全大寫文字中的大寫字母複數形	ⒷⓃⓈ
在標示 DVDs for Sale（DVD 出售）的告示牌中，DVD 的複數不需要加撇號。但若遇到全部文字都採用大寫的情況，例如店面招牌，不加撇號就可能造成混淆。當寫為 DVDS FOR SALE 時，讀者可能將 DVDS 發音為 dee-vee-dee-ess，從而誤解為其他意思。因此，在極少數單一字母或多個字母的複數形出現在全大寫文字中的情況下，使用撇號較為恰當。	

carat 的連字用法 在 4-carat diamond（四克拉的鑽石）這個詞語中，專家小組一致偏好使用連字號。		✚
cardholder, credit card holder（持卡人）（信用卡持卡人） cardholder 寫成一個字時，中間不須加連字號。credit card holder 寫為兩個字當作一般用詞時，也不需加連字號。		ⓑⓝⓢ
carefree（無憂無慮的）		ⓑⓝⓢ
caregiver, caregiving（照護者）（照護）		ⓑⓝⓢ
carry-on (n.)	Please stow your carry-on.（請放好您的隨身行李）	ⓑⓢ
	專家小組的新聞格式專家對名詞要不要加連字號意見分歧：Please stow your carry on./ Please stow your carry-on.	✚
carry on (v.) He will carry on this bag.（他會隨身攜帶這個包包） Why must these kids always carry on?（這些小孩為什麼總是要吵吵鬧鬧的）		ⓑⓝⓢ
carry-on (adj.) Place carry-on bags below the seat in front of you.（請將隨身行李放在前方座位下）		ⓑⓝⓢ
carryout (n.), **carry out** (v.) (n.) 外賣食物 (v.) 實行；實現		ⓑⓝⓢ
carryover (n.)（轉移；殘餘量；結餘）		ⓑⓢ
carry-over (n.)		ⓝ
carry over (v.)（保持；持續；延伸）		ⓑⓝⓢ
case in point（最好的例子）		ⓑⓝⓢ
Catch-22, **catch-22**	代表 Joseph Heller 的著作名稱《第二十二條軍規》時，要使用連字號，且第一個字母大寫。除此之外一律使用小寫並加連字號：We found ourselves in a real catch-22.（我們發現自己陷入真正的兩難情境）	ⓑⓢ
	一律使用連字號且第一個字母大寫：We found ourselves in a real Catch-22.	ⓝ
cat-o'-nine-tails（九尾鞭）		ⓑⓝⓢ
cat's-paw 當作名詞、表示受人利用之人（爪牙）時，要加撇號和連字號。表示貓咪的爪子是 cat's paw。		ⓑⓝⓢ

'cause	because 的縮寫	
	書籍和科學格式要加撇號：He left home 'cause he wanted to see the world. （他離開了家，因為他想看看這個世界）	ⓑⓢ
	表示 because 的時候，專家小組一致認為使用帶撇號的 'cause 會比沒有撇號的 cause 及 cuz 要來得好。	✚
CD, CDs (pl.) （光碟）		ⓑⓝⓢ
CD-ROM （唯讀記憶光碟）		ⓝ
CDT　Central Daylight Time （中部夏令時間） 的縮寫		ⓑⓝⓢⒶ
cease-fire (n., adj.), **cease fire** (v.) They called for a cease-fire. （他們要求停火） They demand that you cease fire. （他們要求你們停火）		ⓑⓝⓢ
cell phone （手機）		ⓑ
cellphone		ⓝⓢ
CEO （執行長）		ⓑⓝⓢⒶ
charge-off (n.)　They considered it a charge-off. （他們將其視為一項沖銷）		ⓑⓢ✚
charge off (n.)　They considered it a charge off.		ⓝ
charge off (v.)　The bank charged off the delinquent debt so they could get a tax exemption. （銀行沖銷這筆拖欠債務，好讓他們得以免稅）		ⓑⓝⓢⒶ✚
checkout (n.), **check out** (v.) （結帳；退房；檢驗）		ⓑⓝⓢ
checkout (adj.)		✚
checkup (n.), **check up** (v.) （檢查；核對）		ⓑⓝⓢ
checkup (adj.)		✚
cherry picker (n.), **cherry-pick** (v.), **cherry-picking (n., v., adj.)** (n.) 很會擇優挑選的人；擇優挑選 (v.) 挑選 （最好、最有利的一個） (adj.) 擇優挑選的		ⓑⓝⓢ
child care (n.) They put their son in child care. （他們把兒子放在托育中心）		ⓑⓝⓢⒶ
child-care (adj.)　They put their son in a child-care center.		ⓑⓢ

child care (adj.)　They put their son in a child care center.	ⓃⒶ
child rearing (n.)　Child rearing took up much of her life.（育兒占據了她絕大部分的生活）	Ⓑ+
child-rearing (adj.)　Her child-rearing years are over.（她的育兒歲月結束了）	Ⓑ
children's　在這個複數所有格中，撇號永遠位於 s 之前，因此 children's program（兒童節目）是正確寫法，childrens' program 是錯誤寫法。要注意這與 kids' program 的情況不同，kid 的複數形要加 s，和 child 的複數構成方式不同。	
Chili's（奇利斯美式餐廳）此連鎖餐廳的名稱含有撇號，若要使用複數形、單數所有格或複數所有格，專家小組一致偏好維持單數形式，不做任何變化。	+
chip-maker（晶片製造商）	Ⓝ
chip maker	+
churchgoer（經常去做禮拜的人）	ⒷⓃⓈ
Church of Jesus Christ of Latter-day Saints（耶穌基督後期聖徒教會）	
CIA（= Central Intelligence Agency 中央情報局）	ⒷⓃⓈⒶ
citywide（全市）	ⒷⓃⓈ
click-through (n., v.)（點擊）	Ⓝ+
CliffsNotes（學習導覽手冊）	
cloak-and-dagger（間諜的；陰謀的）	ⒷⓃⓈ
clockwise（順時針方向）	ⒷⓃⓈ
closed-captioned (adj.)（隱藏字幕的）	ⒷⓃⓈ
closed-captioning（隱藏字幕）	ⒷⓈ
closed circuit (n.), **closed-circuit** (adj.) The camera system operates on a closed circuit.（此攝影系統採用封閉迴路） The actions were captured on closed-circuit television.（這些舉動都被閉路式的電視拍了下來）	ⒷⓃⓈ
close-knit（關係密切的）	ⒷⓃⓈ

close-up (n., adj., adv.)　表示照片或影片的「特寫」時，無論何種詞性都要加連字號：The director uses a lot of close-ups.（導演大量使用特寫鏡頭）、The director uses a lot of close-up shots.（導演大量使用特寫鏡頭）、The director shot the scene close-up.（導演以特寫方式拍攝這個場景）		Ⓑ Ⓝ Ⓢ
close up (v.)　動詞 close up 表示「關閉；封口」：The surgeon must close up the wound.（外科醫生必須將傷口縫合）		Ⓑ Ⓝ Ⓢ
cm　centimeter（公分）的縮寫		Ⓢ
co., cos. (pl.)　company 或 companies（公司）的縮寫，注意複數形的句號在 s 後面。		Ⓑ Ⓝ Ⓢ Ⓐ
co-	以 co- 所構成的臨時複合詞不加連字號，除非接的是專有名詞、以 o 開頭的單字，或連字號有助於閱讀理解：coauthor（共同作者）、coworker（同事）、co-opt（拉攏；增選）	Ⓑ Ⓢ Ⓐ
	當 co- 表示職業或職位時，字典未收錄的詞語要加連字號：co-author、co-worker、co-chairman（聯合主席）、co-defendant（共同被告），其餘則不加連字號：coequal（同等的）、coeducational（男女同校的）	Ⓝ
coauthor（共同作者）		Ⓑ Ⓢ Ⓐ
co-author		Ⓝ
Coca-Cola（可口可樂）		
co-chairman（聯合主席）		Ⓝ +
c.o.d.　cash on demand（貨到付款；按需提現）的縮寫		Ⓝ
co-defendant（共同被告）		Ⓝ +
coed, coeducational（男女同校的）		Ⓑ Ⓝ Ⓢ Ⓐ
coequal（同等的）		Ⓑ Ⓝ Ⓢ Ⓐ
Coeur d'Alene（科達蓮，位於愛達荷州的城市）		
coexist, coexistence（共存）		Ⓑ Ⓝ Ⓢ Ⓐ
coffeemaker（咖啡機）		Ⓑ Ⓢ
coffee maker		Ⓝ
cohost（聯合主辦／主持）		Ⓑ Ⓢ Ⓐ
co-host		Ⓝ

collector's item（收藏品）		ⒷⓈ
collectors' item		Ⓝ
color-blind（色盲的）		ⒷⓈ
colorblind		Ⓝ
color blindness（色盲）		ⒷⓃⓈ
commander in chief　不加連字號，全部小寫，除非直接放在人名前當作頭銜才大寫：Commander in Chief John Arthur（約翰・亞瑟總司令）		ⒷⓃⓈ
comparatives **形容詞比較級** **的連字用法**	形容詞比較級通常以 er 結尾，例如：slower（較慢）、faster（較快）、longer（較長）	
	科學格式規定形容詞比較級作為複合修飾語的一部分時，不加連字號：a slower burning fuel（燃燒較慢的燃料）。	Ⓢ
	其他格式則套用複合修飾語的標準連字規則。一般而言，只要對語意清晰或閱讀理解有幫助，就加連字號。	ⒷⓃⒶ

compound adjective 複合形容詞　複合形容詞由兩個以上的單字組成，通常以連字號連接，用來修飾名詞：a good-looking man（樣貌俊俏的男子）、an ill-intentioned woman（居心不良的女人）、a well-known fact（眾所周知的事實）。永久複合形容詞是字典有收錄的複合詞，可從字典中查到連字用法。字典未收錄的複合形容詞叫做臨時複合詞，須根據第十一章所提供的規則進行連字。一般而言，位於名詞前或 be 動詞後的複合形容詞通常加連字號，除非內含 ly 副詞：a snow-covered roof（被雪覆蓋的屋頂）、a nicely dressed man（衣著體面的男子）、The man is ill-intentioned.（這名男子居心不良）（更多資訊和例外情況請見第十一章說明）

compound adverb 複合副詞　複合副詞由兩個以上的單字組成，通常以連字號連接，用來修飾動詞、形容詞或副詞。有些複合副詞收錄於字典，可以查到連字用法。字典未收錄的複合副詞，主要編輯格式也沒有提供標準規範說明是否要加連字號。一般而言，寫作者可以運用自己的判斷，決定複合詞加連字號是否有助於閱讀理解。（另見 p.154 複合副詞）

compound modifier 複合修飾語　即複合形容詞和複合副詞。

confectioners' sugar（糖粉）	ⒷⓃⓈⒶ
conscience' sake（出於良心）	Ⓝ
conscience's sake	Ⓑ
convenience' sake（為了方便起見）	Ⓝ
convenience's sake	Ⓑ

cookie cutter (n.), **cookie-cutter** (adj.)（餅乾模具）	ⒷⓃⓈ
co-op（合作社）	ⒷⓃⓈ
cooperate（合作）	ⒷⓃⓈⒶ
co-opt（拉攏；增選）	ⒷⓃⓈ
coordinate（對等的；協調的）	ⒷⓃⓈ

coordinate adjective 對等形容詞　對等形容詞各自獨立修飾名詞，並由逗號分開：He wants to meet a kind, gentle, sweet girl.（他想找個善良、溫柔又可愛的女孩）。非對等形容詞（noncoordinate adjective）和名詞的關係不同，通常不加逗號。例如在 He wore bright red wingtip shoes.（他穿著鮮紅色的翼紋雕花鞋）句子中，相較於其他形容詞，wingtip 和名詞更偏向為一個整體，而 bright 修飾的並非名詞 shoes，而是緊跟其後的形容詞 red。因此在 bright red wingtip shoes 中的形容詞並非對等關係，不可用逗號分開。（更多說明請見 p.39〈例外：名詞前的非對等形容詞〉）

coordinating conjunction 對等連接詞　對等連接詞主要是 and、but 和 or，而 for、nor、yet 和 so 也常歸在這個類別。對等連接詞用來連接句中地位對等的成分：Marcy has cats and dogs.（瑪西養了貓和狗）、Joe wants to go skiing, and Beth wants to go to the beach.（喬想去滑雪，貝絲想去海邊）。在書籍、科學和學術格式中，三個以上的列舉項目必須在對等連接詞前加逗號：She has cats, dogs, and birds.（她養了貓、狗和鳥），這種逗號叫做系列逗號（serial comma）。新聞格式不使用系列逗號。

對等連接詞連接兩個獨立子句時，前面通常要加逗號：I'm going to make liver for dinner, and I don't want to hear any complaints.（我晚餐要煮肝臟，不准有人抱怨）。如果對等連接詞連接的是很短且關係密切的子句，寫作者或編輯可以自行斟酌省略逗號：I'm making liver and I don't want any complaints.（更多說明請見第二章）

co-owner（共同持有人）	ⒷⓃⓈⒶ
copilot（副駕駛員）	ⒷⓈⒶ
co-pilot	Ⓝ
copter　helicopter（直升機）的縮寫	ⒷⓃⒶ

copular verbs 連綴動詞　位於連綴動詞後的複合修飾語之連字用法請見 linking verbs 條目。

copyedit (v.)（編審）	ⒷⓈ
copy-edit (v.)	Ⓝ
copy editor（文字編輯）	ⒷⓃⓈ
cosigner（連署人）	ⒷⓈⒶ
co-signer	Ⓝ

cosponsor (聯合贊助者)	ⒷⓈⒶ
co-sponsor	Ⓝ
costar (聯合主演)	ⒷⓈⒶ
co-star	Ⓝ
cost of living (n.), **cost-of-living** (adj.) The cost of living in New York is too high. （住在紐約的生活費太高了） The employees got a cost-of-living raise. （員工的生活費提高了）	ⒷⓃⓈ
could've could have 的縮寫，絕不可寫成 could of。	
countdown (n.), **count down** (v.) （倒數計時）	ⒷⓃⓈ
countdown (adj.)	✛
counter- 套用字首的標準連字規則。字典中沒有的複合詞在構詞時，除非後接專有名詞或為了避免產生不自然的複合詞，否則不加連字號。	ⒷⓃⓈⒶ
counterclockwise （逆時針方向）	ⒷⓃⓈ
coup d'état （政變）	ⒷⓃⓈⒶ
couples, couple's, couples' 諸如 couple's massage（雙人按摩）、couples' retreat（伴侶度假村）這類的詞語，到底該使用複數所有格、單數所有格或形容詞形式，格式手冊和字典都沒有清楚說明。標點符號專家小組建議依照個案決定用詞，他們偏好 They got a couple's massage.（他們去做雙人按摩）使用單數所有格，They went on a couples' retreat.（他們參加伴侶度假村）使用複數所有格。	✛
court-martial, court-martialed, courts-martial （軍事法庭）無論何種情況一律加連字號。	ⒷⓃⓈ
cover-up (n.), **cover up** (v.) 作名詞加連字號：Prosecutors alleged a cover-up.（檢察官指控其掩蓋事實）；作動詞不加連字號：They tried to cover up the scandal.（他們企圖掩蓋醜聞）	ⒷⓃⓈ
coworker （同事）	ⒷⓈⒶ
co-worker	Ⓝ
crime-fighter （犯罪打擊者）	Ⓝ
crime fighter	✛
crime fighting （打擊犯罪）	Ⓑ✛

crisscross（十字記號；十字形）	Ⓑ Ⓝ Ⓢ
Crock-Pot（慢燉鍋）	
Crohn's disease（克隆氏症）	
cross-check (n., v., adj.)（交叉核對）	Ⓑ Ⓢ
crosscheck (n., v., adj.)	Ⓝ
crosscut（橫切；橫越）	Ⓑ Ⓝ Ⓢ
cross-examination (n.)**, cross-examine** (v.)（盤問；交叉詰問）	Ⓑ Ⓝ Ⓢ
crossover (n., adj.)**, cross over** (v.) She drives a crossover.（她駕駛一輛跨界休旅車） She drives a crossover vehicle.（她駕駛一輛跨界休旅車） They will cross over to the other side. （他們將會橫越到另一邊）	Ⓑ Ⓝ Ⓢ
cross-reference (n., v.)（交叉參照）	Ⓑ Ⓝ Ⓢ
cross section (n.)（截面；橫斷面）	Ⓑ Ⓝ Ⓢ
cross-section (v.)　Researchers normally cross-section the sample so they can examine the tissue.（研究人員通常會取樣本截面以便檢視組織）	Ⓑ Ⓝ Ⓢ
crosswise（斜地；交叉地）	Ⓑ Ⓝ Ⓢ
crowd-pleaser（受人喜愛的活動；令人開心的事物）	Ⓑ Ⓢ
crowdsourcing (n.)　主要字典和格式手冊都沒有討論到動詞形式。如果要使用動詞，寫作者可以選擇分寫成兩個字或以連字號連接：crowd source、crowd-source（群眾外包）	Ⓑ Ⓝ Ⓢ
Cs　大寫字母的複數形，包含字母評分。	Ⓑ
C's　大寫字母的複數形，包含表示學生成績的用法。	Ⓝ Ⓐ
c's　小寫字母的複數形	Ⓑ Ⓝ Ⓢ Ⓐ
CST　Central Standard Time（中部標準時間）的縮寫	Ⓑ Ⓝ Ⓢ Ⓐ
cum 的連字用法　拉丁文 cum 意指「和」、「兼」，由 cum 所構成的複合詞要加連字號：actor-cum-dancer（演員兼舞者）、politics-cum-theater（政治兼戲劇）、kitchen-cum-dining room（廚房兼餐廳）	Ⓑ Ⓝ Ⓢ
cum laude（以優等成績畢業）	Ⓑ Ⓝ Ⓢ
cure-all (n.)（萬靈丹）	Ⓑ Ⓝ Ⓢ Ⓐ

cut-and-dried, cut and dried　作形容詞放在名詞前要加連字號：a cut-and-dried debate（已成定局的爭論），放在名詞後不加連字號：The issue is cut and dried.（這個問題已經解決了）		ⒷⓃⓈ
cutback (n.)**, cut back** (v.) There will be severe cutbacks.（將有大幅削減） Try to cut back on sugary snacks.（試著少吃甜食）		ⒷⓃⓈ
cutback (adj.)　作形容詞不加連字號：The cutback procedures have become too severe.（削減程序太過嚴厲）		Ⓝ+
cutoff (n., adj.)**, cut off** (v.) The applicant missed the cutoff.（申請人錯過了截止日期） The applicant missed the cutoff date.（申請人錯過了截止日期） Be careful not to cut off other drivers.（注意不要搶道超車）		ⒷⓃⓈ
cutout (n.)**, cut out** (v.)　(n.) 剪紙；紙板模型；切口 (v.) 剪出；刪去；關掉；停止運轉		ⒷⓃⓈ
cutting edge (n.)　They operate on the cutting edge.（他們處於領先地位）		ⒷⓃⓈⒶ
cutting-edge, **cutting edge** (adj.)	在書籍和科學格式中，作形容詞放在名詞前要加連字號：The factory uses cutting-edge techniques.（工廠採用最先進的技術）	ⒷⓈ
	在新聞格式中，作形容詞放在名詞前或 be 動詞後有助於閱讀理解時就加連字號：I like cutting-edge art.（我喜歡前衛藝術）、They were cutting-edge artists.（他們是前衛藝術家）	Ⓝ
	在學術格式中，作形容詞放在名詞前不加連字號：The factory uses cutting edge techniques.	Ⓐ
	作形容詞放在名詞後不加連字號：The techniques the factory uses are cutting edge.（工廠所用的技術是最先進的）	ⒷⓈⒶ
CV　curriculum vitae（履歷）的縮寫		ⒷⓃⓈ
'd　had 或 would 的縮寫。If I'd known 是 If I had known 的一種縮寫形式，I'd love to 是 I would love to 的一種縮寫形式。		ⒷⓃⓈⒶ
data processing (n.)（數據處理）		ⒷⓃⓈ

date rape (n.)（約會強暴）	ⒷⓃⓈ
date-rape (v.)	ⒷⓈ
date rape (v.)	Ⓝ
date-rape (adj.)	✚
daybed（坐臥兩用長椅）	ⒷⓃⓈ
day care (n.)　They put their son in day care.（他們把兒子放在日間托育中心）	ⒷⓃⓈⒶ
day-care (adj.)　They put their son in a day-care center.	ⒷⓈ
day care (adj.)　They put their son in a day care center.	ⓃⒶ
daylight saving time（日光節約時間）	ⒷⓃⓈ
day's, days'　諸如 a hard day's work（一天的辛苦工作）、two days' time（兩天的時間）這類的用語，通常要以所有格表示，並正確使用撇號，注意單數所有格是 one day's，複數所有格是 two days'，兩者有所區別。（見 p.24〈準所有格〉）	ⒷⓃⓈ
daytime (n., adj.)（白天）	ⒷⓃⓈ
day-to-day (adj.)　作形容詞放在名詞前要加連字號：a day-to-day occurrence（每天發生的事）	ⒷⓃⓈⒶ
day to day (adv.)　作副詞放在動詞後要分寫，除非有助於閱讀理解才加連字號：He survives day to day.（他一天天地活下來）	ⒷⓃⓈⒶ✚
day trip, day-tripper（一日遊）（一日遊的旅客）	ⒷⓃⓈ
D.C., DC　見 Washington, D.C. 條目	
D-Day　加連字號，兩個 D 都要大寫。	Ⓝ
D-day　加連字號，只有第一個 D 大寫。	ⒷⓈ
de-　套用字首的標準連字規則。一般而言，除非後接專有名詞或為了避免產生不自然的複合詞，否則不加連字號。	ⒷⓃⓈⒶ
deal breaker（搞砸交易的事；大忌）	ⒷⓃⓈⒶ✚
dean's list（院長嘉許名單；優秀學生名單）	ⒷⓃⓈ
decades　年代的複數形不需要加撇號：1980s（一九八〇年代）。但如果省略了數字就要以撇號代替：'80s。	ⒷⓃⓈⒶ
degree　帶有 degree 的複合詞如果位於名詞前，通常要加連字號：a 90-degree angle（九十度角）、a 10-degree rise in temperature（溫度上升十度）	ⒷⓃⓈⒶ✚
deep-fry, deep-fried（油炸）動詞和形容詞都有連字號	ⒷⓃⓈ

239

defining clauses（定義子句）見 restrictive 條目	
Denny's　若要使用複數形、單數所有格或複數所有格，專家小組一致偏好維持單數形式，不做任何變化：Our town has three Denny's.（我們鎮上有三間丹尼餐廳）、Denny's location is convenient.（丹尼餐廳的位置很便利）、All three Denny's locations are convenient.（三間丹尼餐廳的位置都很便利）	✛
-designate　要加連字號：chairman-designate（委任主席）	Ⓝ
devil's advocate（故意唱反調的人）	ⒷⓃⓈ
devil's food cake（魔鬼蛋糕）	ⒷⓈ
devil's-food cake	Ⓝ
die-hard (adj.)　通常加連字號：a die-hard supporter（死忠的支持者）	ⒷⓃⓈⒶ✛
die hard (v.)　Old habits die hard.（積習難改）	ⒷⓃⓈⒶ
die-off (n.)　The ice age brought a massive die-off.（冰川時代帶來一場大規模的死亡）	ⒷⓈ✛
die off (v.)　The mammoths died off.（長毛象相繼死亡）	ⒷⓃⓈⒶ
dimensions 長寬高之連字用法　表示長、寬、高等的尺寸用語要套用標準連字規則。一般而言，這類尺寸若當作複合形容詞放在名詞之前，要加連字號：an 11-by-9-inch pan（一個 11 x 9 英寸的平底鍋）。其他情況則不需要加連字號：The pan is 11 by 9 inches.（這個平底鍋是 11 x 9 英寸）（見 p.150〈內含數字的複合形容詞〉以及 p.200 的〈數字 vs. 拼寫〉表格）	ⒷⓃⓈⒶ
dis-　套用字首的標準連字規則。一般而言，除非會產生不自然的複合詞，否則不加連字號。	Ⓝ
dis　俚語，表示「不尊重」：You shouldn't dis your boss.（你不該不尊重老闆）	ⒷⓃⓈ
dismember（肢解）	ⒷⓃⓈⒶ
disservice（傷害；幫倒忙）	ⒷⓃⓈⒶ
District of Columbia（哥倫比亞特區）見 Washington, D.C. 條目	
DNA　deoxyribonucleic acid（去氧核醣核酸）的縮寫	ⒷⓃⓈⒶ
DNS　domain name system（網域名稱系統）的縮寫	ⒷⓃⓈⒶ

dollar amounts as modifiers 美元金額作修飾語之連字用法 形式複雜的美元用語作形容詞時要不要加連字號，專家小組的 意見分歧，下列三種用法都有專家支持：a $25 million losing proposition/a $25 million-losing proposition/a $25-million- losing proposition（虧損了 2500 萬美元的計畫）	✛
dollar's worth　這是一個準所有格，要加連字號：You get your dollar's worth.（你這錢會花得值得）	ⒷⓃ
-door　見 two-door 和 four-door 條目	
dos and don'ts（注意事項）	Ⓑ
do's and don'ts	Ⓝ
dot-com（網路公司）	ⒷⓃⓈⒶ
double-blind（雙盲）	ⒷⓃⓈ
double-breasted（雙排扣）	ⒷⓃⓈ
double check (n.)（複查）	ⒷⓈ
double-check (n.)	Ⓝ
double-check (v.)	ⒷⓃⓈ
double-click（雙擊；按兩下）	Ⓝ
double cross (n.)（矇騙；出賣）	ⒷⓃⓈ
double-cross (v.)	ⒷⓃⓈ
double date (n.)（兩對男女一起約會）	ⒷⓃⓈ
double-date (v.)	ⒷⓃⓈ
double-edged（雙刃的；正反兩面的）	ⒷⓃⓈ
double entendre（雙關語）	ⒷⓈ
double-entendre	Ⓝ
double jeopardy（一罪兩審）	ⒷⓃⓈ
double-jointed（能前後彎曲的；有雙關節的）	ⒷⓃⓈ
double-park (v.)（並排停車）	ⒷⓃⓈ
double play（〔棒球〕雙殺）	ⒷⓃⓈ
double prefixes 重複字首　重複字首要加連字號： sub-subgroup（子群的子群）、pre-prewar（戰前之前）、 anti-antimatter（反反物質）	ⒷⓃ
double-space (v.)（隔行書寫）	ⒷⓃⓈ
double standard（雙重標準）	ⒷⓃⓈ

-down　大部分以 down 結尾的名詞都有收錄在字典，且不加連字號：breakdown（故障）、countdown（倒數計時）、lockdown（封鎖）、rundown（減少；概要）、shutdown（關閉）。例外：sit-down（坐下休息；坐下談談） 大部分以 down 結尾的動詞片語要寫為兩個字，不加連字號：break down、count down、lock down、run down、shut down、sit down	ⒷⓃⓈ
downsize（精簡；裁員）	ⒷⓃⓈ
Down syndrome（唐氏症）	ⒷⓃⓈ
Dr.　doctor（醫生；博士）的縮寫	ⒷⓃⓈⒶ
drive-by (n., adj.)　(n.) 飛車槍擊事件 (adj.) 飛車進行的	ⒷⓃⓈ
drive-in (n., adj.)　(n.) 汽車電影院；汽車餐廳 (adj.) 免下車的	ⒷⓃⓈ
driver's license, driver's licenses (pl.)（駕照）	ⒷⓃⓈⒶ
driver's-side（駕駛側）	✚
drive-through (n., adj.)　(n.) 得來速 (adj.) 得來速的	ⒷⓈ
drive-thru (n., adj.)	Ⓝ
dropout (n.), **drop out** (v.)　(n.) 輟學生 (v.) 輟學	ⒷⓃⓈ
dropout (adj.)（輟學的）	✚
drugmaker（製藥商）	ⒷⓃⓈ
Ds　大寫字母的複數形，包含字母評分。	Ⓑ
D's　大寫字母的複數形，包含字母評分。	ⓃⒶ
d's　小寫字母的複數形	ⒷⓃⓈⒶ
DSL　digital subscriber line（數位用戶線路）的縮寫	ⒷⓃⓈⒶ
DVD, DVDs (pl.)（數位多功能光碟）	ⒷⓃⓈ
DVR, DVRs (pl.)（數位影像錄影機）	ⒷⓃⓈ
e-（字首）	書籍格式要加連字號	Ⓑ
	新聞格式並未指明 e- 用於臨時複合詞時要不要加連字號，但是可以從許多特定詞語的寫法中看出其格式偏好，例如：e-commerce（電子商務）、e-tickets（電子票）、e-banking（網路銀行）、e-book（電子書）。例外：email（電子郵件）	Ⓝ
each other's　單數所有格，撇號在 s 之前。	ⒷⓃⓈⒶ

eagle-eyed（目光銳利的）	ⒷⓃⓈ
early 的連字用法　early 若用於複合形容詞通常加連字號（an early-winter snowfall 初冬的降雪），複合詞若作為名詞或副詞使用，不加連字號：It was early winter.（時值初冬）、They will visit in early September.（他們會在九月初造訪）	＋
eBay　購物網站名稱	
e-book（電子書）	ⒷⓃⓈ
eco- 的連字用法　eco- 構成字典未收錄的詞語時，何時要加連字號，編輯格式均未明確規定。從字首的連字規則及字典中一些以 eco- 為字首的詞條，可以看出不加連字號的傾向，包含一些不自然的結構如 ecohero（環保英雄）、ecocatastrophe（生態浩劫）。然而大多數以 eco- 為字首的形容詞和名詞，專家小組強烈偏好加連字號：eco-smart（形容詞）、eco-smarts（名詞，生態智慧）	
eco-conscious（有生態意識）	ⒷⓈ＋
eco-friendly（環保）	ⒷⓈ＋
E. coli（大腸桿菌）	ⒷⓃⓈ
e-commerce（電子商務）	ⒷⓃⓈ
ecosystem（生態系統）	ⒷⓃⓈ
ecotour, ecotourist, ecotourism（生態旅遊）（生態旅遊者）（生態旅遊）	ⒷⓃⓈ
ed.　edition（版本）的縮寫	Ⓢ
Ed., Eds.　editor 和 editors（編輯）的縮寫，使用大寫 E 和 edition（版本）的縮寫區別。	Ⓢ
EDT　Eastern Daylight Time（東部夏令時間）的縮寫	ⒷⓃⓈⒶ
e.g. 的句號用法　e.g. 是拉丁文 exempli gratia 的縮寫，意思是「例如」，每個字母後都要有句號。	ⒷⓃⓈⒶ
e.g. 的逗號用法　後面一定要加逗號	ⒷⓃ
egghead（有知識的人）	ⒷⓃⓈ
egg roll（春捲）	ⒷⓃⓈ
eggshell (n., adj.)　(n.) 蛋殼 (adj.) 蛋殼的	ⒷⓃⓈ
either 的逗號用法　主要編輯格式均未明確指出 either 要不要用逗號隔開。下列句子要不要加逗號，專家小組意見分歧：I didn't see that movie, either./I didn't see that movie either.（我也沒看那部電影）	＋

-elect 帶有 elect 的複合名詞和複合形容詞都要加連字號：Consult the councilwoman-elect.（請向議員當選人諮詢）、Mayor-elect John Ramsey（市長當選人約翰拉姆齊）	ⒷⓃⓈ
'em them 的縮寫。要注意撇號的方向，確定沒有被文書處理軟體誤改為左單引號。（請見 p.31〈撇號的方向〉）	ⒷⓃⓈⒶ
e-mail（電子郵件）	ⒷⓈⒶ
email	Ⓝ
emcee, emceed, emceeing master of ceremonies（司儀；主持人）的縮短形式，新聞格式喜歡拼寫成單字，而不使用首字母縮寫 M.C.。	Ⓝ
Emmys（艾美獎）由電視藝術及科學學院（Academy of Television Arts & Sciences）所主辦的獎項，要注意複數形式沒有撇號。另見 awards 條目。	
empty handed (adj., adv.) (adj.) 空手的 (adv.) 空手地 形容詞用於名詞之後或作副詞時通常分寫，但如果有助於閱讀理解也可以加連字號。	Ⓑ
empty-handed (adj.) 名詞前加連字號。	ⒷⓃⓈ
empty-handed (adv.)	ⓃⓈ
endgame（殘局；最後階段）	ⒷⓃⓈ
end user（最終用戶）	ⒷⓈ
end-user	Ⓝ
energy efficient, energy efficiency（節省能源的）（能源效率）見 fuel efficient 條目	
entitled（標題為；名為）後面的逗號用法見 titled 條目	
ER emergency room（急診室）的縮寫	ⒷⓃⓈ
'er her 用於口語對話的縮寫。要注意撇號的方向，確定沒有被文書處理軟體誤改為左單引號。（見 p.31〈撇號的方向〉）	ⒷⓃⓈⒶ
e-reader（電子書閱讀器）	ⒷⓈ＋
Esq esquire（先生）的縮寫	ⒷⓃⓈ
-esque 如果可以避免不自然的情況發生，或有助於閱讀理解，專家小組多數支持加連字號：modelesque（模特兒似的）、youngmanesque（年輕男子似的）	＋
essential clauses（必要子句）見 restrictive 條目	
EST Eastern Standard Time（東部標準時間）的縮寫	ⒷⓃⓈⒶ

et al.　拉丁文 et alia（以及其他人；等人）的縮寫，l 的後面要加句號。這個用語通常會用逗號和文字分隔。		Ⓑ
etc.　et cetera（以及其他；等等）的縮寫，要加句號，且在句中前面要有逗號。		Ⓑ
E-Trade　金融公司名稱（E*TRADE），在新聞格式中要用連字號取代名稱中的星號。		Ⓝ
EU　European Union（歐盟）的縮寫		ⒷⓃⓈ
Euro-　如果指「歐洲的」（European），構成字典未收錄的名詞、形容詞和副詞時，通常要加連字號：Euro-styled（歐式的；歐風的）、Euro-mess（歐洲亂局）。E 通常大寫。		ⒷⓃⓈ
Euro-American（歐裔美國人；歐美的）		Ⓝ
Eurotrash（歐洲垃圾；歐洲敗類）		ⒷⓈ
every day (n., adv.), **everyday** (adj.) Every day is a new adventure.（每一天都是新的冒險） We visit every day.（我們每天都造訪） The store offers everyday values. （這家店提供每日超值商品）		ⒷⓃⓈ
ex-	由字首 ex- 構成的複合詞要加連字號，除非字典另有規定：ex-friend（前朋友）、ex-lover（前愛人）	ⒷⓃ
	例外：在書籍格式中，ex 如果接兩個字以上的通用名稱或專有名稱，要用短破折號：ex–Vice President Dick Cheney（前副總統迪克錢尼）	Ⓑ
ex-boyfriend（前男友）		ⒷⓃ
excommunicate, excommunication（逐出教會）		ⒷⓃⓈ
ex-convict, ex-con（前科犯）		ⒷⓃⓈ
ex-girlfriend（前女友）		ⒷⓃ
expedience' sake（一時之便）		Ⓝ
expedience's sake		Ⓑ
expropriate, expropriation（徵用；沒收）		ⒷⓃⓈ

extra 的連字用法	帶有 extra 的複合詞，書籍格式一般盡可能採用連寫形式：extramural（校外；城牆外）、extrafine（極細）。但注意 extra-articulate（口條格外清晰）要用連字號。	Ⓑ
	在新聞格式中，當 extra 表示「超出平常的尺寸、範圍或程度」時，要加連字號：an extra-large room（特大的房間）、an extra-dry martini（特乾馬丁尼）、extra-spicy sauce（特辣醬）。當 extra 指「……之外」時，套用字首的標準連字規則：extramarital（婚外）、extrasensory（超感官）、extracurricular（課外）	Ⓝ
	字典未收錄的詞語，學術或科學類的寫作者可以選擇分寫（an extra dry martini），或加連字號（an extra-dry martini），或是連寫（an extradry martini）。	ⓈⒶ
	帶有 extra 的複合詞若位於名詞前，專家小組的書籍格式專家偏好加連字號，位於名詞後不加連字號：He ordered an extra-dry martini.（他點了一杯特乾馬丁尼）、Be extra nice.（待人好一點）	✛
extracurricular（課外的）		ⒷⓃⓈⒶ
extramarital（婚外的）		ⒷⓃⓈⒶ
extrasensory（超感官的）		ⒷⓃⓈⒶ
extraterrestrial（外星球的）		ⒷⓃⓈⒶ
extra-virgin（特級初榨〔橄欖油〕）		ⒷⓃⓈ
face-lift（拉皮；翻新）		ⒷⓃⓈ
face-off (n.)（對峙；對決）		ⒷⓃⓈ
face off (v.)		ⒷⓃⓈ
face-to-face (adj., adv.)		ⒷⓈ
a face-to-face meeting（面對面的會談）		
Let's meet face-to-face.（我們面對面談吧）		
face to face (adj., adv.)		Ⓝ
a face to face meeting		
Let's meet face to face.		

fact-check (v.)（進行事實查核）	ⒷⓃⓈ
fact-checker（事實查核員）	ⒷⓈ
fact checking, fact-checking (n.)　作動名詞時偏好沒有連字號的形式，不過連字號形式也允許使用：Fact checking is important.（事實查核非常重要）	Ⓑ+
fact-finding（查明事實）	ⒷⓃⓈ
fall（秋天）見 seasons 條目	
family　在判斷連字用法時，不要把 family 和以 ly 結尾的副詞混淆，這是很常見的錯誤。以 ly 結尾的副詞構成複合修飾語時不加連字號：a happily married couple（婚姻美滿的夫婦）。而 family 是名詞，構成複合修飾語要加連字號：a family-friendly excursion（適合全家一起的短程旅行）	
family-owned and -operated（家族持有並經營的企業） 另見 suspensive hyphenation 條目	Ⓝ
FAQ, FAQs (pl.)　複數不加撇號，除非用於全大寫的文字中，有必要使用撇號以避免混淆。	ⒷⓃⓈⒶ
faraway (adj.)　a faraway place（遙遠的地方）	ⒷⓃⓈ
far-flung（廣泛的；遙遠的）	ⒷⓃⓈ
farmers' market　They went to the weekly farmers' market.（他們去了每週農夫市集）	Ⓑ
farmers market　專家小組的新聞格式專家偏好不加撇號的寫法：They went to the weekly farmers market.（另見 p.25〈所有格 vs. 形容詞〉）	+
far-off (adj.)（遙遠的）	ⒷⓃⓈ
far-ranging（廣泛的）	Ⓝ
farsighted（有遠見的；遠視的）	ⒷⓃⓈ
Father's Day（父親節）	ⒷⓃⓈⒶ
FBI　Federal Bureau of Investigation（聯邦調查局）的縮寫	ⒷⓃⓈⒶ
F-bomb（fuck 的委婉說法）專家小組偏好加連字號。	+
FDR　Franklin Delano Roosevelt（羅斯福）的縮寫	ⒷⓃⓈⒶ
FedEx（聯邦快遞）	
figure skate (v.), **figure skating** (v., n.), **figure skater** (n.) (v.) 進行花式溜冰 (n.) 花式溜冰；花式溜冰選手	ⒷⓃⓈ
filmgoer（常去電影院的人；影迷）	ⒷⓃⓈ

filmmaker, filmmaking（電影製作人）（電影製作）	ⒷⓃⓈ
firefight (n.)（交火）	ⒷⓃⓈ
firefighter, firefighting（消防員）（消防）	ⒷⓃⓈ
first class (n.) They are seated in first class.（他們坐在頭等艙）	ⒷⓃⓈ
first-class (adj.)　位於名詞前後都要加連字號：They have first-class seats.（他們有頭等艙的座位）	ⓃⓈ
first-class (adj.)　位於名詞前通常加連字號：They have first-class seats.。若位於名詞後，有助於閱讀理解才加連字號。	Ⓑ
first class, first-class (adv.)　作副詞放在動詞後要不要加連字號，專家小組意見分歧：He flies first-class./He flies first class.（他搭頭等艙）	＋
firsthand（第一手的）	ⒷⓃⓈ
501(c)(3), **501(c)(3)s (pl.)**	美國《國內稅收法典》（Internal Revenue Code）中的一條，專門處理一些享有所得稅減免的組織。該法條在書寫時要有括號，且字母或數字之間不空格。
	複數形不加撇號。　＋
fixer-upper（待修房）	ⒷⓃⓈ
flare-up (n.)**, flare up** (v.)（火焰驟燃；爆發；動怒）	ⒷⓃⓈ
flashback（倒敘；閃回）	ⒷⓃⓈ
flashbulb（閃光燈泡）	ⒷⓃⓈ
flash card（閃卡）	ⒷⓈ
flashcard	Ⓝ
flash flood（暴洪）	ⒷⓃⓈ
flash-forward (n.)**, flash forward** (v.)（〔小說、電影等〕提前敘述未來事件；時間快速推進）	ⒷⓃⓈ
flash in the pan (n.)（曇花一現）	ⒷⓈ
flash mob（快閃族）	ⒷⓈ＋
flatbed (n., adj.)　(n.) 平板卡車 (adj.) 平臺的；平板的	ⒷⓃⓈ
flatbread（薄麵餅）	Ⓝ＋
flatfoot　警察的俚語稱呼	ⒷⓃⓈ
flatfoot　扁平足，由足弓塌陷所致：He had a flatfoot.（他有扁平足）	ⒷⓈ

flat foot　He had a flat foot.	Ⓝ
flat-footed, flat-footedness（扁平足的；斷然的；笨拙的；束手無策的）（扁平足；束手無策）	ⒷⓃⓈ
flatland（平原）	ⒷⓃⓈ
flat-out (adj.)**, flat out** (adv.)　(adj.) 完全的 (adv.) 竭盡全力；完全地	ⒷⓃⓈ
flat-panel (adj.)（平板的；平面的）	ⒷⓃⓈ
flat-panel (n.)（平面顯示器）	Ⓝ
flat screen (n.)（平面顯示器）	ⒷⓃⓈ
flip-flop (n., v.)　(n.) 人字拖；啪嗒啪嗒的響聲 (v.) 啪嗒啪嗒響	Ⓝ
flyaway（〔衣服〕寬鬆的；輕浮的；〔頭髮〕凌亂的）	ⒷⓃⓈ
flyby（近天體飛行；低空飛過定點）	ⒷⓃⓈ
fly-by-night (n., adj.) (n.) 無信用之人 (adj.) 無信用的	ⒷⓃⓈ
fly-fishing（飛蠅釣）	ⒷⓃⓈ
flyweight（次最輕量級拳擊手）	ⒷⓃⓈ
FM　frequency modulation（調頻）的縮寫，是一種無線電廣播系統。	ⒷⓃ
-fold（字尾）　除非前面是阿拉伯數字（125-fold 一百二十五倍）或已有連字號的詞語（twenty-eight-fold 二十八倍），否則不加連字號。	ⒷⓃ
follow-up (n.)**, follow up** (v.)　(n.) 後續行動 (v.) 落實；採取進一步行動	ⒷⓃⓈ
fool's errand（徒勞無功的事）	ⒷⓃⓈⒶ
fool's gold（愚人金；誤以為會令人愉快的事物）	ⒷⓃⓈⒶ
for，以 for 開頭的片語及前後的逗號用法　當一個引導性片語以 for 開頭，例如：for example（例如）、for more information（欲知詳情），該片語經常以逗號分隔，但不是一定：For more information, visit our website./For more information visit our website.（詳情請洽官網）	ⒷⓃⓈⒶ
forefather（祖先）	ⒷⓃⓈ
foregoing（上述的）	ⒷⓃⓈ
four-door (n.)　作名詞時，如果有助於閱讀理解可加連字號：Her car is a four-door.（她的車是四門的）	ⒷⓃⓈⒶ

four-door (adj.)　位於名詞前通常要加連字號：a four-door sedan（四門轎車）		ⒷⓃⓈⒶ
401(k)　美國《國內稅收法典》（Internal Revenue Code）中的一條		Ⓝ
401(k)s (pl.)		✚
forward-looking (adj.)	位於名詞前要加連字號：a forward-looking statement（前瞻性聲明）	ⒷⓃⓈ
	位於名詞後不加連字號：This statement is forward looking.（這是一份前瞻性的聲明）	Ⓑ
	位於 be 動詞後要加連字號：This statement is forward-looking.	Ⓝ
fractions **分數的連字用法**	分數作形容詞時要加連字號：a two-thirds majority（三分之二多數）	ⒷⓃⓈⒶ
	在書籍和新聞格式中，分數作名詞要加連字號：He took one-third and left us the remaining two-thirds.（他拿了三分之一，把剩下的三分之二留給我們）	ⒷⓃ
	在科學格式中，分數作名詞不加連字號：He took one third and left us the remaining two thirds.	Ⓢ

fragment　句子片段（sentence fragment）是由一個字或一組字構成，在文法上未達構成句子的最低標準，卻被當作完整句子一般使用標點符號。構成句子的最低標準是至少要有一個主詞和一個動詞，例如：Joe left.（喬離開了）。要注意的是，使役動詞帶有隱含主詞 you，因此祈使句（命令句）是唯一一個字也成句的句型：Leave!（你走）、Stop!（住手）、Eat.（快吃）。出版寫作中經常使用句子片段，在創意寫作中更是常見。因此，只要情況允許使用句子片段，都可以將任何不成句的文字單位當作句子般地使用標點符號，前提是讀者清楚知道這個句子片段的意思：Jerry!（傑瑞！）、Baked beans.（焗豆）、Coffee?（咖啡？）

frame-up (n.)（陷害；誣陷）	ⒷⓃⓈ
frame up (v.)	Ⓝ
-free　以 -free 結尾的複合形容詞若未收錄於字典，用於名詞前後都要加連字號：a tax-free donation（免稅捐款）	ⒷⓃⓈⒶ
free-associate (v.)（自由聯想）	Ⓝ
free association (n.)（自由聯想）	ⒷⓃⓈ
free-for-all (n., adj.)　(n.) 可自由參加的競賽；自由放任 (adj.) 可以自由參加的；人人都可以為所欲為的	ⒷⓃⓈ

free-form (adj.)（自由形態）		⒝Ⓝ⒮
freehand（徒手畫的）		⒝Ⓝ⒮
freelance (n.)（自由工作者）		Ⓝ
free lance (n.) 指自由工作者時通常寫為兩個字，但一個字的形式也允許使用。		⒝⒮
free lance (n.)（中世紀販售個人服務的自由騎士）		⒝Ⓝ⒮
freelance (v., adj., adv.) She prefers to freelance.（她喜歡自由接案） She has been freelancing.（她一直自由接案） She got a freelance assignment. （她接了一個自由工作的案子） She works freelance.（她以自由接案的方式工作）		⒝Ⓝ⒮
freelancer（自由工作者）		⒝⒮
free-lancer		Ⓝ
freeload, freeloader, freeloading（白吃白喝）（白吃白喝的人）（白吃白喝）		⒝Ⓝ⒮
free market (n.)（自由市場）		⒝Ⓝ⒮
Freemason（共濟會成員）		⒝Ⓝ⒮
free-range	（放養）位於名詞前後都要加連字號	Ⓝ⒮
	位於名詞前要加連字號，位於名詞後若有助於閱讀理解，可以加連字號。	⒝
freestanding（獨立式的）		⒝Ⓝ⒮
freethinker (n.), **freethinking** (adj.)　(n.) 自由思想家 (adj.) 自由思想的		⒝Ⓝ⒮
free throw（〔籃球比賽中的〕罰球）		⒝Ⓝ⒮
free verse（無韻詩；自由詩）		⒝Ⓝ⒮
freewheeling（無約束的；隨心所欲的）		⒝Ⓝ⒮
freeze-dry, freeze-dried, freeze-drying（冷凍乾燥）		⒝Ⓝ⒮
freeze-frame (n.)（定格）		⒝⒮
freeze frame (n.)		Ⓝ
freeze-frame (v.)		⒝Ⓝ⒮

French Canadian (n., adj.) (n.) 法裔加拿大人 (adj.) 法裔加拿大人的		ⒷⓃⓈ
freshwater (n.) They live in freshwater. （牠們生活在淡水）		ⒷⓈ
fresh water (n.) They live in fresh water.		Ⓝ
freshwater (adj.) They are a freshwater species. （牠們是淡水物種）		ⒷⓃⓈ
-friendly	搭配名詞構成複合形容詞時，若放在其修飾的名詞前要加連字號：They use ocean-friendly solvents. （他們使用海洋友善的溶劑）	ⒷⓃⓈⒶ
	放在名詞後不加連字號，除非有助於閱讀理解。	ⒷⓈⒶ
	放在 be 動詞後要加連字號：Their practices are ocean-friendly. （他們採用海洋友善的做法）	Ⓝ
	若位於 ly 副詞之後，不要加連字號：environmentally friendly practices （環保的做法）	ⒷⓃⓈⒶ
from . . . to . . . 的逗號用法 專家小組一致偏好 from soup to nuts （自始至終；一應俱全）不加逗號。如果是更長的句子結構，多數專家偏好不用逗號分隔 to 所引導的項目：They serve everything you can imagine, from the famous homemade potato bisque soup to the pan-seared ahi crusted with macadamia nuts to the fresh fruit sorbet with real mango and pineapple served in a carved-out half pineapple. （你想得到的餐點，從有名的自製馬鈴薯濃湯、夏威夷豆嫩煎鮪魚，到以挖空鳳梨為容器的新鮮芒果和鳳梨雪酪，他們都有供應）。少數專家則認為如果 from . . . to . . . 的句型太長且複雜，在每個 to 之前加逗號會更好閱讀。		✛
from . . . to . . . 不以破折號取代 to/through/until 有些情況可以用短破折號表示範圍，例如：Open 8–midnight （營業時間八點到晚上十二點），然而含有 from 的句型必須使用 to/through/until，不可使用短破折號：They're open from 8 to midnight. （他們從八點營業到晚上十二點）		Ⓑ
front and center (adv.) The issue was front and center. （這個問題是重中之重）		ⒷⓃⓈⒶ
front man （掛名的負責人；出面者；主唱；代表人物）		ⒷⓈ
frontman		Ⓝ

front-runner（領先者；先驅）	ⒷⓃⓈ
fruitcake（水果蛋糕）	ⒷⓃⓈ
Fs 大寫字母的複數形，包含字母評分。	Ⓑ
F's 大寫字母的複數形，包含表示學生成績的用法。	ⓃⒶ
f's 小寫字母的複數形	ⒷⓃⓈⒶ
FTP File Transfer Protocol（檔案傳輸協定）的縮寫	ⒷⓃⓈⒶ
fuckup (n.), **fuck up** (v.) That guy is a total fuckup.（那傢伙只會搞砸事情） He's afraid he'll fuck up.（他怕把事情搞砸）	ⒷⓃⓈ
fucked-up (adj.) The whole evening was fucked-up.（整個晚上都毀了）	ⒷⓈ
fuel-efficiency（燃油效率）	Ⓝ
fuel efficiency 專家小組偏好名詞片語不使用連字號	＋

fuel-efficient,	（節省燃料的；省油的）	ⒷⓃⓈⒶ
fuel efficient	位於名詞前要加連字號	
	位於名詞後通常不加連字號	ⒷⓈⒶ
	位於名詞後要加連字號	Ⓝ

full-time (adj.), **full time** (adv.) She has a full-time job.（她有一份全職工作） She works full time.（她做全職）	ⒷⓃ
fund-raising, fund-raiser（募款）（募款人；募款活動）	ⒷⓈ

fundraising,		Ⓝ
fundraiser	若作動詞，專家小組偏好一個字的形式： Volunteers fundraise frequently.（志工經常募款）	＋

F-word（髒話）	Ⓝ＋
FYI for your information（供你參考）的縮寫	ⒷⓃⓈⒶ
G-8 Group of Eight（八大工業國；八國集團）的縮寫	Ⓝ
G-20 Group of Twenty （二十大工業國；二十國集團）的縮寫	Ⓝ
GED General Educational Development（普通教育發展證書）的縮寫，是一項高中同等學歷的測驗和證書。	ⒷⓃⓈⒶ

gerund 動名詞搭配名詞的連字用法	書籍格式規定，以一個動名詞（動詞 ing 形式作名詞使用）結合另一個名詞創造字典中沒有的詞語時，作名詞使用不加連字號：Hat making is a lost art.（製帽是一門失傳的技藝）、Dog walking is a good way to earn extra money.（遛狗是賺外快的好方法）。專家小組也偏好這些詞語不加連字號。	Ⓑ＋
	這些詞語如果作形容詞，要套用複合修飾語的標準連字規則。一般而言，如果用於名詞之前，只要可以幫助閱讀就加連字號：Hat-making skills are hard to find these days.（如今已經很難找到製帽技藝了）、His dog-walking business is booming.（他的溜狗事業生意興隆）	ⒷⓃⓈⒶ
getaway (n.)（逃走）		ⒷⓃⓈ
get-go (n.)　He was in trouble from the get-go.（他從一開始就遇到困難）		ⒷⓃⓈ
get-out (n.)　It's hot as all get-out.（熱得不得了）		ⒷⓃⓈⒶ
getting　getting 構成複合名詞時，專家小組多數偏好加連字號：He's only interested in vote-getting.（他只在乎贏得選票）、She's all about attention-getting.（她一心只想求關注）		＋
get-together (n.), **get together** (v.)　(n.) 聚會 (v.) 相聚		ⒷⓃⓈ
get up (v.)（起床；起立；打扮）		ⒷⓃⓈ
getup (n.)　That's quite a getup you're wearing.（你這身裝扮還真特別）		ⒷⓈ
get-up (n.)　That's quite a get-up you're wearing.		Ⓝ
GI, GIs (pl.)（升糖指數；美國軍人）		ⒷⓃⓈⒶ
gift giving (n.)　It's the time for gift giving.（又到了送禮的時候）		Ⓑ＋
girls' night out（女生之夜）標點符號專家小組傾向於使用複數 girls 的所有格。（另見 p.25〈所有格 vs. 形容詞〉）		＋
giveaway (n.), **give away** (v.) (n.) 贈品；洩漏 (v.) 贈送；洩漏		ⒷⓃⓈ
GMT　Greenwich Mean Time（格林威治標準時間）的縮寫		ⒷⓃⓈⒶ
go-between (n.)（中間人）		ⒷⓃⓈ

goer　帶有 goer 的複合名詞若未收錄於字典，要分寫為兩個字，不加連字號：park goer（公園遊客）、show goer（看秀的人）、mall goer（逛購物中心的人）。例外：operagoer（歌劇迷；觀劇者）、moviegoer（影迷；觀影者）、filmgoer（影迷；觀影者）	Ⓑ Ⓝ Ⓢ
go-go (n., adj.)　(n.) 戈戈舞（一種豔舞）　(adj.) 跳戈戈舞的	Ⓑ Ⓝ Ⓢ
good-bye (n.)　It was a long and mournful good-bye.（那是一場既漫長而哀慟的道別）	Ⓑ Ⓢ
goodbye (n., interj.) It was a long and mournful goodbye. John yelled, "Goodbye!"（約翰大喊：「再見！」）	Ⓝ
good-looking（好看的）	Ⓑ Ⓝ Ⓢ
goodness' sake（天啊；看在老天的分上）	Ⓑ Ⓝ
GOP　Grand Old Party（老大黨；共和黨）的縮寫	Ⓑ Ⓝ Ⓢ Ⓐ
go-to (adj.)　She's my go-to person for these jobs.（她是我心目中做這些工作的最佳人選）	Ⓑ Ⓢ
Gov.　governor（州長）的縮寫，用於人名之前當作頭銜的寫法。	Ⓑ Ⓝ Ⓢ Ⓐ
GPA　grade point average（成績平均績點）的縮寫	Ⓑ Ⓝ Ⓢ Ⓐ
GPS　global positioning system（全球定位系統）的縮寫	Ⓑ Ⓝ Ⓢ Ⓐ
grader　a fifth grader（五年級學生）	Ⓑ Ⓢ
-grader　a fifth-grader	Ⓝ
grades（評分）見個別字母條目	
Grammys (pl.)（葛萊美獎）	
great-　表示家族關係時要加連字號：great-grandfather（曾祖父）、great-aunt（姑婆；姨婆）	Ⓑ Ⓝ
gridiron（烤架）	Ⓑ Ⓝ Ⓢ
gridlock（交通堵塞；僵局）	Ⓑ Ⓝ Ⓢ
Groundhog Day（土撥鼠日）	Ⓑ Ⓝ Ⓢ
grown-up (n., adj.)　(n.) 成人 (adj.) 成熟的；成人的	Ⓑ Ⓝ Ⓢ
guess what 後接句號或問號　專家小組多數傾向於使用句號：Guess what.（你猜怎麼樣），少數偏好使用問號：Guess what?	✚

gung ho（熱烈的；起勁的）	ⒷⓈ
gung-ho	Ⓝ
G-string（丁字褲）	ⒷⓃⓈ
hairdo, hairdos (pl.)（髮型）	ⒷⓃⓈ
hair-raising (adj.)（令人毛骨悚然的）通常加連字號	ⒷⓃⓈⒶ
hairsplitting (n., adj.)　(n.) 拘泥於細節 (adj.) 吹毛求疵的	ⒷⓃⓈ
half　帶有 half 的臨時複合詞一律加連字號：a half-eaten breakfast（吃了一半的早餐）、The report was half-finished.（這份報告只完成了一半）	ⒷⓃ
halfback（〔足球〕中衛）	ⒷⓃⓈ
half-baked（考慮不周全的；草率的）	ⒷⓃⓈ
half blood (n.)（半血緣關係；混血兒）	ⒷⓈ
half-blood (n.)	Ⓝ
half-blood (adj.)（半血緣的；混血的）	ⒷⓃⓈ
half brother（同父異母或同母異父的兄弟）	ⒷⓃⓈ
half-cocked（槍已扣到半擊發位置的；倉促行事的；操之過急的）	ⒷⓃⓈ
half day (n.), **half-day** (adj.)　(n.) 半天工作／學習日 (adj.) 半天的	ⒷⓃ
half dollar（半美元）	ⒷⓃ
half-dollar	Ⓢ
halfhearted, halfheartedly（不認真的；興趣不大的）（不認真地；興趣不大地）	ⒷⓃⓈ
half hour (n.)（半小時）	Ⓑ
half-hour (n.)	Ⓝ
half-hour (adj.)	ⒷⓃⓈⒶ
half-life（半衰期）	ⒷⓃⓈ
half-moon（半月；半月形的東西）	ⒷⓃⓈ
half note（二分音符）	ⒷⓃⓈ
half sister（同父異母或同母異父的姐妹）	ⒷⓃⓈ
half size（半號）	ⒷⓃ
half tide（半潮〔漲潮與退潮之間〕）	ⒷⓃ

halftime（中場休息時間）		ⒷⓃⓈ
halftone（半音；半調色）		ⒷⓃⓈ
half-truth（部分事實的報導；真假參半的陳述）		ⒷⓃⓈ
halfway（中途；到一半）		ⒷⓃⓈ
half-wit（弱智；笨蛋）		ⒷⓃⓈ
handcraft (n., v.), **handcrafted** (adj.)　(n.) 手工藝 (v.) 手工製作 (adj.) 手工製作的		ⒷⓃⓈ
handheld, **hand-held**	作形容詞或名詞時寫為一個字，不加連字號。	Ⓑ Ⓢ
	作形容詞要加連字號	Ⓝ
	專家小組的書籍格式專家偏好將名詞寫為一個字：He used his handheld.（他使用他的手持設備）。新聞格式專家則偏好名詞加連字號：He used his hand-held.	✚
hand in glove (adv.)　They worked hand in glove.（他們共同合作）		ⒷⓃⓈⒶ
hand in hand (adv.)　They walked hand in hand.（他們手牽手散步）		ⒷⓈ✚
handmade（手工的）		ⒷⓃⓈ
hands-on（親自的；親身的）		ⒷⓃⓈ
hands-off（不許碰；不許干涉）		ⒷⓃⓈ
hand washing (n.)（洗手）		Ⓑ✚
hand-washing (n.)		Ⓝ
hand-wringing（擔憂的；焦急的）		ⒷⓃⓈ
Hansen's disease（漢生病，舊稱痲瘋病）		ⒷⓃⓈ
hard-and-fast	位於名詞前要加連字號：a hard-and-fast rule（硬性規定）	ⒷⓃⓈⒶ
	若用於名詞後，有助於閱讀理解可以加連字號。	ⒷⓃⓈⒶ
	位於 be 動詞後要加連字號	Ⓝ
hard-boil (v.), **hard-boiled** (adj.)　(v.) 煮到全熟 (adj.) 全熟的		ⒷⓃⓈ
hard-core (adj.)（堅定的；骨幹的）		ⒷⓃⓈ
hardcover (n., adj.)　(n.) 精裝本 (adj.) 精裝的		ⒷⓃⓈ

Hawaii（夏威夷州）	ⒷⓃⓈ
H-bomb hydrogen bomb（氫彈）的縮寫	ⒷⓃⓈ
headache（頭痛）	ⒷⓃⓈ
head-on (adj., adv.) a head-on collision（迎頭相撞） They collided head-on.（他們迎頭相撞）	ⒷⓃⓈ
heads-up (n.) Joe gave us a heads-up that he is on his way.（喬提醒我們他在路上了）	ⒷⓃⓈ
heads up (interj.) Heads up, everyone!（各位，注意了！）	ⒷⓈ
health care (n.) They have good health care.（他們有良好的健康照護）	ⒷⓃⓈ
health care (adj.) She has a good health care plan.（她有良好的健康照護計畫）	Ⓝ
health-care (adj.) 專家小組的書籍格式專家偏好將形容詞加連字號：She has a good health-care plan.	✚
Heaven's sake（天啊；看在老天的分上）專家小組一致偏好使用單數所有格，撇號在 s 之前	✚
he'd he had 或 he would 的縮寫	ⒷⓃⓈⒶ
hello 的逗號用法 接人名或其他直接稱呼時，hello 後面通常會加逗號：Hello, Dan!（哈囉，丹！）	
hers 永遠不加撇號	ⒷⓃⓈⒶ
he's he is 或 he has 的縮寫	ⒷⓃⓈⒶ
hey 的逗號用法 接人名或其他直接稱呼時，hey 後面通常會加逗號：Hey, Brenda!（嘿，布蘭達！）	
hi 的逗號用法 接人名或其他直接稱呼時，hi 的後面通常會加逗號：Hi, Brenda!（嗨，布蘭達！）	
hi-fi（高傳真音響設備）	ⒷⓃⓈ
high-chair (n.)（高腳椅）	ⒷⓈ
highchair (n.)	Ⓝ
highfalutin（裝模作樣的；誇張的）	ⒷⓃⓈ
high five (n.)（擊掌）	ⒷⓈ
high-five (n., v.)	ⒷⓃⓈ

high jinks（狂歡作樂）書籍、新聞及科學格式偏好寫為兩個字，不加連字號（然而 hijinks 和 hi-jinks 的寫法也是被允許的）	ⒷⓃⓈ
high-rise (n., adj.) (n.) 高樓 (adj.) 高樓的	ⒷⓃⓈ
high school (n.)（高中）	ⒷⓃⓈⒶ
high school (adj.)（高中的）	Ⓐ
high tech (n.), **high-tech** (adj.) (n.) 高科技 (adj.) 高科技的	ⒷⓃⓈ
hip-hop (n., adj.) (n.) 嘻哈音樂；嘻哈文化 (adj.) 嘻哈文化的	ⒷⓃⓈ
his 永遠不加撇號	ⒷⓃⓈⒶ
hit-and-run (n., adj.) He was arrested for hit-and-run.（他因肇事逃逸被捕） It was a hit-and-run accident.（這是一起肇逃事故）	ⒷⓃⓈ
hit and run (v.) He's not the kind of driver who would hit and run.（他不是那種會肇事逃逸的司機）	Ⓝ
HIV human immunodeficiency virus（人類免疫缺陷病毒）的縮寫	ⒷⓃⓈ
HMO, HMOs (pl.) (= health maintenance organization 健康維護組織)	ⒷⓃⓈⒶ
ho-hum（沉悶乏味的；平淡無奇的）	ⒷⓃⓈ
holdover (n.)（從前一時期留下來的人事物；留任者）	ⒷⓃⓈ
holdup (n.), **hold up** (v.) (n.) 延誤；耽擱；搶劫 (v.) 延誤；耽擱；支撐；搶劫	ⒷⓃⓈ
homegrown（自家種植的；國產的）	ⒷⓃⓈ
homemade（自製的）	ⒷⓃⓈ
homeowner's, homeowners', homeowners（屋主）見 p.25〈所有格 vs. 形容詞〉	
homeschooler, homeschooling (n.), **homeschool** (v.), **homeschooled** (adj.)（在家自學；在家自學的人）	ⒷⓈ
home-schooler (n.), **home-school** (v.), **home-schooled** (adj.)	Ⓝ
home schooling (n.)	Ⓝ
home-style (adj.) 專家小組多數偏好加連字號：They specialize in home-style cooking.（他們專長做家常菜）	✛
homespun（手織的；樸素的）	ⒷⓃⓈ

hometown（家鄉；故鄉）	ⒷⓃⓈ
-hood 這個字尾通常不加連字號，除非不加連字號會產生不自然的結構或導致語意混淆：victimhood（受害者心理；受害者情結）	ⒷⓃⓈⒶ
hors d'oeuvre（開胃菜）d 的後面有撇號	ⒷⓃⓈ
hot dog (n.) 作名詞指食物「熱狗」時，要寫為兩個字，不加連字號。	ⒷⓃⓈ
hotdog (v.) 作動詞表示「炫技」時，在書籍和科學格式中要寫為一個字：The surfer likes to hotdog.（那個衝浪者喜歡炫技）、The surfer was hotdogging.（那個衝浪者在炫技）	ⒷⓈ
hot-dog (v.) 作動詞表示「炫技」時，在新聞格式中要使用連字號：The surfer likes to hot-dog.、The surfer was hot-dogging.	Ⓝ
hot plate（電熱爐）	ⒷⓃⓈ
hour's, hours' an hour's drive（一小時的車程）、two hours' worth（兩小時的時間）這類的用語通常採用所有格的形式。使用時要遵循對應的撇號規則，注意單數所有格是 hour's，複數所有格是 hours''，兩者有所區別。（見 p.24〈準所有格〉）	
however 的逗號用法 however 作副詞時可用逗號和句子分隔，也可以不用，要看寫作者認為它們是插入語還是融入句子當中：Jane, however, won't attend.（然而珍不會出席）。如果與句子結構不可分割，或者沒有停頓的意思，則不需要逗號：Jane however won't attend.。當 however 作連接詞時，後面絕不加逗號：However you look at it, we have a problem.（無論怎麼看，我們就是有麻煩）	ⒷⓃⓈⒶ
Hula-Hoop（呼拉圈）	ⒷⓃⓈ
hula hoop 新聞格式允許將這個字當作通稱，使用小寫字母並且不加連字號。	Ⓝ
hush-hush（極祕密的；要求別出聲）	ⒷⓃⓈ
i's 小寫字母的複數形，要加連字號：Dot your i's and cross your t's.（反覆檢查有沒有漏掉的細節）。	ⒷⓃⓈⒶ
icebreaker（破冰船；打破僵局的東西）	ⒷⓃⓈ
ice maker（製冰機）	ⒷⓈ
ice-maker	Ⓝ
ice pick（碎冰器）	ⒷⓃⓈ
I'd I would 或 I had 的縮寫	ⒷⓃⓈⒶ

ID　identification（身分證）的縮寫	ⒷⓃⓈⒶ
I'd've　I would have 的縮寫	ⒷⓃⓈⒶ
i.e. 的句號用法　i.e. 是拉丁文 id est 的縮寫，意思是「即；也就是」，每一個字母後面都要有句號。	ⒷⓃⓈⒶ
i.e. 的逗號用法　在文中後面一定要加逗號。	ⒷⓃ
ifs, ands, or buts（藉口）	ⒷⓈⒶ
ifs, ands or buts	Ⓝ
IM　instant message（即時通訊；傳送即時訊息）的縮寫，動詞的變化形式為 IMed 和 IMing。	ⒷⓃⓈⒶ
I'm　I am 的縮寫	ⒷⓃⓈⒶ
'im　him 用於口語對話的縮寫。要注意撇號的方向，確定沒有被文書處理軟體誤改為左單引號。（見 p.31〈撇號的方向〉）	ⒷⓃⓈⒶ
"in"　表示某件事物很時髦、很流行時，如果後面接有名詞，要把 in 用引號標示：He hangs with the "in" crowd.（他和時尚人士混在一起）。其他情況則不加引號：That color palette is very in right now.（那種配色現在很流行）	Ⓝ
in'　ing 的縮短形式，用來表示地方口音或隨意的交談，例如 walkin'、talkin'、thinkin' 這樣的用法。	ⒷⓃⓈⒶ
in-（字首）　字首 in- 的意思是「不；無」，和介系詞 in 不同，切勿混淆。使用了否定字首 in- 的單字很多都有收錄在字典，通常不加連字號：insufferable（難以忍受的）、inaccurate（不正確的）、indecision（優柔寡斷）、indecisive（優柔寡斷的）、intolerable（無法容忍的）、indiscreet（輕率的）、indiscretion（輕率）、indirect（間接的）、infallible（絕無錯誤的） 使用單字 in 構成的複合詞則要遵循複合修飾語的構詞規則：an in-depth study（深入的研究）、an in-house recruitment effort（內部招聘作業）	ⒷⓃⓈⒶ
inbound（到達的；歸航的；入內地的）	ⒷⓃⓈ

Inc.	在書籍格式中，Inc. 和 Ltd. 等類似縮寫詞的前後不要求加逗號：He has worked for ABC Inc. for three years.（他在 ABC 公司已經做了三年）。但如果作者選擇在 Inc. 前面加逗號，則後面也要加逗號。	Ⓑ
	對：He has worked for ABC, Inc., for three years. 錯：He has worked for ABC, Inc. for three years.	
	在新聞格式中，Inc. 和 Ltd. 等類似縮寫詞前後一律不加逗號：He has worked for ABC Inc. for three years.	Ⓝ
including 的冒號用法 使用 including 來列舉項目時，including 後面不要加冒號：They have many toppings available, including garlic, pepperoni, and onions.（他們有多種配料可供選擇，包含大蒜、義式臘腸和洋蔥）		ⒷⓃ
including 的逗號用法 including 前面通常要加逗號，但是後面不加逗號：America has many great cities, including New York, Chicago, and San Francisco. / America has many great cities including New York, Chicago, and San Francisco.（美國有很多大城市，包括紐約、芝加哥和舊金山）		ⒷⓃⓈⒶ
in-depth, in depth	作形容詞要加連字號：The in-depth study has been completed.（深入的研究已經完成）	ⒷⓃⓈⒶ
	在新聞格式中，作副詞要加連字號：The partners discussed the matter in-depth.（合夥人深入討論了這件事）	Ⓝ
	專家小組的書籍格式專家偏好副詞不加連字號：The partners discussed the matter in depth.	✚
infield（耕地；〔棒球〕內野）		ⒷⓃⓈ
infighting（內訌；混戰）		ⒷⓃⓈ
in-house	作形容詞要加連字號：The in-house study has been completed.（內部研究已經完成）	ⒷⓃⓈⒶ
	在新聞格式中，作副詞要加連字號：The partners discussed the matter in-house.（合夥人在內部討論了這件事）	Ⓝ

initials for people's names **人名首字母的句號和空格用法**	人名中的首字母縮寫後面要有句號和空格：H. L. Mencken（孟肯）、W. E. B. DuBois（杜波依斯）。代表全名的首字母縮寫如 JFK（甘迺迪）和 FDR（羅斯福）則不加句號也不空格。	ⒷⓈⒶ
	人名中的首字母縮寫要加句號，但中間不空格：H.L. Mencken、W.E.B. DuBois	Ⓝ

initials for people's names 人名首字母的其他標點用法	ⒷⓃⓈⒶ
首字母縮寫的最後一個句號就可以當作句子的結尾標點符號：Though students called him professor, friends just called him W. B.（儘管學生稱他為教授，朋友們都叫他 W. B.） 如果句子或片語的結尾是問號、驚嘆號、分號或冒號，該結尾標點符號要放在縮寫詞末句號的後面，且不可省略：Do his friends call him W. B.?（他的朋友都叫他 W. B. 嗎）	
in-law's 遵循所有格的標準規則構成 in-law 的所有格。單數和複數的所有格都是在 law 的字尾加撇號和 s（複數形則顯示在該詞語的第一部分）：my father-in-law's house（我岳父／公公家）、all three of my sisters-in-law's husbands（我的三個小姨子／小姑子的丈夫）（另見 p.24〈複合詞的所有格〉）	ⒷⓃⓈⒶ
in-line (adj.)（成一直線的；與……一致的）	ⒷⓃⓈ
in-line (adv.)	ⒷⓈ
inpatient（住院病人）	ⒷⓃⓈ
inside out (adj., adv.)	His shirt was inside out.（他的襯衫穿反了）	ⒷⓃⓈ
	複合形容詞若位於名詞之前，專家小組多數偏好加連字號：He wore an inside-out shirt.（他的襯衫穿反了）	＋
insufferable（難以忍受的）		ⒷⓃⓈⒶ
inter- 套用字首的標準連字規則。一般而言，除非後接專有名詞，或為了避免產生不自然的複合詞，否則不加連字號。		ⒷⓃⓈⒶ
interminable（無止盡的；冗長的）		ⒷⓃⓈⒶ
in-the-know（了解）位於名詞之前只要有助於閱讀理解就加連字號，位於名詞之後不加連字號。		ⒷⓃⓈⒶ
in utero (adj., adv.) an in utero procedure（子宮內處置）		Ⓑ
in vitro (adj., adv.) in vitro fertilization（體外受精）		Ⓑ
in vivo (adj., adv.) in vivo response（體內反應）		Ⓑ

IOU, IOUs (pl.)（借據）複數不加撇號，除非用於全大寫的文字中，有必要使用撇號以避免混淆。		ⒷⓃⓈⒶ
iPad, iPod		
IQ, IQs (pl.) intelligence quotient（智商）的縮寫。複數不加撇號，除非用於全大寫的文字中，有必要使用撇號以避免混淆。		ⒷⓃⓈⒶ
IRS Internal Revenue Service（美國國稅局）的縮寫		ⒷⓃⓈⒶ
is is 的逗號用法	當一個主詞以 is 結尾，後面又接了一個以 is 開頭的動詞片語時，格式指南認為只要能幫助理解就應該插入逗號，且由寫作者自行判斷。	ⒷⓃⓈⒶ
	在 What it is is a good idea.（這是個好主意）這個句子中，專家小組多數選擇不加逗號。	✚
-ism 的連字用法 套用字尾的標準連字規則。一般而言不加連字號，除非沒有連字號會造成語意混淆或不自然的結構。		ⒷⓃⓈⒶ
isn't is not 的縮寫		ⒷⓃⓈⒶ
IT information technology（資訊科技）的縮寫		ⒷⓃⓈⒶ
Italian American (n., adj.)		ⒷⓃⓈ
a famous Italian American（知名的義大利裔美國人）		
an Italian American community（義大利裔美國人社區）		
it'd it would 或 it had 的縮寫		ⒷⓃⓈⒶ
it's it is 或 it has 的縮寫：It's raining.（下雨了）、It's been quite a week.（相當忙碌的一週）。注意不要跟所有格 its（下一條目）混淆。		ⒷⓃⓈⒶ
its it 的所有格：The dog wagged its tail.（狗狗搖尾巴）。所有格絕不加撇號（見上一條的縮寫 it's）。		ⒷⓃⓈⒶ
IUD, IUDs (pl.)		ⒷⓃⓈⒶ
intrauterine device（子宮內避孕器）的縮寫		
I've I have 的縮寫		ⒷⓃⓈⒶ
Jack Daniel's 品牌名稱 Jack Daniel's Tennessee Whiskey（傑克丹尼田納西威士忌）的簡稱，無論使用單數或複數都不變形：He ordered a Jack Daniel's.（他點了一杯傑克丹尼）、He ordered two Jack Daniel's.（他點了兩杯傑克丹尼）		
jack-o'-lantern（南瓜燈）		ⒷⓃⓈ

J.C. Penney （傑西潘尼，美國知名的連鎖百貨商店）	
Jell-O （果凍，為商標名稱）	
Jesus's 在書籍、科學和學術格式中，無論單字的字尾是不是 s，所有格通常都是加撇號和 s：Jesus's teachings （耶穌的教導）	Ⓑ Ⓢ Ⓐ
Jesus' 此為所有格。在新聞格式中，以 s 結尾的單數專有名詞構成所有格時只加撇號：Jesus' teachings	Ⓝ
JFK John F. Kennedy （甘迺迪） 的首字母縮寫	Ⓑ
JPEG, JPEGs (pl.) （一種廣泛用於影像檔案的失真壓縮標準，是由 Joint Photographic Experts Group〔聯合圖像專家小組〕的首字母所合成的縮寫）	Ⓑ Ⓝ Ⓢ
Jr. （= junior 小）	Ⓑ Ⓝ Ⓢ Ⓐ

Jr. 的逗號用法	不要用逗號和專有名詞隔開：Dr. Martin Luther King Jr. was commemorated that day.（那天人們紀念了小馬丁路德金恩博士）	Ⓑ Ⓝ Ⓢ
	要用逗號隔開：Dr. Martin Luther King, Jr., was commemorated.（人們紀念了小馬丁路德金恩博士）	Ⓐ

K2 （喬戈里峰，為世界第二高峰）	Ⓑ Ⓢ
K-9 （警犬）	Ⓑ Ⓝ Ⓢ
karat 的連字用法 見 carat 條目	
kick ass (v.), **kick-ass** (adj.) （v.) 踢屁股；揍人 （adj.) 很棒的；超酷的	Ⓑ Ⓝ Ⓢ
kilowatt-hour （千瓦時，為能量單位）	Ⓑ Ⓝ Ⓢ
the King's English （標準英語）	Ⓑ Ⓢ
the king's English	Ⓝ
King of + 國家名，所有格用法 所有格的用法為 King of Jordan's visit （約旦國王的拜訪），而不是 King's of Jordan visit。另見 p.29〈雙重所有格〉條目。	Ⓑ Ⓝ Ⓢ
Kmart （美國的一家連鎖百貨公司）	
knockdown (adj.) （擊倒的；低價的；折扣的）	Ⓑ Ⓝ Ⓢ
knock-down-drag-out (n.), **knock-down, drag-out** (adj.) (n.) 激烈的爭論；猛烈的戰鬥 (adj.) 激烈的；猛烈的	Ⓑ Ⓢ
knockoff (n.), **knock off** (v.) （n.) 山寨版；仿冒品 (v.) 撞倒；打落；停工；匆匆完成	Ⓑ Ⓝ Ⓢ

knockout (n.), **knock out** (v.)　(n.)（拳擊）擊倒 (v.)（拳擊）擊倒；打昏；累倒	ⒷⓃⓈ
know-it-all (n., adj.)　(n.) 自以為無所不知的人 (adj.) 自以為無所不知的	ⒷⓃⓈ
know-nothing (n.)（一無所知的人；無知者）	ⒷⓃⓈ
known 的連字用法　套用複合形容詞的標準連字規則。只要有助於閱讀理解就加連字號：a lesser-known man（不大知名的人）。若位於 ly 副詞之後，不要加連字號：a nationally known actor（全國知名的演員）	ⒷⓃⓈⒶ
Kool-Aid（一種調味飲料的品牌名稱）	
LA　Los Angeles（洛杉磯）的縮寫	ⒷⓈⒶ
L.A.　Los Angeles（洛杉磯）的縮寫	Ⓝ
laid-back (adj.)（悠閒的；懶散的）	ⒷⓃⓈⒶ
landline（地面通訊線；固定電話）	ⒷⓃⓈ
Lands' End　服裝品牌名稱	
laptop（筆記型電腦）	ⒷⓃⓈ
late 的連字用法　構成複合形容詞常加連字號（a late-winter snowfall 晚冬的降雪），但是構成名詞片語不加連字號：It was late winter.（時值深冬）、They will visit in late September.（他們將在九月下旬到訪）	✚
late night (n.)　He does his best work in the late night.（他在深夜時工作效率最高）	ⒷⓃⓈⒶ
late-night (adj.)　位於名詞前通常加連字號：He hosts a late-night program.（他主持一個深夜節目）	ⒷⓃⓈⒶ
Latin American (n., adj.)　(n.) 拉丁美洲人 (adj.) 拉丁美洲的	Ⓝ
layoff (n.), **lay off** (v.) They had a lot of layoffs this year.（他們今年大量裁員） I hope they don't lay off any employees.（希望他們不要解僱任何員工）	ⒷⓃⓈ
layout (n.), **lay out** (v.) I like the layout of this apartment.（我喜歡這間公寓的格局） Lay out your clothes for tomorrow.（把明天要穿的衣服拿出來擺好）	ⒷⓃⓈ

266

layover (n.), **lay over** (v.) He has a nine-hour layover in Chicago. （他在芝加哥短暫停留了九小時） The flight will lay over for nine hours in Chicago. （班機會在芝加哥短暫停留九小時）	Ⓑ Ⓝ Ⓢ

lb.	書籍格式建議拼寫出單字 pound（磅），不用縮寫 lb.，但允許視情況使用縮寫（例如用於表格中）。lb. 一般要有句號，在高度技術性的內容中可省略句號。要注意在書籍格式中 lb. 的單複數同形：1 lb.（一磅）、5 lb.（五磅）、100 lb.（一百磅）	Ⓑ
	新聞格式不使用縮寫	Ⓝ
	如果寫作者認為情況合適，科學和學術格式允許使用縮寫，要加句號。	Ⓢ Ⓐ

left-click (n., v.) Only a left-click will pull up the submenu. （點擊滑鼠左鍵才能調出子選單） You must left-click in the document body. （你必須在文件的正文處點擊滑鼠左鍵）	✚
left hand, left-hander (n.), **left-handed** (adj.)（左手）（左撇子）（左手的；左邊的）	Ⓑ Ⓝ Ⓢ
left wing, left-winger (n.), **left-wing** (adj.) She represents the left wing of the party. （她代表黨內的左派） He is a left-winger.（他是左派分子） They say he has a left-wing agenda. （他們說他有左派的政治理念）	Ⓑ Ⓝ Ⓢ
lengthwise, lengthways（縱向的）（縱向地）	Ⓑ Ⓝ Ⓢ
-less 套用字尾的標準連字規則。一般而言不加連字號，除非後接專有名詞或為了避免產生不自然的複合詞。	Ⓑ Ⓝ Ⓢ Ⓐ

let's let us 的縮寫，通常用於邀請或提出建議：Let's go to the movies.（我們去看電影吧）。注意不要和 lets 混淆，lets 是動詞 let 的一個變化形。

lets 動詞 let 的第三人稱單數形：He lets the cat out at night.（他晚上會讓貓出去）。絕不可加撇號。	
letter grades（字母評分）見個別字母條目	
letters, lowercase 小寫字母 小寫字母的複數要在 s 前加撇號：The name Mississippi has multiple i's, s's, and p's.（Mississippi 這個字裡有好幾個 i、s 和 p）	ⒷⓃⓈⒶ
Levi's 牛仔褲公司的品牌名稱，單數和複數都用同一個形式：He wore his Levi's.（他穿著他的 Levi's 牛仔褲）、They wore their Levi's.（他們穿著他們的 Levi's 牛仔褲）	
lifeblood（命脈；命根子）寫為一個字，不用所有格。	ⒷⓃⓈ
lifesaver, Life Savers 通用名稱（指救命之物）寫為一個字：This loan is a real lifesaver.（這筆貸款真是救星）。糖果品牌寫為兩個字：I love to eat Life Savers.（我愛吃 Life Savers 的糖果）。	ⒷⓃⓈ
lifestyle（生活方式）	ⒷⓃⓈ
liftoff (n.), **lift off** (v.) (n.) (v.) 起飛；升空	ⒷⓃⓈ
-like 字典未收錄的詞語要加連字號：a secretary-like position（類似祕書的職位）、a dog-like devotion（狗一般的忠誠）。如果 -like 連接的是兩個字以上且通常不加連字號的詞語，整個複合詞都要以連字號連接：It's a wine-cellar-like space.（這是個類似酒窖的空間）	ⒷⓃⓈ
likely 通常作形容詞：likely voters（潛在選民）。判斷連字用法的時候，不要將 likely 和 ly 副詞混淆。以 ly 結尾的副詞構成複合修飾語時不加連字號：a happily married couple（婚姻美滿的夫妻）。而 likely 是形容詞，要加連字號：likely-voter response（潛在選民的反應）。	
lineup (n.) We have a great lineup this year.（我們今年的陣容堅強）	ⒷⓃⓈ

line up (v.),	Line up at the door.（在門口排隊）	ⒷⓃⓈⒶ
lineup (adj.)	作形容詞時，專家小組多數選擇寫為一個字，不加連字號：Your lineup procedure won't work.（你的排列程序沒有用）	**+**

LinkedIn（領英公司）社交及專業人脈網絡服務網站的專有名稱	

linking verbs 複合形容詞位於連綴動詞後的連字用法	+
linking verbs（連綴動詞）又稱為 copular verbs，用來表達狀態和感覺，become、seem、appear、smell、act 都是連綴動詞。新聞格式明確規定位於 be 動詞之後的複合形容詞要加連字號，但沒有指明這條規則是否適用於其他類似的狀態動詞。專家小組多數選擇將連綴動詞當作 be 動詞來處理：Their service eventually became family-style.（他們最終發展為家庭式服務）、This dessert seems guilt-free.（這似乎是可以盡情享用的零罪惡甜點）	

Lions Club, Lions Clubs International（獅子會）（國際獅子會）	
lion's den（虎穴；危險境地）書籍格式採用單數所有格的形式	Ⓑ
lion's share（絕大部分）撇號在 s 之前	ⒷⓃⓈ
lockdown (n.), **lock down** (v.)　(n.) 封鎖 (v.) 封鎖；鎖住	ⒷⓃⓈ
lockdown (adj.)　(adj.) 封鎖的；鎖定的	+
log-in (n.)（登入）	ⒷⓈ
login (n.)	Ⓝ
log in (v.)	ⒷⓃⓈⒶ
log off (v.)（登出）	ⒷⓃⓈⒶ
logoff (n.)	Ⓝ
log-on (n.)（登入）	ⒷⓈ
logon (n.)	Ⓝ
log on (v.)	ⒷⓃⓈⒶ
LOL　laughing out loud（放聲大笑）的縮寫	ⒷⓃⓈⒶ+
long-standing　要加連字號：They have a long-standing commitment.（他們有長久的承諾）	ⒷⓃⓈⒶ+
long term (n.), **long-term** (adj.)	ⒷⓃⓈ
We will see growth in the long term.（長期下來我們會看到成長） Long-term growth projections are encouraging.（長期的成長預測相當令人振奮）	

long time (n.), **longtime** (adj.) They haven't visited in a long time.（他們很久沒去拜訪了） The longtime friends had their first argument. （這對老朋友第一次爭吵）	BNS
Lord's Prayer（主禱文）	BNS
Lou Gehrig's disease（路蓋里格氏病，為肌萎縮側索硬化症〔Amyotrophic lateral sclerosis〕的另稱，是一種運動神經元病，即俗稱的漸凍症）	BNS
lover 當名詞片語中的第一個字是所愛好的事物時，多數都不加連字號：movie lover（電影愛好者）、chocolate lover（巧克力愛好者）。	BA+
lover's, lovers', lovers 專家小組多數偏好 chocolate lover's special（巧克力愛好者專屬）使用單數所有格，fashion lovers' paradise（時尚愛好者天堂）使用複數所有格，暗示了用詞的選擇在於強調單一愛好者還是眾多愛好者。（另見 p.25〈所有格 vs. 形容詞〉）	+
lowercase (n., v.), **lowercased, lowercasing** (n.) 小寫字母 (v.) 用小寫字母書寫	BNS
LLC（有限責任公司，limited liability company 的縮寫）不用逗號分隔文字	B
LLP（有限責任合夥，limited liability partnership 的縮寫）不用逗號分隔文字	B
Ltd.（有限公司，limited company 的縮寫）逗號用法見 Inc. 條目	BN
M1, M16 an M16 military rifle（一把 M16 步槍）	N
MA, MS master of arts（文學碩士）和 master of science（理學碩士）的縮寫：Carrie Altman, MS, gave a presentation.（凱莉奧特曼，理學碩士，進行了報告）	BSA
M.A., M.S. master of arts（文學碩士）和 master of science（理學碩士）的縮寫：This is Carrie Altman, M.S.（這位是凱莉奧特曼，理學碩士）	N
Ms. 對女士的尊稱：Ms. Jones will see you now.（瓊斯女士現在可以見你了）	BNSA
ma'am madam（夫人；女士）的非正式用法	BNS
machine gun (n.), **machine-gun** (v., adj.) (n.) 機關槍 (v.) 用機關槍掃射 (adj.) 機關槍的	BNS

Macy's（梅西百貨公司）該公司的標誌以星號取代撇號，但書寫時必須寫為撇號，與該公司新聞稿的書寫方式一致。 若要構成複數形、單數所有格或複數所有格，專家小組一致偏好維持單數形式，不做任何變化：Our town has three Macy's.（我們鎮上有三家梅西百貨）、Macy's location is perfect.（梅西百貨的位置很理想）、All three Macy's locations are perfect.（三家梅西百貨的位置都很理想）		✚
magna cum laude (adj., adv.)　(adj.) 優異成績的 (adv.) 以優異成績地）		ⒷⓃⓈ
maitre d' **重音符號的用法**	（餐廳服務生領班）書籍和科學格式偏好在 i 上方使用抑揚符號（î），寫為 maître d'，但允許不用抑揚符號的格式。	ⒷⓈ
	新聞格式不使用抑揚符號	Ⓝ
maitre d' 的複數形　書籍和科學格式以及多數專家偏好寫成 maitre d's 的複數形式，少數專家偏好寫為 maîtres d'。		ⒷⓃⓈ✚
make-believe (n., adj.)　(n.) 虛幻；虛構；假裝 (adj.) 虛幻的；虛構的；假裝的		ⒷⓃⓈ
makeover (n.)（美容；改造）		ⒷⓃⓈ
maker	以 maker 構成字典未收錄的複合名詞時，要加連字號：pie-maker（餡餅機）、chart-maker（圖表製作工具）。 例外：coffee maker（咖啡機）、drugmaker（製藥商）、policymaker（政策制定者）	Ⓝ
	複合名詞不加連字號：pie maker、chart maker	✚
makeup (n., adj.) She applied her makeup.（她化了妝） Kindness is in his makeup.（他生性善良） Take the makeup exam.（補考）		ⒷⓃⓈ
make up (v.)（組成；編造；和解）		ⒷⓃⓈ

making, **-making**	創造字典未收錄的名詞（動名詞）時，不加連字號：He enjoys guitar making.（他很喜歡製作吉他）	Ⓑ+
	在新聞格式中，如果寫作者認為連字號有助於閱讀理解，可將名詞加連字號：He enjoys guitar-making.	Ⓝ
	如果是形容詞，必須套用複合修飾語的標準連字規則。一般而言，只要有助於閱讀理解就加連字號：He saw his guitar-making career come to an end.（他知道他的吉他製作生涯結束了）	ⒷⓃⓈⒶ
Martha's Vineyard（瑪莎葡萄園島，位於美國麻薩諸塞州外海的一個島嶼）		ⒷⓃⓈⒶ
Martin Luther King Jr. Day（馬丁路德金恩紀念日）		ⒷⓃ
mash-up (n.)（〔音樂、影音等的〕混搭）		ⒷⓈ
mashup (n.)		Ⓝ
mass market (v.), **mass-market** (adj.), **mass-marketed** (adj.) They will mass market their new product line.（他們將針對新產品系列進行大眾行銷） The publisher focuses on mass-market paperbacks. （這家出版社專門出版大眾平裝本） Consumers favor mass-marketed products. （消費者喜歡大眾化的產品）		ⒷⓃⓈ
mass-produce (v.)（大量生產）		ⒷⓈ
mass produce (v.)		Ⓝ
mass-produced (adj.)（大量生產的）		ⒷⓃⓈⒶ
master's degree, master's（碩士學位）也可以寫成 master of arts（文學碩士）或 master of science（理學碩士）。		ⒷⓃⓈⒶ
matter of fact (n.)　That's a matter of fact.（那是事實）		ⒷⓃⓈⒶ
matter-of-fact (adj.)	作形容詞放在名詞前要加連字號：He had a matter-of-fact tone.（他有一種就事論事的語氣）	ⒷⓃⓈⒶ
	位於 be 動詞後要加連字號：His tone was matter-of-fact.（他的語氣是就事論事的）	Ⓝ

matter-of-factly (adv.) He said it matter-of-factly.（他就事論事地說這件事）	ⒷⓃⓈ+
MBA（= Master of Business Administration 企業管理碩士）	ⒷⓃⓈⒶ
M.C., MC（司儀；主持人）見 emcee 條目	
McDonald's 若要構成複數形、單數所有格或複數所有格，專家小組一致偏好維持單數形式，不做任何變化：Our town has three McDonald's.（我們鎮上有三間麥當勞）、McDonald's location is perfect.（麥當勞的位置很理想）、All three McDonald's locations are perfect.（三間麥當勞的位置都很理想）	+
MD, MDs doctor of medicine（醫學博士）的縮寫：Carlos Iglesia, MD, gave a presentation.（卡洛斯・伊格萊西亞，醫學博士，進行了報告）	ⒷⓈⒶ
M.D., M.D.s doctor of medicine（醫學博士）的縮寫：This is Carlos Iglesia, M.D.（這位是卡洛斯・伊格萊西亞，醫學博士）	Ⓝ
MDT Mountain Daylight Time（山區夏令時間）的縮寫	ⒷⓃⓈⒶ
measurements 測量值的連字用法 測量值當作形容詞時可以加連字號，使閱讀起來更清楚：a 300-acre farm（三百英畝的農場）、a 40-mile drive（四十英里的車程）、a 25-inch waist（二十五英寸的腰圍）。其他情況測量值則通常不加連字號：300 acres、40 miles、25 inches。	ⒷⓃⓈⒶ
Megan's Law（梅根法案）	ⒷⓃⓈⒶ
meltdown (n.)**, melt down** (v.) The power plant had a meltdown. （發電廠發生了爐心熔毀事故） They will melt down the gold.（他們會將黃金熔化）	ⒷⓃⓈ
men's man 的複數所有格。有些商標名稱會把撇號去掉，但這種做法普遍認為是錯誤用法。	ⒷⓃⓈⒶ
Mercedes-Benz（賓士汽車）	
merry-go-round（旋轉木馬）	ⒷⓃⓈ
Mexican American (n., adj.) (n.) 墨西哥裔美國人 (adj.) 墨西哥裔美國人的	ⒷⓃⓈ
mg milligram（毫克）的縮寫	ⒷⓈ
MIA missing in action（作戰失蹤）的縮寫	ⒷⓃⓈⒶ

mid 的連字用法	除非後接專有名詞或數字，或為了避免產生不自然、語意不清的複合詞，否則不加連字號：midforties（四十五六歲）、midsentence（話說到一半）。下列詞語要加連字號：mid-September（九月中旬）、mid-1840s（一八四〇年代中期）	Ⓑ Ⓝ Ⓢ Ⓐ
	mid 後面若接季節，專家小組一致支持加連字號：We will visit in mid-spring.（我們會在仲春時造訪）	✛
	在書籍格式中，由 mid 加上一個分寫的複合詞所構成的複合名詞，只需要使用一個連字號：He lived in the mid-thirteenth century.（他是十三世紀中期的人）、We will visit mid-next year.（我們會在明年中造訪） 但若是構成複合形容詞，整個複合詞都要以連字號連接：a mid-thirteenth-century cathedral（十三世紀中葉的大教堂）、a mid-next-year plan（明年的年中計畫）	Ⓑ
	mid 後接 next year 等分寫的複合詞時，專家小組意見分歧。多數選擇名詞片語 mid next year 不加連字號，有的選擇使用一個連字號 mid-next year，有的選擇使用兩個連字號 mid-next-year。	✛
mid- to late- 類的用法中，mid- 要加連字號。（另見 p.152〈懸垂連字號〉）	在 mid- to late-1980s（八〇年代中末期）這	Ⓑ Ⓝ Ⓢ
middle class, middle-class	名詞不加連字號：They are members of the middle class.（他們是中產階級人士）	Ⓑ Ⓝ Ⓢ Ⓐ
	形容詞若位於名詞前要加連字號：They have middle-class sensibilities.（他們有著中產階級的鑑賞力）	Ⓑ Ⓝ Ⓢ Ⓐ
	形容詞若位於 be 動詞後要加連字號：That family is middle-class.（那一家人是中產階級）	Ⓝ
Middle Eastern（中東的）		Ⓑ Ⓝ Ⓢ
military titles（軍銜） 軍銜的縮寫要加句號：Gen.（上將）、Lt.（中尉）、Col.（中校）、Maj.（少校）、Cpl.（下士）。構成複數時，s 要放在句號之前：Gens.、Majs.、Cpls. 等等。		Ⓑ Ⓝ Ⓢ Ⓐ
mind-set（思維；觀念）		Ⓑ Ⓝ Ⓢ
mind's eye（記憶；腦海）		Ⓑ Ⓝ Ⓢ

mini 套用字首的一般連字規則。除非為了避免語意不清，否則不加連字號：miniseries（迷你影集）、minivan（迷你廂型車）、miniskirt（迷你裙）、minicourse（簡易課程）、minibus（小型巴士）	ⒷⓃⓈⒶ
mixed bag（大雜燴）	ⒷⓃⓈ
mixed-up (adj.)　The police were all mixed-up.（警察全都搞混了）	ⒷⓃⓈ
mix-up (n.), **mix up** (v.) There has been a terrible mix-up.（出了個嚴重的差錯） I mix up their names all the time. （我總是搞不清楚他們的名字）	ⒷⓃⓈ
mL　milliliter（毫升）的縮寫	Ⓑ
ml	Ⓢ
MLB　Major League Baseball（美國職棒大聯盟）的縮寫	
mm　millimeter（公釐）的縮寫	ⒷⓈ
M&M'S（美國的牛奶巧克力品牌）	ⒷⓈ
M&M's	Ⓝ
mock-up (n.)（實體模型）	ⒷⓃⓈ
moneymaker, moneymaking（賺錢的東西／工作）（賺錢；能賺錢的）	ⒷⓃⓈ
monthlong（為期一個月；長達一個月）	ⒷⓃⓈ
month's, months'　在 one month's vacation（一個月的假期）、three months' time（三個月的時間）這類的詞語中要使用所有格，注意單數所有格是 one month's，複數所有格是 two months'，兩者有所區別。（見 p.24〈準所有格〉）	ⒷⓃⓈⒶ
moonlight, moonlighting, moonlit　（月光）（兼職）（月光照耀的）所有用法都寫為一個字，無連字號。	ⒷⓃⓈ
moped (n.)（機器腳踏車）	ⒷⓈ
mo-ped (n.)	Ⓝ
motherboard（主機板）	ⒷⓃⓈ
motherfucker (n.), **motherfucking** (adj.)　(n.) 混帳東西；混蛋 (adj.) 混帳的；該死的	ⒷⓃⓈ
mother-in-law, mothers-in-law (pl.)（婆婆；岳母）	ⒷⓃⓈ
mother lode（主礦脈；主產區）	ⒷⓃⓈ

Mother's Day（母親節）		ⒷⓃⓈ
mother tongue（母語）		ⒷⓃⓈ
moviegoer（影迷；觀影者）		ⒷⓃⓈ
movie titles 電影名稱的引號與斜體用法	書籍、科學和學術格式使用斜體（更多說明見 p.109-111〈作品名稱的引號和斜體用法〉）	ⒷⓈⒶ
	新聞格式使用引號標示電影名稱	Ⓝ
MP3, MP3s (pl.)（一種音訊壓縮格式）		ⒷⓃ
mpg miles per gallon（每加侖行駛英里數）的縮寫		ⒷⓃ
mph miles per hour （每小時行駛英里數）的縮寫		ⒷⓃⓈ
Mr., Mrs., Ms.（先生）（夫人；太太）（女士）		ⒷⓃⓈⒶ
MST Mountain Standard Time（山區標準時間）的縮寫		ⒷⓃⓈⒶ
much 的連字用法	位於名詞前要加連字號，位於名詞後不加連字號：a much-needed rest（非常需要的休息）、rest that was much needed	Ⓑ
	不加連字號：a much needed rest、rest that was much needed	Ⓐ
	新聞和科學格式套用標準連字規則，只要有助於閱讀理解就加連字號。	ⓃⓈ
multi- 套用字首的標準連字規則。一般而言，除非後接專有名詞或為了避免產生不自然的複合詞，否則不加連字號。		ⒷⓃⓈⒶ
multimillion, multimillionaire（數百萬）（大富豪;千萬富翁）		ⒷⓃⓈⒶ
multimillion-dollar (adj.), **multibillion-dollar** (adj.) a multimillion-dollar home（價值數百萬美元的住宅） a multibillion-dollar deal（一筆數十億美元的交易）		ⒷⓃⓈⒶ
nationwide（全國；全國性的）		ⒷⓃⓈ
Native American（美國原住民）名詞或形容詞都不加連字號		ⒷⓃⓈ
NATO North Atlantic Treaty Organization（北大西洋公約組織）的首字母合成詞		ⒷⓃⓈⒶ
NBA National Basketball Association（美國職籃）的縮寫		
NBC National Broadcasting Corporation（美國全國廣播公司）的縮寫		
NC-17 美國電影分級，表示 17 歲以下不得觀看		Ⓝ

nearsighted, nearsightedness（近視的；目光短淺的）（近視；目光短淺）		ⒷⓃⓈ
never-ending (adj.)	位於名詞前通常要加連字號	ⒷⓃⓈⒶ
	位於 be 動詞後要加連字號：This problem is never-ending.（這個問題永遠不會消失）	Ⓝ
nevertheless 的逗號用法　nevertheless 等句子副詞可以用逗號分隔也可以不用，要看寫作者認為它們是插入語還是融入句子當中。 對：The parking garage, nevertheless, was almost empty. 對：The parking garage nevertheless was almost empty. （然而停車場幾乎是空蕩蕩）		ⒷⓃⓈⒶ
New Year's, New Year's Day, New Year's Eve（元旦）（元旦）（跨年夜）		ⒷⓃⓈ
NFL　National Football League（國家美式足球聯盟）的縮寫		
NHL　National Hockey League（國家冰球聯盟）的縮寫		
night-blind（夜盲的）		ⒷⓈ+
night blindness（夜盲症）		ⒷⓃⓈ
nightcap（睡帽；睡前酒）		ⒷⓃⓈ
nightclub（夜店）		ⒷⓃⓈ
nightfall（黃昏；傍晚）		ⒷⓃⓈ
nightgown（睡袍）		ⒷⓃⓈ
nightlife（夜生活）		ⒷⓈ
night life		Ⓝ
night-light (n.)（小夜燈）		ⒷⓈ
night light (n.)		Ⓝ
night owl（夜貓子）		ⒷⓃⓈ
night school (n.)（夜校）		ⒷⓃⓈ

night-school, **night school** (adj.)	書籍和科學格式要加連字號：He received his night-school diploma.（他拿到夜校的文憑了）	**B** **S**
	在新聞格式中，如果位於其修飾的名詞之前要加連字號。若位於 be 動詞之後，唯有對閱讀理解有幫助才加連字號。	**N**
	不加連字號：He received his night school diploma.	**A**
nightstand（床頭櫃）		**B** **N** **S**
night table（床頭櫃）		**B** **N** **S**
nighttime (n.)（夜間）		**B** **N** **S**
night vision (n.)　名詞寫為兩個字，不加連字號：Cats have excellent night vision.（貓的夜視能力很強）		**B** **N** **S**
night-vision (adj.)　They use night-vision goggles.（他們使用夜視鏡）		**B**
9/11　911 事件，發生於 2001 年 9 月 11 日的美國本土攻擊事件，作為該事件的簡稱時可以使用數字，但可以考慮採用英文拼寫，尤其是書籍格式。		**B** **N**
911 call（911 緊急求救電話）		**N**
nitty-gritty（基本事實；具體細節）		**B** **N** **S**
no 的逗號用法　no 常以逗號和其他文字分隔，但不是絕對。如果寫作者認為加逗號對閱讀理解或語句的韻律感並沒有幫助，可以不加逗號：No, coyotes don't come this far south.（不，郊狼不會跑到這麼南邊的地方）、No you don't.（不，你不知道／不行／不會）		**B**
no 的複數形　no 的複數形要加 es，且不加撇號：Among the votes, there were only three noes.（選票中只有三張反對票）。也接受 nos 的寫法。		**B** **N** **S**
No.　表示 number 的縮寫時，N 要大寫，並加句號：The group had the No. 1 hit single.（該樂團擁有冠軍單曲）		**N**
no-go (adj.)	（行不通的；禁止進入的）	**B** **N** **S**
	如果要作名詞使用，專家小組一致支持加連字號：The plan was a no-go.（這個計畫行不通）	**+**
no-hitter（無安打比賽）		**B** **N** **S**

no-holds-barred 作形容詞要加連字號：a no-holds-barred competition（沒有任何限制的比賽）。其他用法不加連字號：They fought with no holds barred.（他們使用各種手段進行格鬥）		ⒷⓃⓈ
non-	通常不加連字號，以下為例外情況。	
	在書籍格式中，只有為了避免產生不自然的複合詞才加連字號：non-wine-drinking（不喝酒的），或者後接一個字的專有名詞也要加連字號：non-English（非英語的）。如果後接兩個字以上的專有名詞或其他複合詞，要使用短破折號：non–French Canadian（非加拿大法語的）、non–high school（非高中的）	Ⓑ
	在新聞格式中，只有為了避免產生不自然的複合詞才加連字號：non-nuclear（無核武的）、non-wine-drinking、non-French Canadian、non-high school，或者後接專有名詞時也要加連字號：non-English。	Ⓝ
noncoordinate adjective（非對等形容詞）見 coordinate adjective 條目		
nondefining clause（非定義子句）見 nonrestrictive 條目		
nonessential clause（非必要子句）見 nonrestrictive 條目		
nonetheless 的逗號用法 nonetheless 等句子副詞可以用逗號分隔也可以不用，要看寫作者認為它們是插入語還是融入句子當中。 對：The parking garage, nonetheless, was almost empty. 對：The parking garage nonetheless was almost empty. （然而停車場幾乎是空蕩蕩）		ⒷⓃⓈⒶ
no-no 單數名詞要加連字號：Looking at another student's paper is a major no-no.（禁止偷看其他同學的考卷）		ⒷⓃⓈ
no-no's 在書籍和科學格式中，複數要加撇號：Talking and chewing gum are both major no-no's.（禁止說話和嚼口香糖）		ⒷⓈ
no-nos 在新聞格式中，複數不加撇號：Talking and chewing gum are both major no-nos.		Ⓝ
no-nonsense (adj.)（直截了當的；認真務實的；簡單實用的）		ⒷⓃⓈ
nonprofit (n., adj.) (n.) 非營利組織 (adj.) 非營利的		ⒷⓃⓈⒶ

nonrestrictive 非限定性 非限定子句或片語不指定其修飾的名詞，也不縮小其修飾名詞的範圍，例如：The workers, who respect the boss, do well. ，這個句子用逗號分隔子句，表示這些員工不僅工作表現良好，而且全都很尊重老闆。子句 who respect the boss 並不縮減指涉的員工人數，因此是非限定性的用法。（更多說明請見 p.49〈逗號用於分隔非限定性或補充性的文字、片語或子句〉）	
nonstick（不黏的）	Ⓑ Ⓝ Ⓢ Ⓐ
nor'easter（東北風）	Ⓑ Ⓝ Ⓢ
not 的逗號用法 句中插入以 not 開頭的名詞片語形成對比時，要用逗號分隔：The student with the best grades, not the most popular student, will be appointed.（成績最好的學生，而非最受歡迎的學生，將獲得指派）、It was Rick, not Alan, who cleaned the microwave.（清潔微波爐的是瑞克，不是亞倫）	Ⓑ Ⓝ Ⓢ Ⓐ
not only . . . but . . . 的逗號用法 在這個句型中，but 前面一般不需要加逗號：Not only children on vacation from school but also adults on vacation from work flocked to the theater.（不只是學校放假的孩童，還有不用上班的大人紛紛湧入戲院）	Ⓑ Ⓝ Ⓢ Ⓐ
NRA National Rifle Association（全國步槍協會）的縮寫	Ⓑ Ⓝ Ⓢ Ⓐ
n't not 的縮寫，用於下列詞語：isn't, aren't, wasn't, weren't, can't, couldn't, doesn't, didn't, hasn't, hadn't, won't, wouldn't, shouldn't 等等	Ⓑ Ⓝ Ⓢ Ⓐ
numbers 拼寫數字的連字用法 當數字採用英文拼寫時，21（twenty-one）到 99（ninety-nine）的數字都要加連字號。	
N-word nigger（黑鬼）的委婉說法	Ⓝ
NYC（= New York City 紐約市）	Ⓑ Ⓝ Ⓢ Ⓐ
o'clock（……點鐘）	Ⓑ Ⓝ Ⓢ

odd	以 odd 開頭的複合形容詞要加連字號：odd-number days（奇數日）	Ⓑ Ⓝ
	以 odd 結尾的複合形容詞要加連字號：I've told you a thousand-odd times.（告訴過你一千多次了）	Ⓑ

odds 的連字用法 見 betting odds 條目	

of 所有格　帶有 of 並代表一個單數名詞的複合詞，例如 Queen of England（英國女王）和 chairman of the board（董事長），在構成所有格時，要將撇號和 s 加在最靠近其修飾名詞的那個單字，例如：the Queen of England's crown（英國女王的王冠），而不是 the Queen's of England crown；chairman of the board's leadership（董事長的領導），而不是 chairman's of the board leadership。	Ⓑ Ⓝ Ⓢ Ⓐ
-off　off 構成複合修飾語表示「折扣」。專家小組多數偏好將 a $10-off coupon（十美元折價券）這樣的複合修飾語加連字號。	✛
off-and-on (adj.)　通常加連字號：They have an off-and-on relationship.（他們有一段分分合合的關係）	Ⓑ Ⓝ Ⓢ Ⓐ
off and on (adv.)　They see each other off and on.（他們斷斷續續地見面）	Ⓑ Ⓝ Ⓢ Ⓐ
off-Broadway, off-off-Broadway (adj.), **off Broadway** (adv.) He starred in an off-Broadway play. （他主演過一齣外百老匯戲劇） 如果當作副詞表示場所則不加連字號：The show is playing off Broadway.（這場秀正在外百老匯劇院上演）	Ⓑ Ⓝ Ⓢ
off-line（離線）	Ⓑ Ⓢ
offline	Ⓝ
off-putting（令人厭惡的）	Ⓑ Ⓝ Ⓢ
offset (n., v., adj., adv.) They calculated their offsets.（他們計算了抵銷額） The deposits offset our losses.（這些存款抵銷了我們的損失） They use offset printing processes.（他們採用膠印印刷工藝）	Ⓑ Ⓝ Ⓢ
off-site (adv.)　They filmed off-site.（他們出外景拍攝）	Ⓑ
off-site (adj., adv.) It was an off-site shoot.（那是一場外景拍攝） They filmed off-site.	Ⓝ
offstage　寫為一個字，無論何種用法都不加連字號：an offstage spat（臺下的口角）、The incident happened offstage.（那個事件發生在後臺）	Ⓑ Ⓝ Ⓢ

oh 的逗號用法　oh 常以逗號和其他文字分隔，但不是一定。如果加了逗號對閱讀理解或語句的韻律感沒有幫助，寫作者可以選擇省略逗號：Oh, I see what you're up to.（喔，我知道你想做什麼）、Oh you.（你喔）	Ⓑ	
okay　書籍格式可以使用完整拼寫的 okay（批准；同意）作為動詞，變化形不加撇號：okays、okayed、okaying	Ⓑ	
OK'd　OK 當作動詞時，過去式要加撇號。（注意在新聞格式中 OK 不加句號。書籍格式沒有明確指出是否加句號，不過從《芝加哥格式手冊》的用法可以看出傾向於不加句號）	ⒷⓃ	
OK'ing　OK 當作動詞時，進行式要加撇號。（注意在新聞格式中 OK 不加句號。書籍格式沒有明確指出是否加句號，不過從《芝加哥格式手冊》的用法可以看出傾向於不加句號）	ⒷⓃ	
OKs　OK 作動詞用於第三人稱單數現在式時，不加撇號：I hope the boss OKs my raise.（希望老闆同意讓我加薪）	Ⓝ	
-old　old 搭配數字和 year 構成名詞時，要加連字號：The school began admitting five-year-olds.（學校開始招收五歲的孩子）。如果構成形容詞用於名詞之前也要加連字號：Carrie works on a five-year-old computer.（凱莉用一臺已經使用了五年的電腦工作）。但是像 He is five years old.（他五歲）這樣的句型不加連字號。（何時該使用阿拉伯數字，何時該使用英文拼寫，請見 p.200-204〈數字 vs. 拼寫〉表格）	ⒷⓃ	
old-fashioned（舊式的；老派的）	ⒷⓃⓈ	
old-school, **old school**	作形容詞用於名詞前要加連字號：He has an old-school style.（他的作風老派）	ⒷⓈ
	若用於名詞之後，連字號可加可不加：That look is old school.（那種造型已經過時了）	Ⓑ
	作形容詞位於 be 動詞後要加連字號：That look is old-school.	Ⓝ
	作副詞要不要加連字號，專家小組意見分歧，半數支持 He dances old school.，半數支持 He dances old-school.（他跳老派舞蹈）。	＋
old-timer (n.)**, old-time** (adj.)　(n.) 老前輩；老人 (adj.) 舊時的；資深的	ⒷⓃⓈ	

Old World（專有名詞） 　表示地理區域（舊世界）的專有名稱要寫為兩個字，使用大寫，且不加連字號：Back in the Old World, our ancestors kept things simple.（在昔日的舊世界，我們的祖先過得很簡單）	ⒷⓃⓈⒶ
old-world (adj.)　當作通用的形容詞則要加連字號：Their children picked up their old-world mannerisms and attitudes.（他們的孩子習得了他們舊時代的作風和態度）	
on-again, off-again (adj.)（斷斷續續的；時有時無的）	ⒷⓈ
on-air (adj., adv.)　(adj.) 直播的 (adv.) 播出中；在播出期間	ⒷⓃⓈ
onboard (adj.)　an onboard computer（車載電腦）	ⒷⓃⓈ
on board (adv.)　Hurry up and get on board.（快上船／飛機）	ⒷⓈ
onboard (adv.)　Hurry up and get onboard.	Ⓝ
onetime, **one-time**	一個字的 onetime 意指「過去的；從前的」：a onetime child star（昔日的童星）。也有「只發生一次」的意思，作形容詞使用：Hurry to take advantage of this onetime deal.（趕快把握僅此一檔的特惠活動）	ⒷⓈ
	一個字的 onetime 意指「過去的；從前的」：a onetime child star。作形容詞表示「只發生一次」時，要加連字號：Hurry to take advantage of this one-time deal.	Ⓝ
online（線上；網上）	ⒷⓃⓈ
on-site (adj., adv.) an on-site restaurant（內部附設餐廳） products manufactured on-site（現場製作的產品）	ⒷⓃⓈ
onstage (adj., adv.) an onstage incident（舞臺事件） The incident happened onstage.（這起事件發生在舞臺上）	ⒷⓃⓈ
on-time (adj.), **on time** (adv.) on-time delivery（準時交貨） It must arrive on time.（這樣東西必須準時送達）	ⒷⓃⓈ
operagoer（歌劇迷；觀劇者）	ⒷⓃⓈ

or 的逗號用法	兩個獨立子句之間的 or 前面通常要加逗號，除非子句很短且關係密切：He will be on the flight first thing in the morning, or perhaps he will change his mind last minute as he often does.（他明天一早就會在飛機上，或者也有可能像平常一樣，在最後一刻改變心意）	ⒷⓃⓈⒶ
	在書籍、科學和學術格式中，三個以上列舉項目中的 or 前面要加逗號：a cherry, apple, or peach pie（一個櫻桃、蘋果或水蜜桃派）	ⒷⓈⒶ
	在新聞格式中，一連串列舉項目中的 or 前面不加逗號：a cherry, apple or peach pie（另見 serial comma 條目）	Ⓝ
ours 永遠不加撇號		ⒷⓃⓈⒶ
out-	out- 表示「比……更好」、「勝過」的意思時不加連字號，除非沒有連字號會產生不自然的的結構，或造成語意混淆：outjump（跳得更高）、outmambo（曼波跳得優於）、outcalculate（計算勝過）	ⒷⓈⒶ
	當字首 out- 表示「比……更好」、「勝過」的意思，且未收錄於《韋氏新世界大學辭典》的詞語都要加連字號：out-jump、out-mambo、out-calculate。字典列出的詞語習慣上不加連字號：outbid（出價高於）、outdance（跳舞優於）、outdo（勝過）、outdrink（比……能喝）、outeat（吃得多於）、outfox（智取）、outflank（包抄）、outgrow（長得高於、快於）、outgun（火力壓過）、outlast（比……更持久）、outperform（表現優於）、outscore（得分超過）、outspend（開支多於）、outstrip（超過）、outtalk（講贏）、outthink（思考比……更深入）	Ⓝ
-out 以 out 結尾的名詞和形容詞，未收錄於字典的都要加連字號：cop-out（逃避；藉口）、fade-out（漸弱）。如果是動詞則維持兩個字且不加連字號：fade out（漸弱）、hide out（躲藏）、pull out（拔出）、walk out（走出）、wash out（洗去）		Ⓝ
outbid（出價高於）		ⒷⓃⓈⒶ
outbound（往外地的；駛向國外的）		ⒷⓃⓈ

outbreak（爆發）	ⒷⓃⓈ
outdance（舞跳得比……好）	ⒷⓃⓈⒶ
outdated（陳舊的；過時的）	ⒷⓃⓈ
outdo（勝過）	ⒷⓃⓈⒶ
outdrink（比……能喝）	ⒷⓃⓈⒶ
outeat（吃得比……多）	ⒷⓃⓈⒶ
outer space（外太空）名詞寫為兩個字，不加連字號。	ⒷⓃⓈ
outfield（〔棒球〕外野）	ⒷⓃⓈ
outfox（智取；以計擊敗）	ⒷⓃⓈⒶ
outgrow（長得比……高／快）	ⒷⓃⓈⒶ
outgun, outgunned（火力壓過）	ⒷⓃⓈⒶ
outlast（比……更持久）	ⒷⓃⓈⒶ
out-of-towner（外地人）	ⒷⓃⓈ
outpatient（門診病人）	ⒷⓃⓈ
outperform（表現優於）	ⒷⓃⓈⒶ
output（生產；輸出；產量）	ⒷⓃⓈ
outrun（跑得比……快）	ⒷⓃⓈⒶ
outscore（得分超過）	ⒷⓃⓈⒶ
outsource, outsourcing（外包）	ⒷⓃⓈ
outspend（開支比……多）	ⒷⓃⓈⒶ
outstrip（超過；勝過；動得比……快）	ⒷⓃⓈⒶ
outtalk（講贏）	ⒷⓃⓈⒶ
outthink（思考比……更深入）	ⒷⓃⓈⒶ
over-　以 over 開頭的複合詞不加連字號，除非為了避免產生不自然的複合詞，或對閱讀理解有幫助：overeager（過於熱切）、overnourish（營養過剩）、overstaff（人員過多）	ⒷⓃⓈⒶ
overall, over all, overalls　形容詞和副詞不加連字號：an overall success（全面成功）、Overall, we succeeded.（整體來說，我們成功了）。介系詞片語分寫為兩個字：The victors will reign over all.（勝者將統治一切）。服飾則寫為 overalls（工作服）。	ⒷⓃⓈ
over-the-counter (adj.)（非處方的；可在藥局買到的）	ⒷⓃⓈ

over the counter, over-the-counter (adv.) 專家小組對副詞要不要加連字號意見分歧：They sell it over the counter. / They sell it over-the-counter. （他們以非處方形式販售這樣商品）		✚
overweight （超重；過重）		ⒷⓃⓈ
owner's manual （用戶手冊；使用手冊）在這個片語中，專家小組偏好使用單數所有格 owner's。（另見 p.25〈所有格 vs. 形容詞〉）		✚
Oxford comma （牛津逗號）見 serial comma 條目		
pallbearer （護柩者；抬棺人）		ⒷⓃⓈ
pan-	位於專有名詞前要加連字號並大寫：Pan-African （泛非的）、Pan-American （泛美的）、Pan-Asiatic （泛亞的）。其他情況套用標準連字規則，有助於閱讀理解才加連字號：panspectral （全光譜的）、panchromatic （全色的）	Ⓝ
	位於專有名詞前要加連字號但維持小寫：pan-African。其他情況套用標準連字規則，有助於閱讀理解才加連字號：panspectral、panchromatic	ⒷⓈⒶ
pari-mutuel （同注分彩法，一種賭博的下注方法）		ⒷⓃⓈ
Parkinson's disease, Parkinson's （帕金森氏症）		ⒷⓃⓈ
participial phrase 分詞片語 分詞片語是一個分詞或一組以分詞起始的文字：Seething, Joe waited. （喬等待著，滿肚子火）、Seething with hatred, Joe waited. （喬等待著，滿懷仇恨）、Discussed at length, the proposal eventually passed. （經過一番詳細討論，提案終於通過了）。分詞片語的逗號用法要遵循標準規則：通常要用逗號分隔，除非很短，不加逗號也不會造成語意混淆。（另見第二章）		
part-time (adj.), **part time** (adv.) She has a part-time job. （她有一份兼職工作） She works part time. （她做兼職）		ⒷⓃ
passenger-side 在這個複合形容詞中，專家小組偏好非所有格的形式，且要加連字號：passenger-side window （副駕駛座的窗戶）、passenger-side air bag （副駕駛座的安全氣囊）		✚
passer-by, passers-by (pl.) （行人；路人）		Ⓝ
passerby, passersby (pl.)		ⒷⓈ

pat down (n.) 在書籍和科學格式中，名詞不加連字號：Police gave him the requisite pat down.（警方對他進行必要的搜身）		ⒷⓈ
pat-down (n.) 在新聞格式中，名詞要加連字號：Police gave him the requisite pat-down.		Ⓝ
pat down (v.) The officer must pat down the suspect.（警察必須對嫌犯搜身）		ⒷⓈⓃ
pat-down (adj.) They followed standard pat-down procedure.（他們遵循標準搜身程序）		Ⓝ
PDF Portable Document Format（可攜式文件格式）的縮寫		ⒷⓃⓈⒶ
PDT Pacific Daylight Time（太平洋夏令時間）的縮寫		ⒷⓃⓈⒶ
peacekeeping, peacemaker, peacemaking（維護和平）（調解人；和事佬）（調解；調停）		ⒷⓃⓈ
peacetime (n., adj.) (n.) 平時；和平時期 (adj.) 平時的；和平時期的		ⒷⓃⓈ
penny-wise（省小錢的）		ⒷⓃⓈ
people watching,	通常不加連字號：He enjoys people watching.（他喜歡觀看人群）	Ⓑ+
people-watching	如果寫作者認為有連字號更好閱讀，名詞可以加連字號：He enjoys people-watching.	Ⓝ
percent (n., adj) 不加連字號：The difference was just 2 percent.（差距只有百分之二）、He got a 2 percent raise.（他被加薪百分之二）		ⒷⓃ
periodical titles 期刊名稱	在書籍和學術格式中，期刊名稱要用斜體，不用引號標示。	ⒷⒶ
	在新聞格式中，報紙、雜誌或期刊名稱不加引號也不用斜體。	Ⓝ
	科學文章通常不會將期刊名稱放入正文，而是以參考書目的方式列於文末，並使用斜體。文中只會出現作者名稱和發表年分。	Ⓢ
Pete's sake（天啊；看在老天的分上）		ⒷⓃⓈⒶ

PG, PG-13　美國電影分級。 PG 表示部分內容兒童不宜，建議家長指導觀看（Parental Guidance Suggested. Some material may not be suitable for children.）。 PG-13 表示家長特別留意，部分內容不適合 13 歲以下兒童觀看（Parents Strongly Cautioned. Some material may be inappropriate for children under 13）。	Ⓝ
PGA　Professional Golfers' Association（職業高爾夫球協會）的縮寫	
PhD, PhDs　doctor of philosophy（〔哲學〕博士）的縮寫：Jason Wellsley, PhD, gave a presentation.（傑森威爾斯利，博士，進行了報告）	ⒷⓈⒶ
Ph.D., Ph.D.s　doctor of philosophy（〔哲學〕博士）的縮寫：This is Jason Wellsley, Ph.D.（這位是傑森威爾斯利，博士）	Ⓝ
pick-me-up (n.)（提神飲料）	ⒷⓃⓈ
pickup (n., adj.)　表示名詞時寫成一個字，意思是卡車或物品被取走，及人被接送，也表示拾起東西的行為：We drove my pickup.（我們開著我的卡車）。The kids joined in a pickup game.（孩子們參加了臨時拼湊的體育比賽）。I need to schedule a pickup.（我需要安排一次接送）	ⒷⓃⓈ
pick-up truck （貨卡／皮卡，後方有開放式載貨區的輕型貨車）	ⒷⓈ
pickup truck	Ⓝ
piecemeal（一件一件；逐漸地）	ⒷⓃⓈ
pigskin（豬皮）	ⒷⓃⓈ
Pikes Peak（派克峰，位於美國落磯山脈的一座山峰）	ⒷⓃⓈ
ping-pong（桌球）	ⒷⓈ
pingpong	Ⓝ
pipeline（管道；管線）	ⒷⓃⓈ
placekick (n., v.), **placekicker**　(n.) 定位球；踢定位球的球員 (v.) 踢定位球	ⒷⓈ
place kick (n., v.), **place-kicker**	Ⓝ
play off (v.), **playoff** (n.)　(v.) 加賽（以決勝負） (n.) 加賽；延長賽；季後賽	ⒷⓃⓈ

please 的逗號用法　編輯格式均未說明 please 何時需要用逗號分隔。在下列句中，專家小組多數偏好加逗號：May I have your attention, please?（各位請注意）	✚
PLO　Palestine Liberation Organization（巴勒斯坦解放組織）的縮寫	ⒷⓃⓈⒶ
plug and play (n.)（隨插即用）	ⒷⓈ
plug-and-play (adj.)	ⒷⓃⓈ
plug-in (n., adj.), **plug in** (v.)　(n.) 外掛；外掛程式 (adj.) 插入式的；插電式的 (v.) 插上插頭；插電	ⒷⓃⓈ
p.m.　post meridiem（下午）的縮寫，所有格式都傾向使用小寫加句號。圖書出版業有時也會使用小型大寫字，句號可加可不加。	ⒷⓃⓈⒶ
PO Box　地址中 B 要大寫，一般情況 b 用小寫：She stopped to check her PO box.（她停下來查看郵件信箱）	Ⓑ
P.O. Box　地址中 B 要大寫，一般情況 b 用小寫：She stopped to check her P.O. box.	Ⓝ
po'boy（窮小子三明治，源於美國路易斯安那州的一種三明治，以兩片長形麵包塞滿炸蝦、牡蠣或烤牛肉等餡料製作而成）	ⒷⓃⓈ
point-blank (adj., adv.)　(adj.) 近距離的；直截了當的 (adv.) 近距離地；直截了當地	ⒷⓃⓈ
pom-pom　指啦啦隊使用的彩球或衣服、帽子上的小毛球時，要加連字號：The cheerleaders waved their pom-poms.（啦啦隊員揮舞著她們的彩球）	ⒷⓈ
pompom　寫為一個字，不加連字號：The cheerleaders waved their pompoms.	Ⓝ
pooh-pooh, pooh-poohing (v.)　意思是輕視、嗤之以鼻：Must you pooh-pooh everything I suggest?（你一定要對我的每個建議都嗤之以鼻嗎）	ⒷⓃⓈ
possessive as part of compound 內含所有格的複合詞　內含所有格的複合詞要套用標準連字規則：crow's-nest view（瞭望臺視野）、quail's-egg omelet（鵪鶉蛋歐姆蛋）	ⒷⓃⓈⒶ

post-	套用字首的基本連字規則。一般而言,除非為了避免產生不自然的結構,否則不加連字號。	ⒷⓈⒶ
	字典未收錄的詞語要加連字號:post-mortem(死後)、post-convention(大會後)、post-picnic(野餐後)、post-breakup(分手後)。例外:postelection(選後)、postgame(賽後)。	Ⓝ
postdate(把日期填晚;後於)		ⒷⓃⓈⒶ
postdoctoral(博士學位取得後)		ⒷⓃⓈⒶ
postelection(選後)		ⒷⓃⓈⒶ
postgame(賽後)		ⒷⓃⓈⒶ
postgraduate(大學畢業後的;研究生的)		ⒷⓃⓈⒶ
Post-it 便利貼的專有名稱,有連字號,i 要小寫		
postmortem (n., adj., adv.) (n.) 驗屍 (adj.) 死後的;驗屍的 (adv.) 在死後		ⒷⓈ
post-mortem (n., adj., adv.)		Ⓝ
postoperative(術後的)		ⒷⓃⓈⒶ
postscript(= P.S.)(附筆;後記)		ⒷⓃⓈⒶ
post-traumatic stress disorder(創傷後壓力症候群)post 後面要加連字號		ⒷⓃⓈⒶ
postwar(戰後)		ⒷⓃⓈ
potluck(家常便飯;百樂餐)		ⒷⓃⓈ
potpie(菜肉餡餅)		ⒷⓃⓈ
pot sticker(鍋貼)		ⒷⓃⓈ
pound(磅)縮寫用法見 lb. 條目		
ppm parts per million(百萬分比)或 pages per minute(每分鐘頁數)的縮寫		ⒷⓈ
PPO preferred provider organization(優選醫療機構)的縮寫		ⒷⓃⓈ
pre- 套用字首的標準連字規則。一般而言,除非為了使語意清楚,否則不加連字號。		ⒷⓃⓈⒶ
preapprove(預先核准)		ⒷⓃⓈⒶ
prearrange(預先安排)		ⒷⓃⓈⒶ

precondition（事先準備；先決條件）	ⒷⓃⓈⒶ
preconvention（大會前）	ⒷⓃⓈⒶ
precook（預煮）	ⒷⓃⓈⒶ
predate（把日期填早；時間上早於）	ⒷⓃⓈⒶ
predecease（比……先去世）	ⒷⓃⓈⒶ
predispose（使……傾向於／易於；使……易罹患）	ⒷⓃⓈⒶ
preeminent, preeminence（卓越的；顯著的）（卓越；傑出）	ⒷⓃⓈ
preempt, preemptive（搶先行動；先占；先買）（先買的；先發制人的）	ⒷⓃⓈ
preexist, preexisting（先於……存在）	ⒷⓃⓈ
prefixes 字首的連字用法　主要編輯格式一致認為字首不必加連字號，除非遇到以下情況：後接專有名詞或數字（pre-1960s 六〇年代前、post-Edwardian 後愛德華時代）；字首以 a 或 i 結尾，後接一個以同樣母音開頭的單字（anti-icing 防結冰）；會產生語意混淆的詞語（re-create 重新創造 vs. recreate 娛樂）。（這條基本規則的例外情況請見 p.161-167〈字首〉說明）	ⒷⓃⓈⒶ
preflight（起飛前）	ⒷⓃⓈⒶ
pregame（賽前）	ⒷⓃⓈⒶ
preheat（預熱）	ⒷⓃⓈⒶ
prehistoric（史前）	ⒷⓃⓈⒶ
prejudge（預先判斷）	ⒷⓃⓈⒶ
premarital（婚前）	ⒷⓃⓈⒶ
prenatal（產前；出生前）	ⒷⓃⓈⒶ
prenoon（中午前）	ⒷⓈⒶ
pre-noon	Ⓝ
prenuptial（婚前）通常不加連字號	ⒷⓃⓈⒶ
pretax（稅前）通常不加連字號	ⒷⓃⓈⒶ
prewar（戰前）通常不加連字號	ⒷⓃⓈⒶ

preposition, prepositional phrase 介系詞和介系詞片語
介系詞是一個詞類，通常搭配一個名詞或代名詞，修飾句子的其他成分。
介系詞包含：about, above, across, after, against, along, among, around, at, before, behind, below, beneath, beside, between, beyond, by, concerning, despite, down, during, except, for, from, in, inside, into, like, near, of, off, on, onto, out, outside, over, past, regarding, since, through, throughout, till, to, toward, under, underneath, until, up, upon, with, within, without。由於單字可能當作不同的詞性使用，因此介系詞的列表不會是完整而絕對的。

preposition, prepositional phrase 介系詞和介系詞片語的逗號用法
介系詞片語由一個介系詞和其受詞組成，用來修飾句子的其他部分，在句中通常用逗號分隔，但不是絕對：With great care, he opened the door.（他小心翼翼地把門打開）、On Tuesday, will we visit our grandparents?（我們週二會去看爺爺奶奶嗎？）（更多說明請見第二章）

Presidents Day（總統日）		Ⓝ
Presidents' Day		ⒷⓈ
prima facie, prima-facie (adj., adv.)	形容詞不加連字號：a prima facie solution（初步的解決方案）	ⒷⓈ
	形容詞要加連字號：a prima-facie solution	Ⓝ
	副詞不加連字號：He reached his conclusion prima facie.（他根據初步觀察取得結論）	ⒷⓃⓈ
prime time (n.), **prime-time** (adj.) (n.)（廣播或電視的）黃金時段 (adj.) 黃金時段的		Ⓝ
Prince/Princess of + 國家名，所有格用法 所有格的用法為 Prince of England's visit（英國王子的拜訪），而不是 Prince's of England visit。另見 p.29〈雙重所有格〉條目。		ⒷⓃⓈⒶ
pro 的連字用法	在書籍、科學和學術格式中，使用 pro 造出字典裡沒有的複合形容詞時，寫作者可以選擇分寫形式、連字號形式或連寫形式：He is pro labor. / He is pro-labor. / He is prolabor.（他是親勞工派）	ⒷⓈⒶ
	專家小組多數偏好連字號的形式：She is pro-labor.（她是親勞工派）、He is pro-peace.（他支持和平）。少數偏好分寫形式：She is pro labor.、He is pro peace.。沒有人選擇連寫形式。（另見 p.167〈pro-〉）	✚
	在新聞格式中，當 pro- 表示「支持」的意思時，一律加連字號：pro-labor、pro-chocolate（支持巧克力）	Ⓝ

proactive（積極主動的；先發制人的）	Ⓑ Ⓝ Ⓢ Ⓐ
pro-business（親商）	Ⓝ
profit sharing (n.)（分紅制）	Ⓑ Ⓢ
profit-sharing (n.)	Ⓝ
profit-sharing (adj.)（分紅的）	Ⓑ Ⓝ Ⓢ
profit-taking (n.)（見利拋售）	Ⓝ
pro forma (adj., adv.) (adj.) 形式上的；慣例上的 (adv.) 形式上	Ⓑ Ⓝ
pro-labor（親勞工的）	Ⓝ
pro-peace（支持和平的）	Ⓝ
pro-war（主戰的）	Ⓝ
psi　pounds per square inch（磅每平方英寸）的縮寫	Ⓢ
PST　Pacific Standard Time（太平洋標準時間）的縮寫	Ⓑ Ⓝ Ⓢ Ⓐ
PTA　Parent-Teacher Association（家長教師協會）的縮寫	Ⓑ Ⓝ Ⓢ Ⓐ
PT boat（魚雷快艇）	Ⓑ Ⓝ Ⓢ Ⓐ
pullback (n.), **pull back** (v.)　(n.) 撤退；拉回 (v.) 撤退；撤出；退出	Ⓑ Ⓝ Ⓢ
pullout (n.), **pull out** (v.)　(n.) 撤退；撤軍；（書刊中的）活頁 (v.) 退出；拔出；駛離	Ⓑ Ⓝ Ⓢ
push button (n.)（按鈕）	Ⓑ Ⓢ
push-button (n., adj.)　(n.) 按鈕 (adj.) 按鈕操作的	Ⓝ
put-on (n., adj.), **put on** (v.)　(n.) 假裝；愚弄；模仿劇 (adj.) 假裝的 (v.) 穿戴；上演；舉辦；增加（重量）	Ⓑ Ⓝ Ⓢ
put-together 構成更長修飾語的連字方式　在 a well-put-together woman（精心打扮的女子）這組詞語中，專家小組多數表示會使用兩個連字號。如果是 a nicely put-together woman，則只用一個連字號。	✛
Q-and-A format　question-and-answer format（問答形式）的縮寫	Ⓝ
quasi　構成複合形容詞通常加連字號：a quasi-successful venture（部分成功的企業），構成名詞則不加連字號：a quasi possessive（一個準所有格）。	Ⓑ

quasi possessive 準所有格　準所有格是像 two weeks' notice（兩週前通知）、a half-hour's pay（半小時薪資）、a year's supply（一年的供應量）、a day's drive（一日的車程）這類的用語，它們通常被看作是所有格，要加撇號。	
Queen Anne's lace（一種名為野胡蘿蔔的花）	ⒷⓃⓈ
Queen of + 國家名，所有格用法　所有格是在最後一個字加撇號和 s，例如 Queen of England's visit（英國女王的拜訪），不能寫為 Queen's of England visit。另見 p.29〈雙重所有格〉條目。	ⒷⓃⓈⒶ
quotation marks 引號文字的複數形　許多格式要求用引號標示作品名稱，例如新聞格式要求電影名稱加引號："Casablanca"（北非諜影），作為字來討論的文字也要加引號："if"。這些帶有引號的文字如果要使用複數，s 必須放在引號之內：How many "Casablancas" can Hollywood churn out?（好萊塢能拍出多少部《北非諜影》）、We will hear no "ifs," "ands," or "buts."（我們不要再聽到任何藉口）	ⒷⓃⓈ
quotation marks 引號文字的所有格　所有格的撇號和 s（有需要的話）要放在引號之內："Casablanca's" cinematography（《北非諜影》的攝製）	ⒷⓃⓈ
Quran　Koran（古蘭經）的另一種拼寫，不加撇號。	ⒷⓃⓈ
radio station call letters 無線電電臺呼號　無線電臺的呼號為全大寫、無句點。如果需要在呼號後面加上電臺類型，可以使用連字號：WMNF、WMNF-FM、KROQ。	ⒷⓃⓈⒶ
rainmaker（祈雨法師；人造雨專家）	ⒷⓃⓈ

ranges **範圍的表示法**	以數字表達的事物如年齡、金錢和時間等，在行文中通常使用書寫的 to、through 或 until 來表示範圍：The job pays \$50,000 to \$55,000 a year.（這份工作年薪五萬到五萬五美元）、The park is open 5 to 7.（公園開放時間是五點到七點）、Children ages 11 through 15 can enroll.（十一至十五歲的兒童可以報名）。在非正式語境中可以採用下述的標點符號。	
	書籍格式使用短破折號：The job pays \$50,000–\$55,000 a year.、The park is open 5–7.、Children 11–15 can enroll.	Ⓑ
	新聞、科學和學術格式使用連字號：The job pays \$50,000-\$55,000 a year.、The park is open 5-7.、Children 11-15 can enroll.	ⓃⓈⒶ
rank and file (n.), **rank-and-file** (adj.) (n.) 普通職工 (adj.) 基層的		ⒷⓃⓈⒶ

294

ratios 比例	在書籍和科學格式中，以阿拉伯數字表示的比例要用冒號，冒號前後不空格：2:1（二比一）。然而在行文中，寫作者可以選擇使用英文拼寫：Pigeons in the area exceed gulls by a two-to-one ratio.（該地區的鴿子數量多於海鷗，比例是二比一）	Ⓑ Ⓢ
	新聞格式以阿拉伯數字和連字號表示比例。如果數字出現在 ratio（比例）或 majority（多數）等類似詞語的後面，要使用 to：a ratio of 2-to-1（二比一的比例）。如果數字出現在 ratio（比例）或 majority（多數）等的前面，不使用 to：a 2-1 ratio	Ⓝ
R & B (n., adj.) rhythm and blues（節奏藍調）的簡稱		Ⓑ Ⓢ
R&B (n., adj.)		Ⓝ
re 的句號用法 介系詞 re 的意思是「關於」（regarding），後面不加句號（除非位於句尾）。		Ⓑ Ⓝ Ⓢ
re 的冒號用法 套用冒號的標準規則。理論上，regarding 這個字若不需要使用冒號，re 應該也不需要。然而使用 re 的句子或片語通常被用來強調或引介，因此 re 經常搭配冒號使用。冒號可以放在整個 re 的片語後面：Re your recent correspondence: we will discuss payroll further next week.（茲就您最近來信：我們將於下週進一步討論薪資問題）。冒號也可以直接用在 re 的後面，特別是在商務書信的最上方：Re: Your letter（茲就您的來信）。		Ⓑ Ⓝ Ⓢ
re- 套用字首的標準連字規則。一般而言，除非有助於閱讀理解或為了避免語意混淆，否則不加連字號，例如：re-create（重新創造）vs. recreate（娛樂）		Ⓑ Ⓝ Ⓢ Ⓐ
re-cover, recover 表示「重新蓋上」時要加連字號，以便與表示「復原」的 recover 區別。		Ⓑ Ⓝ Ⓢ Ⓐ
re-create, recreate 表示「重新創造」時要加連字號，以便與表示「娛樂」、「享受休閒時光」的 recreate 區別。		Ⓑ Ⓝ Ⓢ Ⓐ
recur（再現；復發）		Ⓑ Ⓝ Ⓢ
redhead, redheaded（紅髮的人）（紅髮的）		Ⓑ Ⓝ Ⓢ
red-hot（熾熱的；熱烈的）有連字號。糖果品牌是 Red Hots，無連字號。		Ⓑ Ⓝ Ⓢ Ⓐ
redneck（紅脖子，指美國南方因長期務農導致脖子曬紅的農民，而後比喻觀念保守、教育水準不高的人，帶有鄉巴佬的貶義）		Ⓑ Ⓝ Ⓢ

redo, redid, redone, redoing（重做）	ⒷⓃⓈ
reelect, reelection（重新選舉；再選）	ⒷⓃⓈ
reemerge, reemergence（再度出現）	ⒷⓃⓈ
reemploy, reemployment（重新僱用）	ⒷⓃⓈ
reenact, reenactment（再次發生；重現；再次制定）	ⒷⓃⓈ
reenlist（重新入伍）	ⒷⓃⓈ
reenter, reentry（重新進入；重新登錄）	ⒷⓃⓈ
reestablish（重建）	ⒷⓃⓈ
reexamine, reexamination（重考；再檢查）	ⒷⓃⓈ
refi, re-fi（重新貸款；再融資）專家小組對是否加連字號意見分歧	✛
refinance（重新貸款；再融資）	ⒷⓃⓈⒶ
relative clause, relative pronoun 關係子句和關係代名詞　關係子句是由關係代名詞 that、which、who、whom 引導的子句，用來修飾其前面的名詞。非限定關係子句（nonrestrictive）要用逗號分隔：The interview, which I had marked on my calendar, was rapidly approaching.（那場我有記在行事曆上的面試就快要來臨了）。限定關係子句（restrictive）不可用逗號分隔：The dress that I want to buy is on sale.（我想買的那件洋裝正在打折）（更多說明請見 p.49〈逗號用於分隔非限定性或補充性的文字、片語或子句〉）	
relay, re-lay　relay 的意思是「傳達」：He tried to relay the information to his subordinates.（他想把這個消息轉告下屬）。re-lay 的意思是「重放」：You'll have to re-lay that tile.（你得重鋪那塊磚）	ⒷⓃⓈⒶ
release, re-lease　release 指「釋放」，re-lease 指「再租」。	ⒷⓃⓈⒶ
reread（重讀）	ⒷⓃⓈⒶ
re-sign　表示「重新簽署」時要加連字號，以便與表示「辭職」的 resign 區別。	ⒷⓃⓈⒶ
respectively（分別）專家小組一致偏好以逗號分隔 respectively。	✛

restrictive 限定性　限定子句或片語用來指定其修飾的名詞，或縮小指涉範圍：The workers who respect the boss do well.（尊重老闆的員工們表現良好）。在這個句子中，子句 who respect their boss 縮小了名詞片語 the workers 的指涉範圍，局限於尊重老闆的那些員工，因此是限定性的用法。逗號通常可以用來判斷其是否為限定子句的關鍵依據。

另外一個句子是 The workers, who respect the boss, do well.，用了逗號分隔子句，表示所有員工不僅表現良好，而且都很尊重老闆。這裡子句 who respect the boss 並不縮減指涉的員工人數，因此是非限定性的用法。（更多說明請見 p.49〈逗號用於分隔非限定性或補充性的文字、片語或子句〉）

Rhodes scholar（羅德學人，指獲得羅德獎學金的人）	
rib eye (n.)（肋眼，牛隻肋脊部位靠近背脊的肉）	Ⓑ Ⓢ
rib-eye (n., adj.)	Ⓝ
right-click　無論作動詞或名詞，專家小組一致偏好加連字號：You must right-click in the document body.（你必須在文件的正文處點擊滑鼠右鍵）、Only a right-click will pull up the submenu.（點擊滑鼠右鍵才能調出子選單）	✛
righteousness' sake（為了公義；以公義的緣故）	Ⓑ Ⓝ
right hand (n.), **right-hander** (n.), **right-handed** (adj.) (n.) 右手；右撇子 (adj.) 慣用右手的；向右轉的	Ⓑ Ⓝ Ⓢ
right-of-way（車輛等的先行權）	Ⓑ Ⓢ
right of way	Ⓝ
right wing (n.), **right-winger** (n.), **right-wing** (adj.) (n.) 右翼；右派；右翼分子 (adj.) 右翼的；右派的	Ⓑ Ⓝ Ⓢ
rip-off (n.), **rip off** (v.) (n.) 索價過高之物；敲竹槓 (v.) 撕掉；搶劫；敲竹槓	Ⓑ Ⓝ Ⓢ
RN　registered nurse（註冊護士）的縮寫。書籍格式不加句號，如果位於專有名稱之後，要用逗號分隔：John Doe, RN（某甲，註冊護士）。作名詞時，複數不加撇號：Two RNs were on duty.（兩名註冊護士在值班）	Ⓑ
R.N.　新聞格式不鼓勵在人名後面加上資格認證。如果有必要用於人名之後，新聞格式要加句號，並以逗號分隔：John Doe, R.N.。作名詞時，複數不加撇號：Two R.N.s were on duty.	Ⓝ
rock 'n' roll　rock and roll（搖滾樂）的縮寫	Ⓑ Ⓝ Ⓢ Ⓐ
roll call (n.)（點名）	Ⓑ Ⓝ Ⓢ

rollover (n.), **roll over** (v.) (n.)（車輛）翻覆；翻身 (v.) 滾動；拖動	ⒷⓃⓈ
Rolls-Royce（勞斯萊斯汽車）	
roundup (n.), **round up** (v.)　(n.) 趕攏（家畜）；聚集；綜合報導 (v.) 趕攏（家畜）；聚集；湊成整數	ⒷⓃⓈ
rpm　revolutions per minute（每分鐘轉速）的縮寫，偏好的複數形式為 rpms。	ⒷⓈⒶ
RSS　Really Simple Syndication 檔案格式（簡易供稿機制）的縮寫	ⒷⓃⓈⒶ
RSVP（= 法文 répondez s'il vous plaît 敬請回覆）	ⒷⓃⓈⒶ
rubber stamp (n.), **rubber-stamp** (v.) (n.) 橡皮圖章 (v.) 照例批准；蓋橡皮圖章	ⒷⓃⓈ
rundown (n.), **run down** (v.) (n.) 削減；概要；詳細報告 (v.) 削減；撞倒；耗盡	ⒷⓃⓈ
run-in (n.), **run in** (v.)　(n.) 激烈爭執 (v.) 逮捕；拜訪	ⒷⓃⓈ
runner-up（亞軍）複數是 runners-up	ⒷⓃⓈ
run-on sentence（連寫句，兩個以上的獨立子句連續不斷地書寫，卻沒有使用正確的標點符號或連接詞加以分隔或連接）	ⒷⓃⓈ
's　既是所有格的標誌，也是 is 或 has 的縮寫。在 My husband's sister's visiting.（我先生的妹妹來訪）這個句子中，husband's 是所有格，sister's 是 sister is 的縮寫。在 Jane's been here for three weeks.（珍已經在這裡待了三個星期）的句子中，Jane's 是 Jane has 的縮寫。	ⒷⓃⓈⒶ
said 表示引文出處之逗號用法　用 said 表示一段引文出自於某個人時，通常要用逗號將 said 隔開：Bill said, "That's nice."（比爾說：「真好」）、"That's nice," Bill said.	ⒷⓃⓈⒶ
saltwater（海水；鹽水；鹹水）	ⒷⓃⓈ

scores 得分；比數	句子中可以用 to 說明比數：The Patriots beat the Dolphins 21 to 7.（愛國者以 21 比 7 擊敗海豚隊），也可以使用標點符號取代 to，用法如下。	
	書籍格式使用短破折號：The Patriots beat the Dolphins 21–7.	Ⓑ
	新聞、科學和學術格式使用連字號：The Patriots beat the Dolphins 21-7.	ⓃⓈⒶ

scot-free（免受處罰；逍遙法外）	ⒷⓃⓈ
screwup (n.)（把事情搞砸的人；被搞砸的事情；漏子）	ⒷⓈ

screw-up (n.)	Ⓝ
screw up (v.)（把事情搞砸；捅漏子）	ⒷⓃⓈ
SEAL, SEALs (pl.)　美國海軍三棲特種部隊（United States Navy Sea, Air and Land Teams，俗稱海豹部隊）。SEAL 即 Sea, Air and Land（海陸空）之首字母合成詞。	ⒷⓃⓈⒶ
seasons 季節　季節和年分之間不加逗號：He graduated in spring 2012.（他畢業於 2012 年春）。季節不用大寫。	Ⓝ
season's greetings（季節問候；佳節祝福）主要格式手冊及其參考字典均未提到這個用語是否要加撇號。寫作者可以選擇把 season's 看作準所有格，寫為 season's greetings。比較少見的做法是把 seasons 當作形容詞，那就沒有撇號：seasons greetings。	
II, III, etc.（二世、三世等等）不用逗號和專有名稱分隔：Robert Ableman II attended.（羅伯特艾伯曼二世出席了）	ⒷⓃⓈ
secondhand (adj., adv.) (adj.) 二手的；間接的 (adv.) 從第二手；間接地	ⒷⓃⓈ
self-（字首）	在新聞和科學格式中，以字首 self 構成的詞語通常要加連字號。	ⓃⓈ
	由 self 所構成的複合詞在書籍格式中也加連字號，除非 self 直接連接一個字尾（selfless 無私的），或複合詞的前面還有其他字首（unselfconscious 非自我意識的）。	Ⓑ
self-conscious, self-consciousness（有自我意識的；自我意識）	ⒷⓃⓈ
self-discipline（自律；自我約束）	ⒷⓃⓈ
self-esteem（自尊）	ⒷⓃⓈ
self-restraint（自制）	ⒷⓃⓈ
sell-off (n., adj.)**, sell off** (v.)（廉價出售）	ⒷⓃⓈ
sellout (n.)**, sell out** (v.) (n.) 售完；背叛；出賣 (v.) 售完；出售	ⒷⓃⓈ
semi-　套用字首的標準連字規則。一般而言，除非後接專有名詞，或為了避免產生不自然的複合詞，否則不加連字號：semiannual（每半年的）、semi-American（半美國的）、semi-imminent（半迫近的）	ⒷⓃⓈⒶ
semiautomatic（半自動的）	ⒷⓈ
semi-automatic	Ⓝ

send-off (n.)**, send off** (v.) (n.) 送別；送行 (v.) 寄出；派往；為⋯⋯送行	ⒷⓃⓈ
send-up (n.)　The show was a hilarious send-up of modern mores.（這節目以一種滑稽的方式嘲諷現代人）	ⒷⓈ
sendup (n.)　The show was a hilarious sendup of modern mores.	Ⓝ
send up (v.)（諷刺）	ⒷⓃⓈ
Senior（老；大）見 Sr. 條目	
sentence fragment（句子片段）見 fragment 條目	
sergeant at arms（警衛官，在議會或法院維持秩序和安全的官員）	ⒷⓈ
sergeant-at-arms	Ⓝ

serial comma **系列逗號**	亦稱為牛津逗號（Oxford comma），是在一連串三個以上的單字、片語或子句中，位於對等連接詞 and 或 or 前的那個逗號：The flag is red, white, and blue.（國旗是紅、白、藍色）、Barry bought his ticket, entered the theater, and took his seat.（貝瑞買了票、進入戲院，然後入座）	
	書籍、科學和學術格式都使用系列逗號： The flag is red, white, and blue. / Barry bought his ticket, entered the theater, and took his seat.	ⒷⓈⒶ
	新聞格式不使用系列逗號：The flag is red, white and blue.、Barry bought his ticket, entered the theater and took his seat.	Ⓝ

set-aside (n.)**, set aside** (v.) (n.) 儲備品；休耕（地）(v.) 留出；擱置一旁	ⒷⓃⓈ
7UP（七喜汽水）	
shakedown (n.)**, shake down** (v.) (n.) 勒索；澈底搜查 (v.) 適應新環境；搖落；安頓下來	ⒷⓃⓈ
shake-up (n.)**, shake up** (v.) (n.) 改組；重大調整 (v.) 搖勻；使振作；改組	ⒷⓃⓈ
she'd　she had 或 she would 的縮寫	ⒷⓃⓈⒶ
she's　she is 或 she has 的縮寫	ⒷⓃⓈⒶ

shithead, shit head, shit-head（白痴；笨蛋）專家小組多數偏好一個字的連寫形式，少數偏好兩個字的分寫形式或連字號形式。	✛
shoestring（鞋帶）	ⒷⓃⓈ
shopworn（陳列過久的；陳舊的）	ⒷⓃⓈ
short circuit (n.), **short-circuit** (v.)　(n.) 短路 (v.) 發生短路	ⒷⓈ
short circuit (n., v.)	Ⓝ
shortcut（捷徑）	ⒷⓃⓈ
short sale (n.)（賣空）	ⒷⓃⓈ
shouldn't　should not 的縮寫	ⒷⓃⓈⒶ
should've　should have 的縮寫，絕不可寫成 should of。	ⒷⓃⓈⒶ
show-off (n.)（愛炫耀的人）	ⒷⓈ
showoff (n.)	Ⓝ
show off (v.)（炫耀）	ⒷⓃⓈ
shutdown (n.) **shut down** (v.)（關閉；停工）	ⒷⓃⓈ
shut-in (n.)（長期臥病在家的人）	ⒷⓃⓈ
shut in (v.)（關進；圍住）	ⒷⓈ✛
shutoff (n.)（開關器；停止；中斷）	ⒷⓈ
shut-off (n.)	Ⓝ
shut off (v.)（停止；關閉；切斷）	ⒷⓃⓈ
shutout (n.), **shut out** (v.) (n.) 輸的一方 (v.) 把……關在外面；擋住	ⒷⓃⓈ
-shy, -shyness 的連字用法	-shy 所構成的複合詞多半是形容詞，套用標準連字規則：a girl-shy young man（怕女生的年輕小伙子）、She is people-shy.（她怕人）	ⒷⓃⓈⒶ
	由 shyness 構成的複合名詞，專家小組對連字方式意見分歧：He suffers from girl-shyness/girl shyness.（他有畏女的問題）、She suffers from people-shyness/people shyness.（她有怕人的問題）	✛
-side　套用字尾的標準連字規則。一般而言，除非為使語意清晰或幫助閱讀，否則不加連字號。	ⒷⓃⓈⒶ

side by side (adv.) They walked side by side. （他們並肩走著） 作形容詞通常加連字號：a side-by-side comparison （並排比較）	ⒷⓃⓈ
sidesplitting （滑稽透頂的）	ⒷⓃⓈ
sidestep (v.) （迴避問題；側跨一步躲開）	ⒷⓃⓈ
sidetrack (v.) （轉移話題）	ⒷⓃⓈ
sidewalk （人行道）	ⒷⓃⓈ
sideways （向旁邊；從旁邊）	ⒷⓃⓈ
sightsee (v.) （觀光）	ⒷⓈ
sightseeing, sightseer （觀光；觀光的） （觀光客；遊客）	ⒷⓃⓈ
sign-up (n., adj.), **sign up** (v.) （註冊；簽約；報名）	ⒷⓃⓈ
single-handed, single-handedly （單獨的／地；單手的） （獨自）	ⒷⓃⓈ
sit-in (n.) （靜坐抗議）	ⒷⓃⓈ
-size, -sized 通常加連字號：life-size （實物大小的） 、bite-sized （很小的） 、pint-size （很小的）	ⒷⓃⓈ
skydive, skydiving, skydiver （跳傘） （特技跳傘員）	ⒷⓈ
slow-cook, slow cooking, slow-cooking 專家小組一致建議動詞加連字號：You should slow-cook the vegetables. （你應該要小火慢煮這些蔬菜） 。動名詞要不要加連字號，專家小組意見分歧：Slow-cooking brings out the flavor / Slow cooking brings out the flavor. （慢煮味道才會濃郁） 。形容詞則套用標準連字規則：Slow-cooked vegetables are her favorite. （慢煮的蔬菜是她的最愛）	✛
slow motion (n.), **slow-motion** (adj.) (n.) 慢動作 (adj.) 慢動作的	ⒷⓃⓈ
small-business man, small-business woman （小企業家；小生意人） 這個用語必須加連字號，清楚表示小的是企業或生意，而不是人。	Ⓝ
smartphone （智慧手機）	ⒷⓃⓈ
s'more, s'mores （烤棉花糖巧克力餅乾，一種在美加地區很受歡迎的露營點心。s'more 是 some more 的縮寫，表達好吃的滋味讓人一塊接一塊）	ⒷⓃⓈ
SMS Short Message Service （簡訊服務） 的縮寫	ⒷⓃⓈⒶ

so 的逗號用法 　作對等連接詞連接兩個完整子句時，so 的前面通常要加逗號。但如果子句很短且關係密切，寫作者可以選擇省略逗號：He has visitors from Seattle, so he didn't go to class.（他有客人從西雅圖來，所以沒去上課）、He was tired so he didn't go to class.（他太累了所以沒去上課）	ⒷⓃⓈⒶ
so-called 的連字用法 　作形容詞要加連字號：my so-called neighbor（我那所謂的鄰居）（但作動詞不加連字號：Judge Aaron, as he is so called. 人們叫他亞倫法官）	ⒷⓃⓈ
so-called 的引號用法 　so-called 所引出的詞語不加引號：my so-called life（我所謂的人生）、this so-called god particle（這個所謂的上帝粒子）	ⒷⓃⒶ
socioeconomic（社會經濟的）	ⒷⓈ
socio-economic	Ⓝ
soft-spoken（說話溫和的）	ⒷⓃⓈ
-something（……多歲）見 twentysomething 條目	
SOS（= save our soul 求救信號）	ⒷⓃⓈⒶ
sourced 　不可用連字號和 ly 副詞接在一起：locally sourced ingredients（當地食材）、globally sourced materials（來自全球各地的材料）	
Spanish-American War（美西戰爭）	ⒷⓃ
species's 單數所有格和複數所有格採用這種寫法也是正確的	ⒷⓃⓈⒶ
spell-checker（拼字檢查程式）	ⒷⓃⓈ
Spider-Man（蜘蛛人）	
spin-off (n.)（衍生產品；衍生作品）	ⒷⓈ
spinoff (n.)	Ⓝ
spin off (v.)（從現有公司獨立出；分立）	ⒷⓃⓈ
spring（春天）見 seasons 條目	
square feet, square miles, square yards, etc.（平方英尺、平方英里、平方碼等）除非當作形容詞使用，否則不加連字號：The house is 1,800 square feet.（這棟房子是 1800 平方英尺）、It's an 1,800-square-foot house.（這是一棟 1800 平方英尺的房子）	ⒷⓃⓈⒶ

Sr. 的逗號用法	不用逗號和專有名稱分隔：Lawrence Carlson Sr. was commemorated that day.（那天人們紀念了老勞倫斯卡爾森）	**B** **N** **S**
	要用逗號分隔：Lawrence Carlson, Sr., was commemorated.（人們紀念了老勞倫斯卡爾森）	**A**
stand-alone (adj.)（獨立的）		**B** **N** **S**
standard-bearer（掌旗手；領袖）		**B** **N** **S**
standby (n., adj.), **stand by** (v.) (n.) 備用品；後備人選 (adj.) 備用的；待命的 (v.) 待命；做好行動準備		**B** **N** **S**
stand-in (n., adj.), **stand in** (v.) (n.) 代替人 (adj.) 代替的 (v.) 代替		**B** **N** **S**
standoff (n., adj.), **stand off** (v.) (n.) 冷淡 (adj.) 冷淡的 (v.) 避開；保持一定距離		**B** **N** **S**
standout (n., adj.), **stand out** (v.) (n.) 傑出的人 (adj.) 傑出的 (v.) 突出		**B** **N** **S**
standstill (n., adj.), **stand still** (v.) (n.) 停頓；停滯 (adj.) 停頓的；停滯的 (v.) 站著不動		**B** **N** **S**
stand-up (n.) He is the only stand-up in the show.（他是這場秀裡唯一的單口喜劇演員）		**B** **S** **+**
stand-up (adj.) He is a stand-up comedian.（他是一名單口喜劇演員）		**B** **S**
standup (adj.) He is a standup comedian.		**N**
stand up (v.)（起立；經得住）		**B** **N** **S**
Starbucks（星巴克）		
Starbucks's 單數所有格		**B** **S** **A**
Starbucks' 單數所有格		**N**
Starbuckses' 複數所有格：Those two Starbuckses' managers both run top-rated stores.（那兩家星巴克的店經理管理的都是好評店面）		**B** **N** **S** **A**
"The Star-Spangled Banner"（《星條旗》，美國國歌）注意有連字號。在書籍、新聞和學術格式中，歌曲名稱要用引號標示。		**B** **N** **A**
start-up (n.)（新創企業）		**B** **S**

startup (n.)		Ⓝ
start up (v.) （啟動；創辦）		ⒷⓃⓈ
state of the art (n.) （當前的技術水準；最新技術）		ⒷⓃⓈⒶ
state-of-the-art (adj.)	位於名詞前通常加連字號：state-of-the-art technology （最新技術）	ⒷⓃⓈⒶ
	位於名詞後不加連字號，除非能使語意清晰、幫助閱讀理解：This technology is state of the art. （這是最新技術）	Ⓑ
	位於 be 動詞後要加連字號：This technology is state-of-the-art.	Ⓝ
states 州名的逗號用法 放在城市名後面的州名前後都要有逗號：They have lived in Madison, Wisconsin, for nine years. （他們在威斯康辛州的麥迪遜居住了九年） （另見 p.64〈地址中的逗號用法〉）		
states 州名縮寫的句號用法	書籍格式通常將州名拼寫出來 （另見 p.209〈州名縮寫〉）	Ⓑ
	新聞格式通常使用有句號的傳統縮寫，而非無句號的郵政縮寫形式：They have lived in Madison, Wis., for nine years.	Ⓝ
states' rights （州權，為美國憲法賦予州的權利）		ⒷⓃⓈ
St. Patrick's Day （聖派翠克節）		ⒷⓃⓈⒶ
steely-eyed (adj.) steely 是形容詞不是副詞，因此要加連字號：steely-eyed determination （堅定的決心）		ⒷⓃⓈⒶ
step- 表示家族關係時不加連字號：stepbrother （繼兄／弟）、stepmother （繼母）、stepsister （繼姊／妹）、stepparent （繼父／母） 等等		ⒷⓃⓈ
stepping-stone （跳板；墊腳石）		ⒷⓈ
steppingstone		Ⓝ
stickup (n.)**, stick up** (v.) He plans to stick up the bank. （他計畫搶銀行） She sticks up for him all the time. （她始終支持他）		ⒷⓃⓈ
stickup (adj.) He is a stickup artist. （他是個強盜）		➕
stockbroker （股票／證券經紀人）		ⒷⓃⓈ
stock-in-trade (n.) （慣用手法）		ⒷⓈ
stock in trade (n.)		Ⓝ

stomachache（胃痛）		ⒷⓃⓈ
stopgap（權宜之計；臨時替代人／物）		ⒷⓃⓈ
stopover (n.)**, stop over** (v.)（中途停留）		ⒷⓃⓈ
story line（情節）		ⒷⓈ
storyline		Ⓝ
storyteller（說故事的人）		ⒷⓃⓈ
story telling (n.)（說故事）		ⒷⓃⓈ
streetwalker（流鶯；街頭拉客妓女）		ⒷⓃⓈ
streetwise（適應都市生活的；具有都市生存智慧的）		ⒷⓈ
street-wise		Ⓝ
strong-arm (v., adj.) (v.) 以威脅、暴力方式強制 (adj.) 強硬的；使用暴力的		ⒷⓃⓈ
-style	構成複合形容詞時套用標準連字規則	
	位於名詞前要加連字號：a gladiator-style contest（角鬥士式的比賽）	ⒷⓃⓈⒶ
	位於名詞後不加連字號，除非有助於閱讀理解：The contest was gladiator style.（比賽採用角鬥士的形式）	ⒷⓈⒶ
	位於 be 動詞後要加連字號：The contest was gladiator-style.	Ⓝ
	構成複合副詞時，是否加連字號專家小組意見分歧：The combatants fought gladiator-style. / The combatants fought gladiator style.（這些鬥士以角鬥士的方式進行搏鬥）	✚
sub- 套用字首的標準連字規則。一般而言，除非後接專有名詞或為了避免產生不自然、語意不清的複合詞，否則不加連字號。		ⒷⓃⓈ
subbasement（地下第二層）		ⒷⓃⓈ
subcommittee（小組委員會）		ⒷⓃⓈ
subculture（次文化）		ⒷⓃⓈ
subdivide, subdivision（再分；細分）		ⒷⓃⓈ
subgroup（子群；小分組）		ⒷⓃⓈ
submachine gun（衝鋒槍）		ⒷⓃⓈⒶ
subprime（次級貸款的）		ⒷⓃⓈ

subtotal（小計）	ⒷⓃⓈ
subzero（溫度零下）	ⒷⓃⓈ
such as 的逗號用法　such as 前面經常加逗號，但後面不可加逗號：The store is having a sale on many items, such as clothes, books, and electronics.（這家店有很多商品正在特價，像是衣服、書籍和電子用品）、The store is having a sale on items such as clothes, books, and electronics.	ⒷⓃⓈⒶ
suffixes 字尾的連字用法　由字尾所構成的複合詞多半不加連字號，最常見的例外是三個子音相連的情況（bill-less 無帳單），以及含專有名詞的複合詞（Austin-wide 全奧斯汀）。（更多說明請見 p.168〈字尾〉）	ⒷⓃⓈⒶ
summa cum laude（以最優等成績）	ⒷⓃⓈ
summer（夏天）見 seasons 條目	
super- 的連字用法　構成字典未收錄的複合形容詞時，寫作者可以選擇分寫、加連字號或連寫：I've been super busy. / I've been super-busy. / I've been superbusy.（我最近超忙）。專家小組多數偏好分寫形式：I've been super busy.（更多說明請見 p.141〈帶有 super 的複合形容詞〉）	✚
supercharge, supercharged（增壓；超負荷）	ⒷⓃⓈ
super-duper（超級好的）	ⒷⓃⓈ
superhero（超級英雄）	ⒷⓃⓈ
superimpose（加上去；疊加）	ⒷⓃⓈ
Superman, superman（超人）無論是電影角色的專有名稱或通用名詞，都寫為一個字，無連字號。	ⒷⓃⓈ
supermodel（超級名模）	ⒷⓃⓈ
supernatural（超自然的；超自然現象）	ⒷⓃⓈ
supernova（超新星）	ⒷⓃⓈ
superpower（超級大國；極巨大的力量）	ⒷⓃⓈ
supersonic（超音速）	ⒷⓃⓈ
superstar（超級明星）	ⒷⓃⓈ

| superlatives
形容詞最高級
的連字用法 | 套用複合修飾語的標準連字規則。一般而言，如果能促進語意清晰、幫助閱讀理解，就加連字號。 | ⒷⓃⒶ |
| | 在科學格式中，形容詞最高級（以 -est 結尾的形容詞，如 slowest、fastest、longest）無論位於名詞前後都不加連字號：the slowest burning fuel、the fuel that is slowest burning（燃燒最慢的燃料） | Ⓢ |

supra- 套用字首的基本連字規則。一般而言，除非後接專有名詞或為了避免產生不自然的複合詞，例如兩個母音相連的情況，否則不加連字號：supra-articulate（口條超清晰）	ⒷⓃⓈⒶ
surface-to-air missile（地對空飛彈）	ⒷⓃⓈ

suspensive hyphenation 懸垂連字號 懸垂連字號用於一連串共用一個成分的複合詞，例如共用一個字根的情況：a Grammy- and Emmy-award-winning actor（葛萊美獎與艾美獎的得獎演員）（另見 p.152〈懸垂連字號〉）

SWAT Special Weapons and Tactics（特種武器和戰術部隊）的首字母合成詞

takeoff (n.), **take off** (v.)（起飛）	ⒷⓃⓈ
takeout (n.), **take out** (v.)（外帶）	ⒷⓃⓈ
takeover (n.), **take over** (v.)（接管；接收）	ⒷⓃⓈ
tattletale（愛說閒話、道人是非隱私的人；愛打小報告的人）	ⒷⓃⓈ

tax-free, tax free	形容詞要加連字號：a tax-free investment（免稅投資）	ⒷⓃⓈ
	副詞是否加連字號，專家小組意見分歧：You can donate tax-free/tax free.（你可以免稅捐款）	✚

T-bone（丁骨，帶丁字骨的牛隻前腰脊部位的肉）	ⒷⓃⓈ
Teamsters union（卡車司機工會）（另見 p.25〈所有格 vs. 形容詞〉）	Ⓝ
teachers college（師範學院）新聞格式不加撇號。採用其他格式的寫作者有兩種寫法可以選擇：如果將 teachers 視為形容詞，可以寫為 teachers college，如果視為所有格，則寫為 teachers' college。（另見 p.25〈所有格 vs. 形容詞〉）	Ⓝ
teachers union, teachers' union（教師工會）專家小組對於是否要加撇號意見分歧。新聞格式專家傾向於不加撇號，書籍格式專家選擇加撇號。（另見 p.25〈所有格 vs. 形容詞〉）	✚

tearjerker (n.) （賺人熱淚的書或電影等）		ⒷⓈ
tear-jerker (n.)		Ⓝ
tear-jerking (adj.)　a tear-jerking tale（賺人熱淚的故事）		ⒷⓈ
teenage, teenager（青少年時期）（青少年）		ⒷⓃⓈ
television programs 電視節目的標示法	節目名稱使用斜體：*I Love Lucy*（我愛露西）、*The Nightly Business Report*（夜間商業報導）	ⒷⒶⓈ
	節目名稱使用引號："I Love Lucy"、"The Nightly Business Report"	Ⓝ
	單集名稱使用引號："The Bubble Boy"（泡泡男孩，美國情境喜劇《歡樂單身派對》的第四十七集）	ⒷⓃⓈⒶ
television stations 電視臺　電視臺的呼號（call letters）為全大寫、無句號：The segment will appear on KTLA.（這段節目將於 KTLA 電視臺播出）		ⒷⓃ
telltale（愛打小報告的人；洩露祕密的）		ⒷⓃⓈ
temporary compound 臨時複合詞　臨時複合詞是字典裡沒有的複合形容詞、副詞、名詞或動詞。例如字典裡有 well-spoken（善於辭令的）這個詞，所以是永久複合詞（permanent compound），但是字典裡沒有 well-spent（充分利用的），因此是臨時複合詞。判斷一個複合詞是否加連字號時，應先查字典確認是否收錄。如果字典有收錄，就必須遵照字典的連字方式。如果字典中沒有收錄，就套用本書提供的連字規則。為了讀者方便，以下也列出了許多臨時複合詞和永久複合詞。		
tenfold（十倍）		ⒷⓃ
test-drive (n., v.)		ⒷⓃⓈ
	名詞是否加連字號，專家小組的書籍格式專家意見分歧：The customer took the car for a test drive./The customer took the car for a test-drive.（客戶把車子開去試駕了）	✛
tête-à-tête（兩人私下的／地；密談）		Ⓑ
Texas Hold'em（德州撲克，一種撲克遊戲）		ⒷⓈ
Texas Hold 'em		Ⓝ
Tex-Mex（墨西哥美國文化的；德州墨西哥料理）		ⒷⓃⓈ

thank you 的逗號用法　以片語形式當作附帶說明時，要用逗號和其他文字分隔：I'd love some, thank you.（給我一些，謝謝）。若作動詞、是完整句子的一部分，則不加逗號：I'll thank you not to call me that.（拜託你不要那樣叫我）。兩種用法 thank you 都不加連字號。	✚
thank-you 的連字號用法　作名詞要加連字號：What a gracious thank-you!（多麼親切有禮的謝謝啊）	Ⓑ Ⓢ
that 引導引文的逗號用法　位於引文之前的 that 不加逗號：He said, "There's profit to be made."、He said that there's "profit to be made."（他說「有利可圖」）	Ⓑ Ⓝ Ⓢ Ⓐ
that 引導關係子句的逗號用法　that 作關係代名詞使用時，只能引導限定子句，而限定子句不能用逗號隔開：The car that I was driving was red.（我開的車是紅色的）	Ⓑ Ⓝ Ⓢ Ⓐ
theatergoer（戲迷；觀劇者）	Ⓑ Ⓝ Ⓢ
theirs　永遠不加撇號	Ⓑ Ⓝ Ⓢ Ⓐ
there'd　there had 或 there would 的縮寫	Ⓑ Ⓝ Ⓢ Ⓐ
therefore 的逗號用法　therefore 可以用逗號分隔也可以不用，看寫作者認定它們是插入語還是融入句子當中：The solution, therefore, is simple.、The solution is therefore simple.（因此，解決方法很簡單）	Ⓑ Ⓝ Ⓢ Ⓐ
there's　there is 或 there has 的縮寫	Ⓑ Ⓝ Ⓢ Ⓐ
they'd　they had 或 they would 的縮寫	Ⓑ Ⓝ Ⓢ Ⓐ
they'll　they will 的縮寫	Ⓑ Ⓝ Ⓢ Ⓐ
they're　they are 的縮寫，注意不要將縮寫 they're 和以下兩者混淆：所有格形容詞 their、副詞或代名詞 there。	Ⓑ Ⓝ Ⓢ Ⓐ
they've　they have 的縮寫	Ⓑ Ⓝ Ⓢ Ⓐ
III　不用逗號和專有名稱分隔：Robert Ableman III attended.（羅伯特艾伯曼三世出席了）	Ⓑ Ⓝ Ⓢ
3-D　three-dimensional（三維的；立體的）的縮寫	Ⓑ Ⓝ Ⓢ
three Rs（基礎教育三要素：讀、寫、算〔reading, writing, and arithmetic〕）	Ⓑ
three R's	Ⓝ
'til　until 的縮寫。新聞、商務和書籍格式均不鼓勵使用這種寫法，應使用 till 或 until。	Ⓑ Ⓝ Ⓢ Ⓐ
till　until 的同義詞，注意沒有撇號。	Ⓑ Ⓝ Ⓢ Ⓐ

time-consuming（耗時的）	ⒷⓃⓈ
time-out（暫停）	ⒷⓈ
timeout	Ⓝ
tip-off (n.)（通風報信；密報）	ⒷⓈ
tipoff (n.)	Ⓝ
tip off (v.)	ⒷⓃⓈ
titled titled（名為）這個字後面接一個寫作或製作的作品名稱時，無論作品名稱採用斜體或引號，titled 之後都不加逗號：I read about it in an article titled "A Weekend in Big Bear."（我在一篇標題為〈我在大熊市的一個週末〉的文章中讀到這件事）	✚
'tis it is 的縮寫	ⒷⓃⓈⒶ
to go (adv.) I'll take that to go.（我要外帶）	ⒷⓃⓈⒶ
too 的逗號用法 too 是否要用逗號分開，主要格式手冊都沒有提供明確的指示。 就 I like it, too.（我也喜歡）這個句子而言，專家小組多數偏好使用逗號。但是就 I too saw that movie. / I, too, saw that movie.（我也看過那部電影）而言，專家意見分歧。	✚
toothache（牙痛）	ⒷⓃⓈ
Top 40 (adj.) They had a Top 40 hit.（他們有一首打進前四十排行榜的暢銷單曲）	ⒷⓈ
Top-40 (adj.) They had a Top-40 hit.	Ⓝ
topcoat（輕便大衣）	ⒷⓃⓈ
top dog (n.)（勝利者；居於領先地位者）	ⒷⓃⓈ
top dollar (n.)（高價）	ⒷⓃⓈ
top-down (adj.) a top-down compensation structure（由上而下的薪酬結構）	ⒷⓃⓈ
topflight 書籍和科學格式將此形容詞寫為一個字：a topflight operation（一流的經營）	ⒷⓈ
top-flight 新聞格式使用連字號：a top-flight operation	Ⓝ
top hat (n.)（大禮帽）	ⒷⓃⓈ
top-heavy (adj.)（頭重腳輕的）	ⒷⓃⓈ
top-notch (adj.)（絕佳的；一流的）	ⒷⓃⓈ

top tier (n.)（最高層級）	Ⓑ Ⓝ Ⓢ Ⓐ
toss-up (n.)（擲錢幣）	Ⓑ Ⓢ
tossup (n.)	Ⓝ
touch screen (n.), **touch-screen** (adj.) The computer has a touch screen. （這部電腦配備了觸控螢幕） Use the touch-screen buttons（使用螢幕觸控按鈕）	Ⓑ Ⓝ Ⓢ
Toys"R"Us　玩具反斗城的英文名稱，R 要加引號且前後無空格。	Ⓑ Ⓢ
Toys R Us　新聞格式不使用引號或撇號，且 R 的前後要空格。	Ⓝ
trade-in (n.), **trade in** (v.)（折價換購；舊換新）	Ⓑ Ⓝ Ⓢ
trade-off (n.), **trade off** (v.)（交易；交換；權衡）	Ⓑ Ⓝ Ⓢ
trade show（貿易展）	Ⓑ Ⓝ Ⓢ
trans-　套用字首的標準連字規則。一般而言，除非後接專有名詞或為了避免產生不自然的複合詞，否則不加連字號。	Ⓑ Ⓝ Ⓢ
transatlantic（橫渡大西洋的）	Ⓑ Ⓢ
trans-Atlantic	Ⓝ
transcontinental（橫貫大陸的）	Ⓑ Ⓝ Ⓢ
transgender（跨性別）	Ⓑ Ⓝ Ⓢ
transoceanic（越洋的）	Ⓑ Ⓝ Ⓢ
transpacific（橫渡太平洋的）	Ⓑ Ⓢ
trans-Pacific	Ⓝ
transsexual（變性人）	Ⓑ Ⓝ Ⓢ
trans-Siberian（穿越西伯利亞的）	Ⓑ Ⓝ Ⓢ
Travel and Leisure　旅遊雜誌名稱（《旅行 + 休閒》，官方名稱為 TRAVEL + LEISURE），新聞格式不使用 + 號。	Ⓝ
Treasurys　Treasury notes（國庫票據）或 Treasury bonds（國庫債券）的簡稱，沒有撇號。	
T. rex　Tyrannosaurus rex（暴龍）的簡稱	Ⓑ Ⓢ

trick-or-treat, trick-or-treating, trick-or-treater	動詞加連字號：They will trick-or-treat tomorrow night.（他們明晚要去玩不給糖就搗蛋）、Last night the children were trick-or-treating.（孩子們昨晚玩了不給糖就搗蛋）	ⒷⒼ
	動名詞 trick-or-treating 和名詞 trick-or-treater 有連字號：Our children love trick-or-treating.（我們的孩子喜歡玩不給糖就搗蛋） 呼喊詞不加連字號："Trick or treat!" the children yelled.（「不給糖就搗蛋！」孩子們喊道） 形容詞要加連字號：Playing cute was her trick-or-treat strategy.（她的討糖策略就是賣萌）	ⒷⓃⒼ
trompe l'oeil（錯視畫；視覺陷阱）		ⒷⓃⒼⒶ
troublemaker, troublemaking（惹麻煩的人）（惹麻煩的行為）		ⒷⓃⒼ
tryout (n.)**, try out** (v.) (n.) 試驗；選拔賽 (v.) 試驗；參加選拔		ⒷⓃⒼ
T-shirt（T 恤）		ⒷⓃⒼ
tune-up (n.)（調整；準備）		ⒷⒼ
tuneup (n.)		Ⓝ
tune up (v.)		ⒷⓃⒼ
turned 構成複合名詞的連字用法　在 an accountant-turned-criminal（會計師轉變成犯罪者）這個詞語中，專家小組認為有必要使用連字號，表示所有文字被當作一個名詞使用。		＋
turnkey (n., adj.)　(n.) 一站式方案 (adj.) 即可使用的；統包的		ⒷⓃⒼ
turn-on (n.)（令人興奮之物）		ⒷⓃⒼⒶ
turn on (v.)（使興奮）		ⒷⓃⒼ
turned-on (adj.)（興奮的）		ⒷⒼ
'twas　it was 的縮寫		ⒷⓃⒼⒶ
24/7（全年無休）使用斜線		Ⓝ
twentysomething（二十多歲）採用拼寫		ⒷⒼ
20-something　使用數字和連字號		Ⓝ

'twere	it were 的古式縮寫	ⒷⓃⓈⒶ
two-door (n.)	作名詞時，若有助於閱讀理解就加連字號：Her car is a two-door.（她的車是雙門的）	ⒷⓃⓈⒶ
two-door (adj.)	形容詞用於名詞前通常加連字號：a two-door sedan（雙門轎車）	ⒷⓃⓈⒶ
TV, TVs (pl.)	（電視）複數不加撇號，除非用於全大寫的文字中，有必要使用撇號以避免混淆。	ⒷⓃⓈⒶ
TV stations	（電視臺）見 television stations 條目	
über-	（超級的）套用字首的標準連字規則。一般而言不加連字號，除非會產生不自然的複合詞。要注意的是，書籍和新聞格式的參考字典指出應使用母音變化符。寫作者（尤其是新聞寫作者）可以自行判斷是否要使用這類外來語的變音符號。	ⒷⓃ
U-boat	（德國潛艇）	ⒷⓃⓈ
UFO, UFOs (pl.)	（幽浮；不明飛行物體）複數不加撇號，除非用於全大寫的文字中，有必要使用撇號以避免混淆。	ⒷⓃⓈⒶ
ultra-	一般而言，由字首 ultra- 構成的臨時複合詞不加連字號，除非後接專有名詞（ultra-Republican 極端共和黨員），或會造成母音相連的情況（ultra-artistic 極具藝術性）。	ⒷⓃⓈ
	例外：ultra-leftist（極左派）、ultra-rightist（極右派）	Ⓝ
ultramodern	（超現代的）	ⒷⓃⓈ
ultrasonic	（超音波）	ⒷⓃⓈ
ultraviolet	（紫外線）	ⒷⓃⓈ
un-	套用字首的標準連字規則。一般而言，除非後接專有名詞，或為了避免產生不自然的複合詞，否則不加連字號。	ⒷⓃⓈⒶ
UN	United Nations（聯合國）的縮寫	ⒷⓈ
U.N.	要加句號（標題例外）	Ⓝ
un-American	（非美國的）	ⒷⓃⓈⒶ
unarmed	（非武裝的；沒有武器的）	ⒷⓃⓈ

under-	under 可以作字首也可以作單字。構成字典未收錄的複合修飾語時，寫作者有三種選擇：使用連字號（under-house plumbing 地下管道）、分寫（under house plumbing）、遵照字首的連字規則採用連寫（underhouse plumbing）。	ⒷⓃ
	構成動詞如 undercook（沒煮熟）、underuse（沒有充分利用）時，專家小組建議連寫。	✛
underachieve, underachiever（沒有達到應有水準；學習成績不佳）（學習成績不佳的學生；表現不理想的人）		ⒷⓃⓈ
underage（未達法定年齡的）		ⒷⓃⓈ
underbelly（下腹部）		ⒷⓃⓈ
underbrush（矮樹叢；林下灌木叢）		ⒷⓃⓈ
undercharge（少收錢）		ⒷⓃⓈ
underclass（下層階級；社會底層）		ⒷⓃⓈ
undercook（沒煮熟）		Ⓝ✛
undercover（臥底的；祕密的）		ⒷⓃⓈ
undercurrent（暗流）		ⒷⓃⓈ
undercut（豬或牛的腰肉；廉價出售）		ⒷⓃⓈ
underdog（失敗者；弱者）		ⒷⓃⓈ
underestimate（低估）		ⒷⓃⓈ
underfoot（在腳下）		ⒷⓃⓈ
undergarment（內衣）		ⒷⓃⓈ
underhand, underhanded（祕密的／地；不光彩的／地）		ⒷⓃⓈ
undernourished（營養不良的）		ⒷⓃⓈ
underpants（內褲）		ⒷⓃⓈ
underpass（地下道）		ⒷⓃⓈ
underpay, underpaid（給……的報酬過低）		ⒷⓃⓈ
underperform, underperforming（表現不佳）		ⒷⓃⓈ
underplay（對……輕描淡寫）		ⒷⓃⓈ
underprivileged（弱勢的；貧困的）		ⒷⓃⓈ
underrate, underrated（低估；對……評價過低）		ⒷⓃⓈ

undersell, undersold（以低於市價／競爭對手的價錢售出）	ⒷⓃⓈ
undersized（比一般小的）	ⒷⓃⓈ
undersecretary（次長；副部長）	ⒷⓃⓈ
understudy（替補演員；替角）	ⒷⓃⓈ
under-the-table (adj.) an under-the-table arrangement（私下安排）	ⒷⓃⓈ
under the table, under-the-table (adv.)　專家小組對於副詞是否加連字號意見分歧：He gets paid under the table. / He gets paid under-the-table.（他私下收錢）	✚
underthings（女性內衣褲）	Ⓝ
underuse, underused（未充分利用）	ⒷⓈ✚
undervalue（低估）	ⒷⓃⓈ
underwater (adj., adv.) an underwater adventure（水下探險） an underwater mortgage（溺水屋，意指房產上的債務超過當前的市場價值） searching for treasure underwater（水中尋寶）	ⒷⓃⓈ
underway (adj.)　The underway convention will end Tuesday.（進行中的大會將於週二結束）	ⒷⓃⓈ
under way (adv.)　The convention is under way.（大會正在進行中）	ⒷⓈ
underway (adv.)　The convention is underway.	Ⓝ
underweight（重量不足）	ⒷⓃⓈ
underworld（陰間；黑社會）	ⒷⓃⓈ
undo, undid, undone（解開；取消）	ⒷⓃⓈ
unearned（不勞而獲的）	ⒷⓃⓈ
unfollow（取消追蹤）	ⒷⓃⓈⒶ
unfriend（斷交；刪除好友）	ⒷⓃⓈⒶ
United States'　構成所有格時，不在撇號後面加 s：the United States' boundaries（美國邊界）	ⒷⓃⓈ
unnecessary（不必要的）	ⒷⓃⓈ
unselfconscious（非自我意識的）	Ⓑ

unselfconscious, un-self-conscious 專家小組對是否加連字號意見分歧	✚
unshaven（沒刮鬍子的）	Ⓑ Ⓝ Ⓢ
up- 作字首不加連字號，除非會產生不自然的結構。	Ⓝ
up-and-comer（有前途的人；明日之星）	Ⓑ Ⓢ
up-and-coming（有前途的）	Ⓑ Ⓝ Ⓢ
up-and-down (adj.)（起起伏伏的）	Ⓑ Ⓝ Ⓢ
updo（高髻，將頭髮盤在頭頂的髮型）	Ⓑ Ⓝ Ⓢ
upend（倒置；顛倒）	Ⓑ Ⓝ Ⓢ
up-front (adj.) He has an up-front nature.（他天性坦率）	Ⓑ Ⓢ
up front (adv.) You two go up front.（你們兩個走前面）	Ⓑ Ⓢ
upfront (adj., adv.) He has an upfront nature.、You two go upfront.	Ⓝ
upgrade（升級）	Ⓑ Ⓝ Ⓢ
upkeep（維修；保養）	Ⓑ Ⓝ Ⓢ
upload（上傳）	Ⓑ Ⓝ Ⓢ
uppercase (n., adj.), **uppercased, uppercasing** (n.) 大寫 (adj.) 大寫的 (v.) 以大寫字母書寫	Ⓑ Ⓝ Ⓢ
upper class (n.), **upper-class** (adj.) (n.) 上層階級 (adj.) 上層階級的	Ⓑ Ⓝ Ⓢ
upper crust (n.), **upper-crust** (adj.) (n.) 上流社會 (adj.) 上流社會的	Ⓑ Ⓝ Ⓢ
uppercut（上鉤拳）	Ⓑ Ⓝ Ⓢ
upper hand（上風）	Ⓑ Ⓝ Ⓢ
uppermost（最上面的；最重要的）	Ⓑ Ⓝ Ⓢ
uprise, uprising（上升；起床）	Ⓑ Ⓝ Ⓢ
upshot（結局）	Ⓑ Ⓝ Ⓢ
upside（上方；好的一面）	Ⓑ Ⓝ Ⓢ
upside-down (adj.), **upside down** (adv.) an upside-down frown（笑臉） Turn that frown upside down.（不要哭喪著臉嘛；笑一個嘛）	Ⓑ Ⓝ Ⓢ

upstage (n., v., adj., adv.) (n.) 舞臺後方 (v.) 搶戲；搶鏡頭 (adj.) 舞臺後方的；高傲的 (adv.) 在舞臺後方		ⒷⓃⒼ
upstart（暴發戶）		ⒷⓃⒼ
upstate（向／在州的北部）		ⒷⓃⒼ
upswing（上揚；高漲）		ⒷⓃⒼ
uptake（攝取；領會；舉起）		ⒷⓃⒼ
uptick（上升；上漲）		ⒷⓃⒼ
up to date, up-to-date 位於名詞前要加連字號：an up-to-date report（最新報告）。位於名詞後通常不加連字號，但若有助於語意清晰也可加連字號：This report isn't up to date.（這份報告不是最新的）		ⒷⓃⒼ
URL uniform/universal resource locator（統一資源定位器，即網址）的縮寫		ⒷⓃⒼⒶ
URLs 網址的標點用法	在書籍、新聞和學術格式中，網址的標點方式如同一般單字，無論是句號、逗號或其他標點符號都可以緊接在網址之後。	ⒷⓃⒶ
	在科學格式中，網址後不可緊接句號。科學類的寫作者必須避免讓網址出現在句尾，如果網址出現在句尾，這個句子就無法以句號結尾：A popular site with researchers is www.example.com（研究人員愛用的一個網站是 www.example.com）	Ⓖ
	科學格式應盡可能將網址以括號插入句中：The research site (www.example.com) is popular among scientists.（這個研究網站〔www.example.com〕科學家們很愛用）	
US, U.S.	United States（美國）的縮寫。書籍格式偏好沒有句號的寫法，但允許使用句號。	Ⓑ
	文中使用句號，位於標題則不加句號。	Ⓝ
	科學格式要求名詞不加句號：He lives in the US.（他住在美國），但形容詞要加句號：He is in the U.S. Army.（他在美國軍隊中）	Ⓖ
	學術格式要求使用有句號的 U.S.。	Ⓐ
USA（美國）		ⒷⓃⒼⒶ
US Airways（全美航空公司）		

318

U.S.News & World Report, U.S. News 雜誌名稱（美國新聞與世界報導）帶有句號。當使用全稱時，N 前面不空格。使用簡稱 U.S. News 時，N 前面要空格。	
USS（= United States Ship 美國海軍艦艇）作為軍艦名稱的一部分時不加句號	ⒷⓃⓈ
U-turn（迴轉）	ⒷⓃⓈ
V-8 (n., adj.) 一種引擎名稱：He drives a V-8.（他駕駛一輛搭載 V-8 引擎的汽車）	ⒷⓃⓈ
V8 一種蔬果汁的商標名稱	ⒷⓃⓈ
Valentine's Day, St. Valentine's Day, Saint Valentine's Day（情人節）	ⒷⓃⓈⒶ
VCR（= video cassette recorder 卡式錄放影機）	ⒷⓃⓈ
V-E Day（= Victory in Europe Day 歐戰勝利紀念日）	Ⓝ
very 的逗號用法 very 和後面的形容詞之間不加逗號：a very special day（非常特別的日子）、a very overpaid man（薪水過高的人）。然而若是連用好幾個 very，則 very 之間要用逗號分隔：a very, very special day（非常、非常特別的日子）、a very, very overpaid man（領太多、太多薪水的人）	ⒷⓃⓈⒶ
very 的連字用法 very 構成複合修飾語時不加連字號：a very nice day（天氣很好的一天）、a very well-known man（非常知名的人）	Ⓝ
Veterans Day（美國退伍軍人節）	ⒷⓃⓈ

vice-	用於職位或職務名稱時，除了 vice admiral（海軍上將）和 vice president（副總統；副總裁）之外，一律加連字號。	ⒷⓈ
	用於職位或職務名稱不加連字號：vice president、vice admiral、vice mayor（副市長）	Ⓝ

vice versa（反之亦然）	ⒷⓃⓈ
VIP, VIPs (pl.)（= very important person 重要人物）複數不加撇號，除非用於全大寫的文字中，有必要使用撇號以避免混淆。	ⒷⓃⓈⒶ
V-J Day（= Victory over Japan Day 對日戰爭勝利紀念日）	Ⓝ
V-neck（V 領）	ⒷⓃⓈ

vowels 以母音結尾單字的複數形　以母音結尾的單字（如：ski 滑雪板）構成複數時不加撇號：skis。專有名稱也是一樣：the Micelis（米切利家）、the Corollas（豐田 Corolla 汽車）。		Ⓑ Ⓝ Ⓢ Ⓐ
VoIP　Voice over Internet Protocol（網際網路協定語音傳輸）的縮寫		Ⓝ
vs　versus（對；對抗）的縮寫		Ⓑ Ⓢ
vs.　行文中經常完整拼寫出來（versus）。		Ⓝ
wait list (n.), **wait-list** (v.) I'm on the wait list.（我在候補名單中） I wanted to enroll in the class, but they wait-listed me.（我想報名參加這堂課，但是被列入候補名單中）		Ⓑ Ⓝ Ⓢ
walk-in (n., adj)　(n.) 能容納人進出的儲藏空間，如冰庫、衣帽間等 (adj.) 能容納人進出的		Ⓑ Ⓝ Ⓢ
walk-through (n.)（排練；逐步解說；地下通道）		Ⓑ Ⓝ Ⓢ
walk-through (adj.)（可穿行的；通過式）		Ⓝ
walk-up (n., adj.), **walk up** (v.)　(n.) 無電梯的公寓 (adj.) 無電梯的 (v.) 向上走；沿著……走		Ⓑ Ⓝ Ⓢ
Walmart　沃爾瑪公司，為美國的跨國零售企業 We went to Walmart.（我們去了沃爾瑪商店）。 We bought shares of Walmart.（我們買了沃爾瑪公司的股票）		
warm-up (n.), **warm up** (v.), **warm-up** (adj.)　(n.) 熱身；準備活動 (v.) 熱身；變暖；加熱 (adj.) 熱身的		Ⓑ Ⓝ Ⓢ
Washington, DC 的逗號用法	在書籍格式中，District of Columbia（哥倫比亞特區）的縮寫通常要用逗號分隔。但如果寫作者選擇的是不加句號的 DC，那麼可以用逗號分隔也可以不用。 對：Washington, DC, gets hot in the summer. 對：Washington DC gets hot in the summer. 對：Washington, D.C., gets hot in the summer. （華盛頓哥倫比亞特區夏天很熱）	Ⓑ
	在新聞格式中，D.C. 要用逗號分隔：Washington, D.C., gets hot in the summer.	Ⓝ

Washington, D.C. 的句號用法	書籍格式偏好使用無句號的 DC。但若是文中的其他美國州名縮寫，寫作者均選擇使用有句號的形式（而非無句號的郵政縮寫形式），則 D.C. 也允許加句號。	Ⓑ
	新聞格式要求使用有句號的 D.C.	Ⓝ
	科學和學術格式中 DC 不加句號	ⓈⒶ
Washington's Birthday（華盛頓誕辰紀念日）		ⒷⓃⓈ
wash up (v.), **washed-up** (adj.) a washed-up actor（過氣的演員）		ⒷⓃⓈ
watcher 構成複合名詞的連字用法　字尾 er 的名詞在構成複合名詞時，專家小組傾向於不加連字號。以 She is a regular market watcher.（她是定期市場觀察家）這個句子為例，專家一致選擇不加連字號。		✛
watching 構成複合名詞的連字用法	watching 與另一個名詞組合，創造字典裡沒有的詞語時，不加連字號：Market watching can be lucrative.（市場觀察是有利可圖的）	Ⓑ
	由動名詞（如 watching）所構成的複合詞，專家小組的新聞格式專家傾向於不加連字號：Market watching can be lucrative.	✛
watchmaker, watchmaking（製錶師傅；製錶商）（製錶）		ⒷⓃⓈ
waterborne（由水傳播的）		ⒷⓃⓈ
watercooler,	（飲水機）名詞或形容詞寫為一個字	ⒷⓈ
water cooler	名詞寫為兩個字，不加連字號。形容詞要加連字號：a water-cooler program（茶水間計畫）	Ⓝ
waterlogged（浸滿水的）		ⒷⓃⓈ
water ski (n.), **water-ski** (v.), **water-skier** (n.) (n.) 滑水板；滑水者　(v.) 滑水		ⒷⓃⓈ
water-skiing（滑水）		Ⓑ
water skiing		Ⓝ
website（網站）		ⒷⓃ
Web site		ⓈⒶ
we'd　we had 或 we would 的縮寫		ⒷⓃⓈⒶ
weekend（週末）		ⒷⓃⓈ

weeklong （長達一星期的）		ⒷⓃⓈ
week's, weeks' 在 one week's time（一週的時間）、two weeks' pay（兩週的薪水）這類的詞語中要使用所有格，要注意單數所有格是 one week's，複數所有格是 two weeks'，兩者有所區別。（見 p.24〈準所有格〉）		ⒷⓃⓈ
well 的逗號用法 well 當作一個感嘆詞使用時，經常用逗號分隔，但不是一定。如果加了逗號沒有較容易閱讀，或者沒辦法營造出想要的強調語氣，可以選擇不加逗號：Well, you're the one who wanted to come here. / Well you're the one who wanted to come here.（是你要來的欸）		
well 的連字用法	由 well 所構成的複合形容詞若位於其修飾的名詞之前，要加連字號：a well-considered idea（經過深思熟慮的想法）。若位於名詞之後，不加連字號：That idea is well considered.（那個想法是經過深思熟慮的）	ⒷⓈⒶ
	在新聞格式中，由 well 所構成的複合形容詞位於其修飾的名詞前後都要加連字號：It's a well-considered idea.、That idea is well-considered.	Ⓝ
	如果 well 所構成的複合詞含有三個以上的單字，專家小組多數偏好使用連字號：a well-put-together woman（精心打扮的女子）	✚
well-being （福利；健康）		ⒷⓃⓈ
well-done, well done	作形容詞通常會加連字號：a well-done steak（全熟的牛排）	ⒷⓃⓈ
	如果把 Well done!（做得好）當作一個感嘆詞或獨立使用的讚美詞，專家小組表示不加連字號。	✚
well-known	位於名詞前要加連字號：a well-known conductor（知名的指揮家）	ⒷⓃⓈ
	位於名詞後要加連字號：The conductor is well-known.（這位指揮家很有名）	Ⓝ
well-off 作形容詞時，無論用於何種情況都要加連字號：a well-off couple（富有的夫婦）。作名詞一樣使用連字號形式（名詞性的形容詞）：The well-off have people to handle their money.（有錢人請人幫他們管理錢財） 名詞性的形容詞（nominal adjective）是把形容詞當作名詞，表達具有該特徵的人事物之整體，前面通常會有定冠詞 the。最常見的例子有 the poor（窮人）、the unemployed（失業者）、the homeless（無家可歸的人）等，其中 poor、unemployed、homeless 都是名詞性的形容詞。		ⒷⓃⓈ

well-paying	作形容詞時，位於名詞前要加連字號，位於名詞後不加連字號：a well-paying job（高薪工作）、That job is well paying.（那份工作的待遇很高）	ⓑⓢⒶ
	位於其修飾的名詞前後都要加連字號：a well-paying job、That job is well-paying.	Ⓝ
well-spent, **well spent**	作形容詞時，位於名詞前要加連字號，位於名詞後不加連字號：It was well-spent money.、It was money well spent.（這錢花得很值）	ⓑⓢⒶ
	作形容詞時，位於其修飾的名詞前後都要加連字號：It was well-spent money.、It was money well-spent.	Ⓝ
well-to-do 作形容詞加連字號：a well-to-do couple（富有的夫婦）。作名詞一樣使用連字號形式（名詞性的形容詞）：The well-to-do are on vacation this time of year.（每年這個時候有錢人都在度假）		ⓑⓃⓈ
well-wisher (n.), **well-wishing** (n., adj.) (n.) 祝福者；祝福 (adj.) 祝福的		ⓑⓃⓈ
Wendy's（溫蒂漢堡）這間漢堡連鎖店的名稱帶有撇號。若要構成複數形、單數所有格或複數所有格，專家小組一致偏好維持單數形式，不做任何變化。		✚
we've we have 的縮寫		ⓑⓃⓈⒶ
whale watching (n.)（賞鯨）		ⓑ✚
what it is is 見 is is 條目		
which 的逗號用法 which 作關係代名詞時，最常用來引導非限定關係子句。非限定關係子句要用逗號分隔：Spiders, which have eight legs, live in every region of the United States.（蜘蛛有八隻腳，棲息在美國各個地區）。少數時候 which 會引導限定關係子句，限定關係子句不用逗號分隔：The house which we stayed in was nice.（我們住的那棟房子很不錯）（另見 p.49〈逗號用於分隔非限定性或補充性的文字、片語或子句〉）		
whistle-blower（吹哨人；揭發者）		ⓑⓃⓈ
whitewash (n., v.)　(n.) 白色塗料 (v.) 粉刷；粉飾		ⓑⓃⓈ
whole grain (n.)（全穀物）		ⓑⓃⓈ
whole-grain (adj.)（全穀物的）		Ⓝ
wholehearted（全心全意的；真摯的）		ⓑⓃⓈ

who's who is 或 who has 的縮寫，小心不要和所有格 whose 混淆。	ⒷⓃⓈⒶ
who's who (n.)　A who's who of the entertainment industry was there.（娛樂界的名人全都在場）	ⒷⓃⓈ
wide-　以 wide 開頭的複合修飾語通常要加連字號，除非字典列出的是連寫形式：wide-angle lens（廣角鏡頭）、wide-eyed wonder（驚奇）、wide-body truck（寬體卡車），而 widespread problem（普遍的問題）要連寫。	ⓃⒷ

| **-wide（字尾）** | 字典裡沒有的複合詞都要加連字號：university-wide（全大學）、office-wide（全辦公室），而 worldwide（全世界）要連寫。 | Ⓑ |
| | 不加連字號：universitywide、officewide | Ⓝ |

wide-angle　作形容詞要加連字號：a wide-angle lens（廣角鏡頭），但作名詞片語不加連字號：We viewed it from a wide angle.（我們從各種角度來看）		ⒷⓃⓈ

wide-awake, **wide awake**	位於名詞前要加連字號：a wide-awake child（清醒的小孩）	ⒷⓃⓈ
	位於名詞後不加連字號：The child was wide awake.（這個小孩完全清醒著）	Ⓑ
	按照新聞格式，wide awake 若用於名詞後應該要加連字號，但專家小組的新聞格式專家表示 The child was wide awake. 這個句子他們不會加連字號。	Ⓝ＋

wide-eyed（睜大眼睛的；天真的）	ⒷⓃⓈ
widely 構成複合修飾語時不加連字號：a widely renowned scholar（世界知名的學者）、a widely held belief（普遍的看法）	ⒷⓃⓈⒶ
wide-open　作形容詞時，無論用於何種情況都要加連字號：It was a wide-open invitation.、The invitation was wide-open.（那是個公開的邀請）	ⒷⓃⓈ
wide receiver（〔美式足球〕外接球手）	ⒷⓃⓈ
wide-screen (adj.)（寬銀幕的）位於名詞前要加連字號，位於名詞後可加可不加。	Ⓑ
widescreen (adj.)	Ⓝ
widespread（普遍的）	ⒷⓃⓈ
WiDi, Wi-Di　儘管專家小組一致認為 Wi-Fi 要加連字號，對 Wi-Di/WiDi（無線顯示）的連字用法卻意見分歧。	＋

widow's peak（美人尖）		Ⓑ Ⓝ Ⓢ
widow's walk（屋頂平臺）		Ⓑ Ⓝ Ⓢ
Wi-Fi（無線網路）		Ⓑ Ⓝ Ⓢ
wildlife（野生生物）		Ⓑ Ⓝ Ⓢ
Wilkes-Barre, Pennsylvania（威爾克斯─巴里，賓州）		
windchill（風寒）		Ⓑ Ⓢ
wind chill, wind chill factor（風寒）（風寒指數）		Ⓝ
wine tasting (n.)（品酒）		Ⓑ Ⓝ Ⓢ
-winner, -winning　winner 構成複合名詞不加連字號：She is a Grammy winner.（她曾獲葛萊美獎）。winning 構成複合形容詞要加連字號：She is a Grammy-winning artist.（她是葛萊美得獎歌手）		Ⓑ Ⓝ Ⓢ
winter（冬天）見 seasons 條目		
win-win (n., adj.)　a win-win situation（雙贏局面）		Ⓑ Ⓝ Ⓢ
-wise	套用字尾的標準連字規則，構成臨時複合詞多半不加連字號：dollarwise（以美元計）、slantwise（傾斜的）、budgetwise（預算方面）。若會產生不自然或看不懂的複合詞，可以加連字號。	Ⓝ Ⓑ
	下列三個詞語是否加連字號，專家小組意見分歧：cooking-wise/cookingwise（烹調方面）、size-wise/sizewise（就尺寸而言）、driving-wise/drivingwise（駕駛上）	✚
WMD　weapons of mass destruction（大規模殺傷性武器）的縮寫		Ⓑ Ⓝ Ⓢ Ⓐ
women's　複數 women 的所有格。有些商標名稱會把撇號去掉，但不加撇號普遍認為是錯誤用法。		Ⓑ Ⓝ Ⓢ Ⓐ
word of mouth (n.)　People learned of the restaurant by word of mouth.（人們靠著口耳相傳知道這家餐廳）		Ⓑ Ⓢ
word-of-mouth (n.)　People learned of the restaurant by word-of-mouth.		Ⓝ
word-of-mouth (adj.)　Word-of-mouth publicity can be the most effective.（口碑宣傳可能是最有效的方法）		Ⓑ Ⓝ Ⓢ Ⓐ

words as words 字當作字　在新聞和書籍格式中，當作「字」來使用的文字構成複數形不加撇號：no ifs, ands, or buts（沒有任何藉口）。建議學術和科學寫作人士可以採用這種格式，但若要使用撇號也是可以的：no if's, and's, or but's	ⒷⓃ
workers' compensation（勞工保險）	ⒷⓃ
working class (n.)（勞動階級）	ⒷⓃⓈ
working-class (adj.)　位於名詞前後都要加連字號：a working-class family（勞動階級家庭）、The family is working-class.（這個家庭是勞動階級）	ⒷⓃⓈ
would've　would have 的縮寫，絕不可寫成 would of。	
write-down (n., adj.), **write down** (v.)　作動詞時，無論取哪一種意義都不加連字號：Please write down what I'm telling you.（請把我告訴你的寫下來）、The company had to write down its equipment depreciation.（公司必須減記設備折舊）	ⒷⓃⓈ
write-in (n., adj.), **write in** (v.)　(n.) 投給非原定候選人的票；非推薦候選人 (adj.)（投給）非原定候選人的 (v.) 在選票上填寫非原定候選人；寫信索取	ⒷⓃⓈ
write-off (n., adj.), **write off** (v.)　(n.) 勾銷；貶值；報廢物 (adj.) 註銷的 (v.) 勾銷；認定……無作為	ⒷⓃⓈ
write-up (n., adj.), **write up** (v.)　(n.)（尤指好評）報導；評論 (adj.) 記錄的；增值的 (v.) 詳細寫出；寫文章讚揚；增值	ⒷⓃⓈ
wrongdoing（做壞事）	ⒷⓃⓈ
Xmas（聖誕節）	ⒷⓃⓈ
X-Men（X 戰警）	
X-ray（X 光）	ⒷⓈ
x-ray	Ⓝ
Yahoo（雅虎）此專有名稱在新聞格式中不包含驚嘆號	Ⓝ
y'all　you all（你們大家）的縮寫	ⒷⓃⓈⒶ
year-end　作形容詞和名詞要加連字號：file the reports at year-end（年底提交報告）	ⒷⓃⓈ
yearlong（整整一年的）	ⒷⓃⓈ

year old, year-old, years old, years-old, -year-old　沒有和數字組合的情況下，只有作形容詞用於名詞前要加連字號：a year-old newspaper（一年前的報紙）、a years-old newspaper（多年前的報紙）。當和一個數字組合構成名詞或形容詞時，要加連字號：Quinn has a two-year-old and a four-year-old.（葵茵有個兩歲大和四歲大的孩子）、Steve has a 2-year-old car.（史帝夫有一輛出廠兩年的車）（要注意在新聞格式中，年齡一律使用阿拉伯數字，書籍和其他格式則通常採用英文拼寫。另見 p.144〈以 year 和 old 表達年齡的複合形容詞〉以及 p.200-204〈數字 vs. 拼寫〉表格）	ⒷⓃ

year-round,　**year round**　(adj., adv.)	作形容詞位於名詞前要加連字號：It's a year-round school.（那是一所全年制學校）	ⒷⓃⓈⒶ
	作形容詞位於名詞後或作副詞時，要加連字號：This school is year-round.（這所學校採全年制教育）、He plays golf year-round.（他整年都打高爾夫球）	Ⓝ
	若位於名詞或動詞之後，不加連字號，除非會造成語意不清：This school is year round.、He plays golf year round.	ⒷⓈⒶ

years 年分的逗號用法　完整日期中的年分要用逗號分隔：March 22, 1968。如果只有年和月，不需要用逗號分隔：March 1968。	ⒷⓃⓈ
years 年分的撇號用法　單一年分的所有格要加撇號：1975's top films（1975 年的賣座電影）。也可以用撇號代表省略數字：They visited in '75.（他們曾於 1975 年造訪）、That was '75's top hit.（那是 1975 年的暢銷金曲）。另見 decades 條目。	ⒷⓃⓈⒶ
year's, years'　在 one year's time（一年的時間）、two years' pay（兩年的薪水）這類的詞語中要使用所有格，要注意單數所有格是 one year's，複數所有格是 two years'，兩者有所區別。（見 p.24〈準所有格〉）	ⒷⓃⓈ

yes 的逗號用法	yes 經常以逗號分隔，但不是絕對。如果加了逗號無助於增加可讀性或韻律感，寫作者可以選擇省略逗號：Yes, there is a Santa Claus. / Yes there is a Santa Claus.（是的，世界上真的有聖誕老公公）	Ⓑ
	在 Yes, thank you. 的句子中，專家小組一致偏好加逗號。	✚

yes 的複數形　yes 的複數形是 yeses，不加撇號。	ⒷⓃⓈ
you'd　you had 或 you would 的縮寫	ⒷⓃⓈⒶ

yours 永遠不加撇號	ⒷⓃⓈⒶ
YouTube（一個影片分享網站）	
you've you have 的縮寫	ⒷⓃⓈⒶ
yo-yo （溜溜球；在不同層面間不停變化）名詞和動詞都小寫並加連字號	ⒷⓃⓈ
zigzag（Z 字形）	ⒷⓃⓈ
zip line (n.)（高空飛索）	ⒷⓃⓈ
zip-line (v.) 書籍和科學格式加連字號	ⒷⓈ
zip line (v.) 新聞格式分寫為兩個字，無連字號。	Ⓝ
z's 意思是「睡覺」：to catch some z's（睡覺）。zzzz 用來表示打鼾的聲音，通常限用於卡通等圖像作品。	ⒷⓃⓈ

附錄 A
認識文法單位：片語、子句、句子及句子片段

想要正確使用標點符號，必須對片語、子句、句子及句子片段
有基本的認識。

片語（Phrases）

文法中，片語的定義是作為單一詞性使用的一個字或一組詞。

> *Jack the accountant was running very fast.*
> 會計師傑克跑得非常快。

在這個句子中，Jack the accountant 是名詞片語，was running 是
動詞片語，very fast 是副詞片語。

要注意的是，由於單一個字也具有相同的作用，因此在句法分
析上也被歸為片語。

> *Jack ran fast.* 傑克跑得很快。

在這個句子中，名詞片語是單一個字 Jack，動詞片語是 ran，副
詞片語是 fast。

除了名詞、動詞和副詞片語之外，還有形容詞片語（beautiful
美麗、extremely beautiful 極為美麗）和介系詞片語（on time 準

時、with great dignity 十分高尚）。

請注意片語當中還可以包含另一個片語，例如形容詞片語 extremely beautiful 就包含了一個副詞片語（extremely）和一個形容詞片語（beautiful）。

子句（Clauses）

子句是含有一個主詞和一個動詞的文法單位。在 Jack ran 當中，主詞是 Jack，動詞是 ran。在 Jack was running 當中，主詞是 Jack，動詞是片語 was running。

獨立子句（independent clause）是可以當作一個句子單獨存在的子句，不同於從屬子句。從屬子句（dependent clause/subordinate clause）由從屬連接詞（subordinating conjunction）引導，無法單獨作為一個結構完整的句子存在。

> *Jack ran* = 獨立子句
>
> *Jack was running* = 獨立子句
>
> *If Jack ran* = 從屬子句
>
> *Because Jack ran* = 從屬子句

主詞通常是名詞，但並非絕對。

> *To give is better than to receive.*
> 施比受有福。

在這個句子中，不定詞 to give 是主詞，動詞是 is。

辨識獨立子句才知道該如何使用逗號，也才能遵循下面這條逗號規則：由連接詞所連接的兩個獨立子句之間要加逗號。

Barbara saw what you did yesterday, and she is going to tell everyone who will listen.
芭芭拉看到你昨天做的事了，而且她打算要昭告天下。

這個句子不能省略逗號，因為 and 所連接的兩個成分都是獨立子句。假如第二句是從屬子句就不需要加逗號。

Barbara saw what you did yesterday because she was spying.
芭芭拉看見你昨天做的事，因為她一直在暗中監視。

在這個句子中，句子後半部有個 because，所以是從屬子句，不需要加逗號。

句子（Sentences）

句子是至少含有一個獨立子句並表達完整思想的文法單位。

Aaron watched. 亞倫注視著。

Aaron watched with great interest. 亞倫興味盎然地注視著。

Aaron watched eagerly. 亞倫熱切地注視著。

Aaron watched and learned. 亞倫注視並學習。

Aaron watched as Carrie left. 亞倫注視著凱莉離去。

一個完整句子必須以句號、問號或驚嘆號結尾。

句子片段（Sentence Fragments）

句子片段是一組詞語，它沒有達到構成句子的最低要求，卻比照句子使用標點符號。

> *No.* 不行。
>
> *Soda?* 要喝汽水嗎？
>
> *Confess? Not me.* 要我承認？才不要。
>
> *Jerk.* 混帳。
>
> *Beautiful.* 好美。
>
> *He is a great man. Was a great man.* 他是個很好的人。曾經是。

句子片段有時被認為是錯誤用法，尤其是在學術寫作。但很多時候寫作者會為了製造效果而刻意使用句子片段，尤其是文學寫作。而有時候使用完整句子顯得不自然或沒必要，這時候就可以使用句子片段。

附錄 B
辨識詞性以正確使用標點符號

詞性分為下列幾種：名詞、動詞、形容詞、副詞、連接詞、介系詞。

名詞（Noun）

名詞是人、事物或地點的名稱。值得注意的是，有一種動詞叫做動名詞，也被歸類為名詞。動名詞是以 -ing 結尾，並在句中擔任名詞的角色。動名詞不可和現在分詞混淆，它們的形式雖然相同，但現在分詞在句中通常擔任動詞。

動名詞：

> *Walking is good exercise.* 走路是很好的運動。
> （Walking 當作名詞使用，是動詞 is 的主詞）

現在分詞：

> *He was walking.* 他正在走路。
> （Walking 是動詞，表示動作）

名詞通常是執行動詞動作的主詞（shoes are required 需要穿鞋），或者是動詞或介系詞的受詞（he wore shoes 他穿了鞋、they only serve guests with shoes 他們只提供鞋子給客人）。名詞也可以當作形容詞，發揮定語的功能（定語是位於名詞前的修飾語）：a shoe store（鞋店）、a milk crate（牛奶箱）a broom closet（清潔工具間）。而這個定語功能是決定連字用法的一個考量因素。舉例來說，如果一個詞語的動詞在字典中分寫為兩個字（shut down），而名詞寫為一個字（shutdown），此時寫作者要創造形容詞可以有兩種方法：一種是將動詞加連字號構成形容詞（the nightly shut-down procedure 夜間關閉程序），另一種是將一個字的名詞當作定語使用（the nightly shutdown procedure）。

✛大多數的例子裡，標點符號專家小組偏好名詞當作形容詞的用法。

動詞（Verb）

動詞傳達動作或狀態。

> *Larry left.* 賴瑞離開了。
>
> *Sarah is nice.* 莎拉人很好。
>
> *Kevin wants ice cream.* 凱文想吃冰淇淋。

動詞有不同形式，稱為詞形變化（conjugations），用來表示動作發生的時間及主詞的單複數。

> *Brad reads.* 布萊德讀書。
>
> *Brad and Jerry read.* 布萊德和傑瑞讀書。

Brad was reading. 布萊德正在讀書。

Brad had been reading. 布萊德一直在讀書。

Brad will read. 布萊德將會讀書。

Brad will be reading. 布萊德將會讀書。

辨識動詞關係到正確連字。許多詞語是否加連字號的關鍵在於它是動詞還是其他詞性。舉例來說，字典指出 trade-in 是名詞，動詞則沒有連字號：He's going to trade in his car.（他打算把車拿去舊換新）。

machine gun（機關槍）如果作名詞分寫為兩個字，但若作動詞，字典規定要使用連字號：The gangsters planned to machine-gun their enemies.（黑幫分子計畫拿機關槍掃射仇敵）。這類詞語能不能正確連字，取決於寫作者能不能辨識它是否當動詞使用。

分詞（participle）

分詞是動詞的一種形式，搭配助動詞使用。過去分詞搭配 have（或其變化形式）一起使用，它們常以 ed 或 en 結尾，也有不規則的變化形式，字典都可以查到。

Ed has written a play. 艾德寫了一部戲劇。

That store has closed. 那家店已經倒了。

Marcia had known about the party. 瑪西亞知道派對的事。

I shouldn't have eaten so much. 我不該吃那麼多的。

辨識過去分詞才能遵循一些格式的連字規定。例如書籍、科學和學術格式就規定，帶有過去分詞的複合形容詞若用於名詞之前，要加連字號：a moth-eaten sweater（被蟲蛀的毛衣）、a little-known fact（鮮為人知的事實）。而在新聞格式中，只有在避免語意不清的情況下才需要加連字號：a little known fact（鮮為人知的事實）、a well worn sweater（破舊的毛衣）、acid-washed fabric（酸洗處理的布料）。

現在分詞又稱為進行式分詞（progressive participle），以 ing 結尾，通常搭配 be 動詞使用。

> *Beth is walking.* 貝絲正在走路。
>
> *The dogs are barking.* 狗狗們吠叫著。

現在分詞也可以當作修飾語，尤其常用於句首。

> *Barking fiercely, the dogs scared off the prowler.*
> 狗狗們狂吠把小偷嚇跑。

辨識現在分詞才能遵循引導性分詞片語加逗號的規定，例如上句中的 barking fiercely 就是引導性分詞片語。

連綴動詞（linking verb/copular verb）

連綴動詞包含 be 動詞和類似動詞，用來描述前面的主詞。

> *He is nice-looking.* 他長得很俊俏。
>
> *She seems well-intentioned.* 她看起來是出於好意。

認識連綴動詞關係到正確連字，代表動詞後所接的描述語並不是一個副詞，而是形容詞。例如在 He sang happily 中，動詞後面是副詞（happily），而在 He was happy 中，be 動詞後面是形容詞（happy）。根據形容詞的連字規則，位於連綴動詞後的複合修飾語必須加連字號。請見本書第十一章的連字用法。

形容詞（Adjective）

形容詞修飾名詞。形容詞通常是一個字：a small house（小房子）、a nice person（好人），也可以是帶有連字號的複合詞：a small-animal hospital（小動物醫院）、a good-looking man（樣貌俊俏的男子）。

複合形容詞（compound adjective）位於名詞前後的連字用法，在本書第十一章有詳細說明。一般而言，位於名詞前的複合形容詞，只要有助於閱讀理解就加連字號。位於名詞後的複合形容詞通常不加連字號，唯獨新聞格式有明顯不同的規定，要求位於 be 動詞後的複合形容詞要加連字號：That man is smooth-talking.（那個男人能言善道）。

多個形容詞並列時，中間要不要以逗號分隔，在本書第二章有所說明。一般而言，對等形容詞（coordinate adjective，以 and 連接意思說得通的形容詞）之間可以用逗號取代 and 連接。

> *a nice and intelligent and friendly man*
> = *a nice, intelligent, friendly man* 人好、聰明又友善的男人

多個形容詞若以 and 連接意思說不通時，就不能以逗號分隔。

> 對：*a flashy red sports car* 一輛豔俗的紅色跑車
>
> 錯：*a flashy, red, sports car*

副詞（Adverb）

副詞不僅修飾動詞（she exited gracefully 她優雅地退出、he dances well 他舞跳得很好），也用來說明時間和地點。副詞還可以修飾整個句子和子句，或修飾形容詞和另一個副詞。

> *He worked diligently.* 他勤奮工作。
> （ly 副詞描述一個動作）
>
> *He worked hard.* 他努力工作。
> （非 ly 副詞描述一個動作）
>
> *He sang today.* 他今天唱了歌。
> （副詞說明時間）
>
> *He sang outside.* 他在外面唱歌。
> （副詞說明地點）
>
> *Unfortunately, he sang "At Last."* 不幸的是，他唱了《最後》。
> （副詞修飾整個句子）
>
> *He ruined a perfectly good song.* 他毀了一首好歌。
> （副詞修飾形容詞）
>
> *We met a very recently divorced couple.* 我們遇到一對剛離婚的夫婦。
> （副詞修飾另一個副詞）

要注意許多副詞還有其他詞性的用法。例如 today 既可以當名詞（today was wonderful 今天是美好的一天）也可以當副詞（I'm leaving today 我今天走）。這些詞的詞性由它們在句中的功能決定。

辨識副詞和其他當作副詞使用的詞語對於正確連字尤其重要。舉例來說，在 an after-hours club（深宵俱樂部）這組詞語中，形容詞 after-hours 要加連字號。而在 The club stays open after hours.（那家俱樂部過了宵禁時間還有營業）句子中，after hours 是副詞，在字典中沒有加連字號。作形容詞要加連字號、作副詞通常不加連字號的詞語還有：as is（如現狀）、arm in arm（手挽著手）、first class（頭等艙）、full time（全職）、over the counter（無需處方箋）、upside down（顛倒）。

區別副詞和以 ly 結尾的名詞或形容詞，才能遵循正確的連字規則。所有主要格式手冊都有規定，以 ly 副詞構成複合修飾語時不加連字號。

a happily married couple 婚姻美滿的夫婦

但這條規則不適用於 ly 結尾的名詞或形容詞。

a family-friendly resort 適合全家大小的度假村

a lovely-faced woman 容貌姣好的女子

連接詞（Conjunction）

就標點符號的使用而言，可將連接詞分為兩大類來思考：對等連接詞（coordinating conjunction）和非對等連接詞。主要的對等連接詞是 and、or 和 but。非對等的連接詞則包括了許多從屬連接詞（subordinating conjunction），像是 if、because、until、when 等等。

位於對等形容詞之間的對等連接詞（尤其是 and）可以用逗號取代。

> *a nice and sweet and friendly man*
>
> = *a nice, sweet, friendly man*
> 人好、親切又友善的男人

對等連接詞可以連接獨立子句。

> *I don't mind grocery shopping in the morning, but I hate going to the store during rush hour.*
> 我不介意早上去採買，但我很討厭尖峰時刻去。

> *Bob likes the pancakes at the Sunrise Cafe, and he speaks highly of a lot of their other menu items.*
> 鮑伯喜歡日出咖啡館的鬆餅，他對其它多項餐點也是讚譽有加。

對等連接詞連接獨立子句時，連接詞的前面要加逗號，如上面的例句。（除非子句很短且關係密切，才可以省略逗號）

如果對等連接詞所連接的其中一個成分不是獨立子句，通常不加逗號。

> *I don't mind grocery shopping in the morning but hate going to the store during rush hour.*（第二個子句少了主詞 *I*，因此不加逗號）

Bob likes the pancakes at the Sunrise Cafe and speaks highly of a lot of their other menu items. （第二個子句少了主詞 *he*，因此不加逗號）

從屬連接詞 because、if、until、while 等也用來連接子句。從屬連接詞的逗號使用規則請見本書第二章。一般而言，當從屬子句位於主要子句之後，大部分格式都要求不加逗號。

Mark wanted to drive because Evelyn had been drinking.
馬克想要開車，因為伊芙琳喝了酒。

當從屬子句位於主要子句之前，寫作者通常可選擇使用逗號分隔。

Because it was raining, Mark wanted to drive.
因為下雨了，馬克想要開車。

介系詞（Preposition）

介系詞多半是短小的詞：to、at、with、until、in、on。也有較長的介系詞：between、throughout、regarding。介系詞通常接有受詞，構成介系詞片語：to the store（到商店）、at John's house（在約翰家）、with ice cream（配冰淇淋）、until Thursday（到週四）、in trouble（有麻煩）、on time（準時）、between friends（朋友間）、throughout his lifetime（他一生中）、regarding work（關於工作）。介系詞片語通常不用逗號與其他文字分隔。

關於作者與標點符號專家小組

茱恩・卡薩格蘭德 | June Casagrande

每週聯合發表的文法專欄〈A Word, Please〉之作者，也是《洛杉磯時報》（Los Angeles Times）訂製出版部的文字編輯。她曾經擔任記者、專欄作家、本地新聞編輯、校對，以及加州大學聖地牙哥分校進修推廣部（UC San Diego Extension）的文字編輯講師。著有《Grammar Snobs Are Great Big Meanies》、《Mortal Syntax》、《It Was the Best of Sentences, It Was the Worst of Sentences》。她與丈夫居住於加州帕薩迪納（Pasadena），官網為 www.junecasagrande.com.。

馬克・艾倫 | Mark Allen

在其擔任報社記者和編輯超過二十年期間，擁有使用《美聯社格式手冊》處理文法與標點問題的豐富經驗。離開了編輯桌的日常工作後，他開始檢視人們的寫作方式及格式指南中的建議做法，從更廣闊的角度去探索用法。他目前在位於俄亥俄州哥倫布（Columbus）的家中工作，為尋求文字編輯服務的客戶提供詳細的註記。除了每天在 X（推特）上以 @EditorMark 的帳號發布每日編輯小技巧外，他也經營部落格 www.markalleneditorial.com。他是首位入選美國編輯協會（American Copy Editors Society）的自由接案編輯。

艾琳・布蘭納 | Erin Brenner

擁有將近二十年專業出版經驗，曾任職於各種不同媒體。艾琳目前是《Copyediting》電子報的編輯，並為該報的部落格撰寫文章。她也透過 Right Touch Editing 網站替顧客提供編輯服務，定期為《Visual Thesaurus》同義字典撰文，並在加州大學聖地牙哥分校進修推廣部教授文字編輯課程。她的 X（推特）帳號為 @brenner，臉書為 www.facebook.com/erin.brenner。

亨利・傅爾曼 | Henry Fuhrmann

《洛杉磯時報》的副主編，負責管理編輯部的大小事，並帶領編輯標準與運用委員會。自一九九〇至今，他的工作範圍遍及新聞編輯部，在地鐵、國外、日曆、商業和網路編輯部都可見他的蹤影。他不僅是文字狂，還是數字狂，在進入新聞界前曾經在加州理工學院（Caltech）和加州大學洛杉磯分校（UCLA）修讀工程學。亨利擁有加州州立大學洛杉磯分校（Cal State Los Angeles）學士以及哥倫比亞大學（Columbia University）碩士兩個新聞學位。目前活躍於美國編輯協會及美國亞裔記者協會（Asian American Journalists Association）。

保羅・里奇蒙 | Paul Richmond

任職於 Elsevier 出版企業，Elsevier 是全球最大的科學、技術、醫學期刊及圖書出版商。參與各項生產製作二十年後，保羅目前擔任語言編輯供應商開發經理，負責監督眾多全球第三方供應商的表現。過去十三年間，他也擔任加州大學聖地牙哥分校進修推廣部文編認證課程的講師和顧問。閒暇時則經營管理一個社區氣象站（Station Pabloco），以支援美國國家氣象局。保羅愛好到游泳池或海上長泳，目前與妻子 Barbara 及兩貓一狗一同居住在加州拉米薩（La Mesa）。

EZ TALK

全方位英文標點符號指南

作　　者：June Casagrande
譯　　者：丁宥榆
主　　編：潘亭軒
責任編輯：鄭雅方
封面設計：白日設計
內頁排版：簡單瑛設
行銷企劃：張爾芸

發 行 人：洪祺祥
副總經理：洪偉傑
副總編輯：曹仲堯
法律顧問：建大法律事務所
財務顧問：高威會計師事務所

出　　版：日月文化出版股份有限公司
製　　作：EZ 叢書館
地　　址：臺北市信義路三段151號8樓
電　　話：(02)2708-5509
傳　　真：(02)2708-6157
客服信箱：service@heliopolis.com.tw
網　　址：www.heliopolis.com.tw
郵撥帳號：19716071日月文化出版股份有限公司

總 經 銷：聯合發行股份有限公司
電　　話：(02)2917-8022
傳　　真：(02)2915-7212
印　　刷：中原造像股份有限公司
初　　版：2024年4月
定　　價：380元
I S B N：978-626-7405-40-6

全方位英文標點符號指南 /June Casagrande 著；丁
宥榆譯 . – 初版 . – 臺北市：日月文化出版股份有限
公司 , 2024.04
344 面； 14.7x21 公分 . – (EZ talk)
譯自：The best punctuation book, period : a
comprehensive guide for every writer, editor,
student, and businessperson
ISBN 978-626-7405-40-6（平裝）

1.CST: 英語 2.CST: 語法 3.CST: 標點符號

805.16 　　　　　　　　　　 113001225